이
앤

인연-일타 큰스님 이야기 2

**초판 1쇄 발행일** 2008년 4월 25일
**개정판 2쇄 발행일** 2015년 1월 30일
**지은이** 정찬주 | **펴낸이** 박진숙 | **펴낸곳** 작가정신
**편집** 김종숙, 황민지 | **디자인** 정인호
**마케팅** 김미숙, 박성신 | **디지털 콘텐츠** 김영란 | **재무** 윤서현
**인쇄·제본** 한영문화사
**주소** 413-120 경기도 파주시 문발로 207 2층
**전화** 031 955 6230 | **팩스** 031 944 2858 | **이메일** editor@jakka.co.kr
**홈페이지** www.jakka.co.kr | **출판등록** 1987년 11월 14일 제1-537호

ISBN 978-89-7288-549-8
    978-89-7288-550-4 (세트)

ⓒ 정찬주, 2008, 2014

이 도서의 국립중앙도서관 출판시도서목록(CIP)은 서지정보유통지원시스템 홈페이지(http://seoji.
nl.go.kr)와 국가자료공동목록시스템(http://www.nl.go.kr/kolisnet)에서 이용하실 수 있습니다.
(CIP제어번호 : CIP2014027520)

인연

일타 큰스님 이야기

2

정찬주 장편소설

작가
정신

차례

이
민
2

일타 스님의 상좌 혜국 스님이 선풍을 진작시키고 있는 석종사

날마다 좋은 날 2

도락산 광덕사를 나온 고명인은 문득 "돌아가시는 길에 석종사가 있습니다. 충주시에 가면 내 사제師弟 혜국 스님을 만날 수 있을 것입니다"라고 한 혜인의 말이 떠올랐다. 혜인에게 너무 많은 기대를 걸고 미국에서 왔던 탓인지 고명인은 누군가에게 더 많은 얘기를 들어야 할 것 같은 아쉬움이 남아 있던 참이었다.

　고명인은 갓길에 차를 세우고 지도를 펼쳤다. 과연 충주시는 영동고속도로를 타고 가다 여주에서 남쪽으로 뻗은 중부내륙고속도로로 진입하면 금세 닿을 수 있는 거리였다. 누구에게 물을 필요도 없이 아주 쉽게 찾아갈 수 있는 곳이 충주시였다. 또한 그곳에 가면 석종사를 안내하는 이정표도 어렵지 않게 만날 수 있을 것 같았다.

혜국 스님.

작년 가을 해인사에서 혜각을 만났을 때, 그가 한 말이 번갯불처럼 뇌리를 스쳤다. 자신더러 일타 스님의 제자들 중에 세 사람을 꼽으라고 한다면 혜인, 혜국, 법타라고 손가락 세 개를 들어 보이며 장담하듯 말해주었던 것이다. 선정하는 기준이나 관점에 따라 다르겠지만 사심 없이 조금은 자랑스럽게 말했던 혜각에게 고명인은 새삼 고마워했다.

고명인은 무언가 빠트린 것 같은 허전해진 마음도 달랠 겸 충주시로 가기로 하고 승용차에 시동을 걸었다. 마음을 결정하고 나자, 혜국에 대한 기대감이 무럭무럭 솟구쳤다. 그를 만나면 그토록 보려고 했던 고승 일타의 진면목이 눈앞에 펼쳐질 것만 같았다.

고명인은 달리는 승용차 속도를 올리며 중얼거렸다.

'참 이상한 일이야, 일타 큰스님의 상좌스님들을 만나기 위해 이렇게 떠돌고 있음은 돌아가신 어머니의 원력이 작용한 것일까. 원래는 어머니 혼을 위로하고 싶은 바람으로 해인사를 갔던 것인데, 이제는 어머니 혼이 나를 일타 스님께 인도하고 있는 셈이니 참으로 이상하지 않은가.'

차창에 굵은 빗방울이 달라붙고 있었다. 산악지방에서 형성된 비구름이 느닷없이 비를 뿌리고 있었다. 먼 하늘은 뻥 뚫려 있어 많은 비가 내릴 것 같지는 않았다. 비구름은 산악의 분지에만 오락가락하고 있는 모양이었다. 승용차가 긴 터널을 지나 평야지대에 이르자 빗방울은 더 이상 차창에 달라붙지 않았다. 고명인은 라디오를 켰다. 마침 귀에 익은 가곡 「동심초同心草」가 흘러나오고 있었다.

꽃잎은 하염없이 바람에 지고
만날 날은 아득타 기약이 없네
무어라 맘과 맘은 맺지 못하고
한갓되이 풀잎만 맺으려느냐

고명인은 봄비 소리처럼 속삭이는 진행자의 말솜씨에 빠져들었다. 원래 이 가곡의 작사자는 김소월의 스승인 김억이 아니라 중국 당나라 여류시인 설도薛濤의 「춘망사春望詞」 4수 중 세 번째 시라는 것이었다. 진행자는 친절하게도 가곡 「동심초」의 모태가 된 설도의 한시漢詩를 소개해주었다.

風花日將老
佳期猶渺渺
不結同心人
空結同心草

낮은 계급의 관리였던 아버지가 죽고 살림이 어려워지자 설도는 16세에 유녀遊女가 되었는데, 여자로서 무르익은 나이에 열 살 연하의 선비와 절절한 정을 나누었지만 끝내 사랑을 이루지 못하고 이 시를 지었다고 한다. 그런데 아버지는 딸이 어렸을 때 이미 그녀의 고독한 운명을 예감하고는 울었다고 한다.

아버지는 그녀가 어렸을 때 뜰에 자라고 있는 늙은 오동나무를 소재로 하여 시를 주고받은 적이 있었던 것이다. 아버지가 "마당에 늙은 오동나무 한 그루 / 줄기가 구름 속에 솟아 있네〔庭除一古桐 聳干入雲中〕" 하고 읊조리자 그녀는 "가지는 남쪽 북쪽 새들을 맞고 / 잎은 오고가는 바람을 보내는구나〔枝迎南北鳥 葉送往來風〕"라고 답했다. 그러자 아버지는 짝 없이 홀로 늙어가는 오동나무가 딸의 장래 운명처럼 보여 울었던 것이었다.

고명인은 갑자기 설도의 아버지처럼 눈물을 흘렸다. 설도를 동정하여 그런 것이 아니라 문득 노래의 가사가 자신과 어머니와의 아득한 이별을 노래하는 것 같은 기분이 들어서였다.

'어머니와 나는 어디서 무엇이 되어 다시 만날까.'

이제 어머니와 다시 만날 날은 아득하여 기약할 수 없는 것이 현실이고, 여린 풀잎으로나마 어머니와 자신을 묶으려 하는 마음도 노래 가사처럼 헛되게 느껴질 뿐이었다.


석종사 이정표는 충주시 인터체인지를 막 벗어나자 짙은 갈색

바탕에 흰 글씨로 쓰여 있었다. 석종사는 도시 맞은편의 높은 산봉우리 아래의 산자락에 있지 않을까 짐작이 됐다. 고명인의 예감은 그대로 적중했다. 승용차로 10여 분 직진해 가다 우회전하여 또다시 이정표가 표시하는 대로 달리자 도로가 갑자기 좁아지며 석종사 입구의 산길이 나타났다.

산중인 이곳에도 비가 내렸는지 산길이 축축하게 젖어 있었다. 고명인은 차창을 열고 좀 전의 노래 가사가 준 허허로운 기분도 전환할 겸 심호흡을 했다. 산속의 공기가 폐부를 찌르는 듯했고, 다리 밑으로 흐르는 개울물 소리가 상쾌하게 들려왔다.

산허리에 비구름 자락이 걸려 승용차는 산길을 오르는 것이 아니라 구름 위를 달리는 듯했다. 그러나 몽환적인 순간은 짧은 토막꿈처럼 금세 사라졌다. 약간은 긴장감을 띠고 질서 있게 자리 잡은 석종사의 가람들이 왕조시대의 행궁行宮처럼 눈앞에 펼쳐져 있었다.

대웅전을 중심으로 조사전과 선방, 그리고 크고 작은 요사들이 골짜기를 가득 메우고 있었다. 고명인은 은모래가 깔린 마당가에서 포행을 하던 혜국을 만나 또 한 번 놀랐다. 석종사의 거대한 규모에 비해 그의 키는 종각에 매달린 종처럼 작았지만 그의 체구에서는 장중함 같은 것이 묻어 있었다. 짙은 눈썹 밑에서 내쏘는 눈빛이 강했고, 그것 때문인지 인상은 차돌처럼 강개해 보였다. 고명인은 조심스럽게 물었다.

"혜국 스님이시죠."

"그렇습니다만."

"스님을 뵙게 되어 영광입니다. 혜인 스님의 소개로 찾아왔습니다. 저는 고명인이라고 합니다."

"용건이 무엇입니까."

혜국은 겉치레 인사를 생략하고 곧바로 방문한 목적을 물었다. 고명인은 잠시 당황하여 말문을 열지 못했다. 자신의 복잡한 심정과 가정사를 짧게 말할 수 없기 때문이었다. 고명인은 엉뚱한 말을 하고 말았다.

"차 안에서 「동심초」를 들은 때문인지 아무 생각도 하지 않고 왔습니다."

"하하하. 노래에 빠져 무심히 달렸군요. 그럴 수도 있어요. 나도 그 가곡을 좋아합니다."

"감상에 젖어 달리다 보니 어느새 석종사에 도착했지 뭡니까. 사실입니다."

고명인은 혜국을 따라 조사전으로 들어가 엎드려 절을 하고 앉았다. 혜국이 다관에 찻잎을 넣으면서 말했다.

"가사 중에 '만날 날은 아득타 기약이 없네'란 구절에서 나는 대단한 선기禪機를 느낍니다. 누구를 두고 하는 말이겠습니까."

"저는 돌아가신 어머니를 내내 생각했습니다만."

"그렇습니다. 대답은 사람에 따라 천 가지 만 가지일 것입니다.

우리 수좌에게는 자성불自性佛일 수도 있고, 연애하는 사람에게는 이성의 임일 수도 있고, 고 선생에게는 어머니일 수도 있는 것입니다."

"스님에게는 왜 자성불입니까. 저는 자성불의 뜻을 아직 모르고 있습니다."

고명인은 자신의 무지를 솔직하게 고백했다.

"설명할 수 없는 마음부처[心佛]를 말합니다. 단박에 깨쳐 보는 것이지 설명을 해서는 영원히 볼 수 없는 부처입니다."

혜국은 차를 서너 잔 마시고 난 뒤에야 자신이 부처님과 인연 맺은 이야기를 했다.

"자성불을 설명할 수는 없겠지만 내가 진짜 나를 만나기까지의 삶은 얘기할 수 있을 것 같습니다. 제주도가 고향인 나의 불연佛緣은 이런 것이었습니다."

일타가 도견이 머물고 있는 제주도 고관사에 내려와 있을 때였다. 1960년도 전후였다. 당시 고관사에는 혜인이 일타를 시봉하고 있었고, 혜국의 육촌 형님도 재무소임을 보면서 살고 있었는데, 삼십대의 일타는 태백산에서 자기 손을 태워 도를 이루고 나온 도인이라 하여 대중들에게 큰스님으로 불리고 있었다. 어느 날인가 육촌 형 법장이 국민학생인 어린 혜국에게 출가를 권유했다.

"지금 고관사에 큰스님이 와 계시니 너는 그 큰스님을 따라가거라."

어린 혜국은 육촌 형 법장의 말을 가슴에 담고 있다가 국민학교를 졸업하고 나서 중학교 시험을 치른 뒤 고관사로 갔다. 그러나 일타는 이미 해인사로 떠나고 없었다. 아쉬웠지만 혜국은 집으로 돌아가지 않았다. 중학교 시험 성적이 자신이 욕심냈던 것만큼 나오지 않았으므로 자존심이 몹시 상했기 때문이었다.

어린 혜국은 큰스님 일타를 만나게 해달라고 육촌 형 법장에게 매달렸다. 할 수 없이 법장은 동생 혜국과 함께 해인사로 가기 위해 부산 가는 배를 탔다. 부산 부두에 내린 법장은 혜국을 데리고 금장사에 머물렀다가 김천까지 기차를 타고 간 뒤, 거창으로 내려가 도반더러 혜국을 큰스님 일타에게 인사시켜 달라고 부탁하고는 제주도로 돌아갔다.

법장의 도반을 따라 해인사로 가게 된 어린 혜국은 겁이 더럭 났다. 일타를 보자마자 큰절을 올렸는데 일타가 육촌 형의 도반에게 왜 데려왔느냐고 거절하는 것이었다.

"난 상좌를 받지 않을 것이오."

"도반이 신신당부를 하고 갔습니다. 더구나 도반은 이 행자의 육촌 형입니다. 스님께서 받아주시지 않는다면 도반이 저를 믿고 간 것인데 이거 큰일입니다."

일타는 퇴설당의 골방에서 사탕을 몇 개 들고 나오더니 덜덜 떨고 있는 어린 혜국에게 달래듯 물었다.

"네 어머니가 허락하신 것이냐."

"아니요."

"그럼, 너는 어떻게 절에 올 생각을 했느냐."

"중학교 시험을 봤는데 일등이 아니라서 화가 나 고관사로 육촌 형님인 법장 스님을 찾아갔더니 너는 절에 꼭 살아야 할 거다, 라고 말했습니다. 법장 스님은 사주 같은 것을 조금 보는 스님이거든요."

"고관사 법장 스님이라고 했느냐."

"네."

일타는 법장을 잘 모르는 듯했다. 잠시 눈을 감고 고개를 휘휘 젓더니 무언가 생각난 듯 나직하게 말했다.

"육촌 형 스님이 사주를 좀 본다는 말이지."

"네, 법장 스님이 큰스님을 따라가라고도 말했어요."

혜국은 용기를 내어 대답했지만 그의 가슴은 울렁울렁했다.

"똘망똘망하게 생겼다만 절은 힘든 곳이다. 힘들어도 너 안 울 자신 있느냐."

일타의 말에 그만 어린 혜국은 울어버렸다. 일타가 이 말을 물었던 것은 자신이 행사 시절을 보내는 동안 은사 고경에게 호되게 꾸중을 듣거나 부모가 몹시 그리워서 통도사 개울로 내려가 몰래 울었던 기억이 나서였다.

"그거 봐라."

일타는 다시 골방으로 들어가 찰떡을 내왔다.

"배가 고플 것이다. 이 떡을 먹고 행자실에 가 있거라."

어린 혜국은 울음을 삼키듯 떡을 목구멍으로 밀어넣고는 밖으로 나왔다. 일타의 따뜻한 음성이 귀를 간질이는 듯했다. 행자실에는 혜국보다 한 살 더 많은 행자가 있었는데, 그 행자가 저녁공양이 끝난 뒤 "큰스님이 퇴설당에서 부르신다" 하고 알려왔다.

일타는 또 어린 혜국에게 다짐이라도 받듯 물었다.

"너 안 울 자신 있어, 없어."

혜국은 자신에게 마지막으로 던지는 질문 같았으므로 어금니를 물었다 놓으며 대답했다. 일타의 자상함에 용기가 불끈 솟구쳤다.

"안 울겠습니다."

"너 울면 집에 간다. 울지 마라."

그때 일타는 어린 혜국에게 『반야심경』을 외우게 했다.

"이걸 자꾸 외워야 어머니 생각도 안 나고, 아버지 생각도 안 난다."

혜국은 외우는 데 자신 있었다. 일타가 외우라고 한 것은 무엇이든 밤을 새워 외웠다. 칭찬도 받을 겸 부모 생각이 나지 않는다고 하니 일석이조의 효과가 있을 것 같아서였다. 일타는 무심히 던진 말이라도 그냥 넘어가는 법이 없었다.

"어디까지 외웠어."

"마지막 두 장 남았어요."

"너 다른 절에 있었어, 없었어."

"큰스님, 이곳이 처음이에요."

"빨리도 외우는구나."

일타는 어린 혜국이 숙제를 다 외워 바칠 때마다 당시에 귀했던 과자를 꺼내주었다. 사탕 맛에 재미를 붙인 혜국은 나무하러 산에 가서도 지게를 두드리며 "나모라 다나다라 야야……" 하고 『천수경』을 외웠다.

조사전으로 용건을 묻는 종무소 스님들의 출입이 잦아지자, 혜국은 자신의 암자로 올라가자고 말했다.

"고 선생, 세상 사람들은 절이 한가할 것이라고 하지만 절 살림도 이렇게 번다합니다. 대중들과 논의하고 처리하다 보면 하루가 금세 지나가버립니다. 그래서 절 위쪽에 암자를 하나 마련했습니다. 틈나는 대로 올라가 참선하기 위해서입니다."

밖에는 봄비가 다시 내리고 있었다. 산을 적시는 빗소리가 점점 크게 들려왔다. 혜국은 조사전 벽에 세워져 있는 검은색 우산 중에서 하나를 고명인에게 건넸다. 어느새 몰려왔는지 비구름 자락이 산허리를 덮고 있었다. 문득 고명인은 어느 절에선가 기둥에 걸어진 주련의 글귀가 생각났다. '산하대지 청정법신'이란 글자까지만 기억이 났다. 그러고 보니 석종사 양편으로 펼쳐진 산허리들이 청정한 법신 같았다. 그것도 누워 쉬고 있는 와불臥佛의 형상이었고, 비구름은 와불의 천의무봉한 가사 장삼 같은 느낌이 들었다.

암자로 가는 산길은 조사전 뒤쪽의 작은 개울을 따라 나 있었다. 입구에는 닫혀 있는 사립문이 보였다. 사립문을 연 뒤 혜국이 말했다.

"수행자 외에는 누구도 들어가 본 적이 없는 토굴입니다. 저를 가두고 싶을 때 가두는 무문관입니다. 그래서 출입을 엄격하게 제한하고 있지요. 결코 제가 사람들을 싫어해서가 아닙니다."

암자는 뜻밖에도 가까운 데 있었다. 조사전에서 20여 미터쯤 될까 말까 한 거리에 자리하고 있었다. 빗줄기가 자못 거세어 암자 둘레를 둘러볼 여유는 없었다. 바로 암자로 들어가 조금 전에 듣다 만 얘기를 고명인은 마저 들었다.


"저도 머리를 깎았습니다. 머리를 깎고 나니 비구니스님들이 저를 귀여워해 주셨습니다. 그러면서 너 집에 가지 마라, 일타 스님 상좌만 되면 너도 큰스님 될 거다, 하고 귀여워해주셨습니다."

혜국은 어느 날 용기를 내어 일타에게 말했다.

"비구니스님이 그러는데 스님 상좌만 되면 큰스님 된대요."

"큰스님이 있다면 작은 스님도 있겠구나. 하하하. 스님은 다 같은 스님인 것이야. 비구니 고것들이 알지도 못하면서 그러는구나."

"스님, 상좌가 되고 싶어요."

"그래 알았다."

어린 혜국은 자연스럽게 일타의 제자가 되었다. 일타는 제자가 된 혜국을 좀 더 엄하게 대했다. 하루는 혜국이 나무하러 갔다가 산토끼를 잡아 절에서 키우려고 울타리를 만들고 있을 때였다. 일타가 물었다.

"혜국아, 너 뭐 하는 것이냐."

"산토끼를 키우려고요. 잘 키울 자신 있어요."

"이놈아, 어서 놔주어라."

"산토끼가 저를 따르게 할 자신이 있어요. 산토끼와 친구가 될래요."

"돌아다니는 생명을 구속하면 안 된다. 울타리를 만들지 마라. 자유로 놓아두어야 한다."

일타가 어린 혜국을 엄하게 정색하고 꾸짖은 데는 이유가 있었다. 그것은 수행자의 근본을 가르쳐주기 위해서였다. 돌아다니는 생명을 구속하는 것은 수행자로서 무자비無慈悲한 일일뿐더러 결국에는 자신의 자유를 빼앗는 울타리가 될 것이기 때문이었다.

혜국은 차를 아주 좋아하는 편은 아닌 듯했다. 찻잔을 앞에 놓고도 차를 따르는 것을 잊어먹곤 했다. 목을 축이고 싶을 때에야 다관을 끌어당겨 고명인에게 따라주곤 했다.

"열다섯 살 가을이었을 겁니다. 가야중학교 여학생들이 교복을 입고 해인사로 소풍 왔습니다. 교복을 입은 여학생들이 그렇게 예쁠 수가 없었습니다. 저는 지금도 교복을 입은 여학생이 세상에서 제일 예쁘게 보입니다."

혜국은 그때 느꼈던 감정이 되살아난 듯 미소를 지었다. 고명인은 차를 마시며 누구라도 사춘기에 겪는 이성의 감정이라고 생각했다.

명민한 혜국은 사춘기를 남다르게 앓았다. 어린 혜국은 교복을 입은 여학생들과 한 번만이라도 얘기를 건네보고 싶었고, 여학생들이 해인사를 떠난 뒤에도 다시 만나기를 기약 없이 기다리고 있는 자신을 발견하고는 얼굴을 붉혔다. 그런 혜국을 보고는 사미승이 말했다.

"거봐라. 내가 먼젓번에 뭐라고 했냐. 큰스님이 되려면 영어도 알아야 하고 수학도 알아야 된다고 했지. 그뿐이냐. 학교를 다니면 여학생들하고 얘기도 할 수 있을 거야."

일타는 사미승들이 학교에 가는 것을 달가워하지 않았다. 일타와 친하게 지내던 광덕은 행자 때부터 학교에 보내야 된다고 주장했지만 일타는 "중은 참선 공부만 하면 된다"고 반대했다.

결국 혜국은 일타 곁을 도망쳤다. 낯선 땅은 두려웠으므로 다시 고향땅인 제주도로 돌아갔다. 집으로는 가지 않았다. 일타와 "너 집에 안 갈 자신 있어" 하고 약속한 말이 떠올라 집으로는 가기

싫었다. 혜국은 제주도의 빈 절을 찾아나섰다. 마침 노보살 한 분이 있는 절이 나타났다. 노보살은 혜국이 학교에 다니는 것도 허락했다.

혜국은 노보살의 절에서 제주시에 소재한 학교를 오가며 3년을 공부한 다음 서울로 갔다. 서울에서 머문 절은 성북동에 자리한 정법사였다. 서울 생활의 즐거움이란 시간이 날 때마다 청계천 고서점을 둘러보는 것이었다. 고서들의 묵은 냄새가 좋아 틈만 나면 그곳으로 달려가 기웃거렸다.

그러던 혜국은 어느 고서점 안에서 오래된 불경과 불서를 발견하고는 크게 흥분했다. 『부모은중경』 『사십이장경』 『불조삼부경』과 『절요』가 있었다. 자리를 뜨면 누가 곧 사 가버릴 것 같아 불안하여 조바심이 났다.

혜국은 고서점 주인에게 팔지 말 것을 부탁하고는 즉시 병원으로 달려갔다. 가진 것이라고는 자신의 피밖에 없었으므로 피를 팔아 돈을 마련하기 위해서였다. 그러나 한 번 피를 뽑은 값으로는 불경을 사는 데 어림도 없었다. 자신의 피를 두 번째 뽑았지만 부족하기는 마찬가지였다. 다시 세 번째 뽑으려 하자 병원에서 거절했다.

절로 돌아온 혜국은 고서점의 불경이 생각나 견딜 수가 없었다. 누가 사 가지는 않았는지 불안하여 잠을 이룰 수 없었다. 당장 돈을 마련하여 불경과 불서를 사가겠다고 약속했지만 자신이 어기고 있으니 누군가에게 판다고 해도 어쩔 수 없는 일이었다.

혜국은 복통을 앓듯 밤새 뒤척거렸다.

'저 불경들은 전생에 내가 보던 책들이었는지도 모른다. 나는 저 불경과 불서를 잃어버린 과보로 지금 방황하고 있는지도 모른다. 저 부처님 말씀들을 내 곁에 두고 정진해야만 나도 불佛을 이룰 수 있을 것이다. 그물에 걸리지 않는 바람 같은 자유로운 도인이 될 것이다.'

혜국은 벌떡 일어나 법당으로 들어갔다. 법당의 부처님과 주지 스님에게 큰 죄를 짓는 일이었지만 참지 못하고 불전함에 손을 넣었다. 태어나서 처음으로 남의 물건에 손을 대보는 악행이었다. 평생 괴로워할 악행인 줄 알면서도, 평생 등에 질 무거운 짐인 줄 알면서도 혜국은 아침공양을 거른 채 고서점으로 달려가 자신의 피를 판 돈에다 불전함의 돈을 합쳐 불경과 불서를 샀다.

"1967년인가, 1968년에 서울로 올라가 그 절의 법당에 들어가 참회했습니다. 편지를 썼지요. '이 절에서 학교 다니던 스님인데 책을 사고 싶은 마음에 불전함의 돈을 훔쳤으나 마음의 부담을 털어내지 못해 원금과 복리 계산한 이자를 돌려드립니다' 하고 말입니다. 그랬더니 마음이 조금은 나아지데요."

혜국이 정법사를 떠난 것은 또 그 이성 문제 때문이었다. 글 쓰는 동아리에 참여했다가 회원 중 한 아가씨에게 또다시 마음을 빼앗겼던 것이다. 해인사에서 사미승으로 있을 때 교복 입은 여학생에게 마음이 휘둘렸던 때와 마찬가지였다. 법당에 들어가 목탁을 잡고 지심귀명례를 크게 소리쳐보았지만 들뜬 마음은 싱숭생숭할 뿐이었다.

할 수 없이 혜국은 은사 일타를 찾아 해인사로 내려갔다. 일타 곁을 도망친 전력이 걱정스러워 『자경문』 등을 잘 외운다고 칭찬하던 성철에게 먼저 갔다. 백련암으로 올라가 성철에게 인사를 하자마자 불벼락이 떨어졌다.

"야, 이 쌍놈의 새끼야. 너 가스나 생겼지."

성철은 혜국을 보더니 그의 마음을 간파하고는 소리쳤다.

"중노릇 제대로 한번 해보려고 왔습니다."

"니 동자 때 준 세뱃돈이 아깝다. 좋은 중 되라고 했더니만 도망친 놈 아이가."

"스님, 한 번 더 기회를 주십시오. 선방 좌복을 떠나지 않겠습니다."

혜국은 가까스로 해인사 선방인 소림원에 들어가 좌복에 앉았다. 물론 극락전 골방으로 가 일타에게도 참회했다. 일타는 성철의 날벼락 대신 미소를 지으며 받아주었다.

"이제는 선방을 나서지 마라. 세상에서 제일 좋은 자리가 선방 좌복이라는 것을 깨달을 날이 있을 것이다."

그런데 선방의 용맹정진이 쉬운 일은 아니었다. 졸음이 달라붙으면 화두고 뭐고 다 달아났다. 참선만 하면 모든 문제가 수학의 삼각함수처럼 저절로 풀리고 아가씨 생각, 어머니 생각이 한꺼번에 사라질 줄 알았는데 그게 아니었다.

성철은 새벽 2시만 되면 나타나 회초리를 들고 다녔다. 꾸벅꾸벅 조는 사람에게는 인정사정없었다. 물푸레회초리는 낭창낭창하여 어깨나 허리에 상처를 주지 않으면서도 아프게 착착 감겼다. 다른 어른 수좌들은 잠을 깨워놓고 경책을 한 뒤 죽비를 치는데 성철의 방법은 무지막지했다. 성철이 두려워 선방 문을 닫아놓고 있으면 어느 순간엔가 사천왕처럼 두 눈을 부릅뜬 성철이 달려와 문을 확 열어젖혔다.

혜국은 성철이 휘두르는 회초리가 무섭고 언제 날아올지 몰라 신경이 과민해졌다. 어느 날에는 성철에게 하소연했다.

"스님, 참선이 안 됩니다."

"이 새끼야, 5천배를 지대로 안 해서 그렇지. 지대로 5천배를 해봐."

"장경각으로 올라가 5천배를 하고 있습니다."

"처음에만 지대로 하고 나중에는 가스나 생각에 5천배를 지대로 한 적이 있느냔 말이다. 내 말이 틀렸나, 맞나."

드디어 혜국은 작심하고 날마다 5천배를 시작했다. 성철에게 회초리를 맞은 몸이 멍들고 상처가 나 고통스러웠지만 결심한 날 바로 장경각으로 올라갔다. 일타가 곁에서 응원했다. 상처가 난 몸에 약을 발라주거나, 절하다 시장하면 먹으라고 먹을 것을 갖다놓고 갔다.

그래도 머릿속에서 번뇌 망상이 사라진 것은 아니었다. 흙탕물 같은 갈등이 가라앉는 날이 없었다. 일타는 그런 혜국의 마음을 다잡아주었다.

"혜국아, 이리 와봐라. 절하느라고 다리 아프제. 넌 아직도 이 길을 갈까, 저 길을 갈까 망설이고 있구나."

"스님, 그렇습니다. 학자의 길을 가라면 잘할 수 있을 것 같은데, 참선은 점점 자신이 없어집니다."

"학문이라는 건 말이여, 네가 아무리 머리가 좋아도 저 장경각 안에 있는 경이 8만 1천 2백 58장인데 평생 읽어도 저거 삼분의 일도 못 읽고 죽어."

"무슨 말씀인지 알겠습니다."

"그런데 장경각의 책이 전부가 아니야. 옥스퍼드대학, 서울대학, 하버드대학에 엄청난 양의 책이 있지만 그건 인생의 문제를 해결해주지 못하고 있어. 그 책들이 인생의 문제를 해결해주었으면 벌써 해결됐어야 해. 그래도 학자의 길을 가고 싶은 거여."

혜국은 산이라도 밀어붙일 것 같은 신심이 났다. 일타의 자비로운 경책은 발심을 솟구치게 했다. 초심으로 돌아가 진짜 5천배를 간절하게 했다.

비로소 절이 잘되었다. 처음에는 절하는 자신이 주체가 되었지만 문득 절하는 자신이 없어지고 법당에 간절한 마음만 덩그러니 있었다. 허공에 둥근 달이 무심하게 떠 있는 듯했다. 절과 자신이 하나가 되었다. 절하는 동안의 지루함도 사라졌다. 5천배를 마치려면 열 몇 시간을 쉬지 않아야 했으므로 화장실에 가서 볼일을 보다가도 나와야 했다. 5천배를 하고 나서 퇴설당에 앉아 있으면 배가 고픈데 배고픔도 없어졌다.

그날도 혜국은 장경각에서 5천배를 하는 동안 몸은 사라지고 절하는 마음만 남아 있는 상태였다. 법당의 부처님과 어떤 기운으로 대화하는 것 같은 그런 분위기였다. 그런데 아직도 혜국에게는 경전 공부에 대한 욕심이 남아 있었는지 일타의 은사 고경까지 나타나 꾸지람을 했다.

이미 입적하여 세상에 없는, 사진으로만 보았던 고경이 혜국의 등 뒤에서 쑥 올라와 앞에 서더니 누런 표지로 된 『법화경』을 획 집어던지며 꾸짖었다.

"내가 누군지 아나. 어려서부터 참선만 하겠다고 물 건너가서 섬에 태어난 내가 누군지 아나. 그런데 또 학자가 되고 싶으냐. 이 자식아, 업 지어 가지고 업이나 따라다녀라."

놀란 혜국은 5천배를 하다 말고 극락전 골방으로 뛰어갔다. 마침 일타가 골방에서 좌선을 하고 있었다.

"스님, 노스님께서 보시던 『법화경』을 줘보세요."

"왜 그러느냐."

일타는 파란 표지의 『법화경』을 혜국에게 내밀었다. 그러나 그 파란 표지의 『법화경』은 방금 혜국이 보았던 것이 아니었다.

"스님, 파란 표지 말고 누런 표지로 된 거 보여주세요."

일타는 몹시 흥미롭다는 듯 고개를 갸웃거리며 혜국에게 조금 전에 무슨 일이 있었는지를 물었다.

"왜 그러느냐. 누런 표지의 『법화경』을 왜 보려고 하느냐. 절하다 무슨 일이 있었느냐."

일타는 문득 집히는 것이 있었다. 은사 고경이 물려준 『법화경』을 누워서 보다가 촛불에 그슬려 누런 표지를 파란 표지로 바꾼 적이 있었던 것이다.

"절을 정신없이 하고 있었습니다. 스님께서 언젠가 시간이 금이라고 했습니다. 시간이 금이니 불교는 부자 종교라고도 했습니다. 다른 종교는 내생을 안 믿으니 시간이 금생밖에 없지만 불교는 시간이 영원하다고 했습니다. 과거도 현재도 미래도 영원하다는 것이었습니다. 지금 참선이 안 되면 다음 생에 하면 되지 않을까 하고 생각하면서 절을 정신없이 하고 있었습니다."

"그래서 어쨌다는 것이냐."

"고경 노스님이 나타나 누런 표지의 『법화경』을 획 던지더니 '야 이놈의 새끼야, 강사, 무슨 얼어 죽을 강사냐' 하시는 것이었습니다. '금강산에 올라가서 다음 생에는 다시 책을 보나 봐라, 참선만 할 거다, 라고 했는데 너 이 자식은 업에 끌려 다니면서 책을 또 보려고 해!' 하고는 누런 표지의 『법화경』을 던지는 것이었습니다."

혜국의 말에 일타는 미소를 거두며 진지한 표정을 지었다. 허리를 곧추세우더니 혜국의 두 손을 잡아당기며 말했다.

"참선만 하겠다고 물 건너가서 섬에 태어난 사람이 누구인가."

"고경 노스님입니다."

"금강산에 올라가 다음 생에는 참선만 하겠다고 한 사람이 누구인가."

"고경 노스님입니다."

"고경 스님이 금생에는 무엇으로 태어났는가."

"스님, 이상한 일입니다. 절하는 동안에 노스님이 제 앞에 나타나시다니 정말 알 수 없는 일입니다."

"혜국아, 나를 쳐다보아라. 전생에는 네가 내 스승이고 금생에는 네가 내 제자이구나. 내생에는 또 무엇으로 만나게 될까."

혜국은 불에 태운 뭉툭한 일타 손의 체온을 느꼈다. 평소에는 그 손을 볼 때마다 범접할 수 없는 경외감이 들었는데, 그날만큼은 한없이 부드럽고 따뜻했다. 자비가 연비한 손에 꽉꽉 뭉쳐 있는 것 같았다.

봄비가 다시 거세지고 있었다. 암자의 기왓장을 때리는 소리가 시원하게 들려왔다. 혜국은 새 차통을 뜯어 다관에 넣고 우렸다. 손가락을 태운 손이므로 조금 불편해할 것 같았는데 그것은 선입관일 뿐이었다. 혜국은 능숙하게 연비한 손으로 차를 우려내었다.

그런 뒤, 차를 찻잔에 따르고는 일어섰다.

고명인은 혜국이 찻잔을 들고 나가는 것을 바라보기만 했다. 혜국이 마루에 서서 "스님이 저기 서 계시는 듯 눈에 선합니다. 이 차는 일타 스님께 올리는 차입니다. 저는 가끔 일타 스님이 생각날 때마다 이렇게 차를 올리곤 합니다" 하고 말했다. 고명인은 의아해진 얼굴로 "일타 스님이 지금 어디에 계십니까" 하고 물었다. 혜국은 미소를 지으며 말했다.

"일타 스님에 대한 그리움이지요. 저는 그런 감정을 일타 스님이라 여기고 차를 올립니다."

눈으로 보이는 형상만 존재하는 것이 아니라는 말이었다. 형상의 내면, 즉 영혼이란 것까지 존재한다면 그것은 더욱 자유로울수밖에 없을 것 같았다.

"법당에서 차를 올리는 것도 그래요. 마음속의 내 감정에게 차를 올리고 있을 때가 많습니다. 내 감정과 어떤 기운이 부처님이라는 생각이 들지요."

고명인은 일타의 혼이 어디 있다는 것인지 비가 쏟아지고 있는 암자 밖을 내려다보았다. 비는 신록의 숲을 어루만지고 있었다. 문득 신록이 일타의 푸른 혼처럼 보였다. 혜국이 다시 들어와 얘기할 때까지 연초록의 산색에 눈을 주었다. 혜국은 좀 전보다 더 차분하게 얘기를 계속했다.

"10만배가 끝나는 날이 양력 3월 1일이었어요. 그날은 5천 배만 하지 않고 1만배를 했어요. 1만배가 끝나니 자정이었습니다."

암막새 끝에서 떨어지는 낙숫물 소리도 또르륵 또르륵 맑은 소리를 내고 있었다. 혜국의 얘기도 봄비처럼 다시 이어지고 있었다.

장경각 법당에서 1만배를 끝낸 혜국은 법당을 나와 오른손을 천으로 친친 감았다. 다섯 손가락을 부처님 전에 사신捨身하기 위해서였다. 손가락이 잘 타도록 알코올을 묻혔다. 불단에 앉아 계신 부처님을 향해 감사의 기도도 올렸다.

사신은 10만배를 무사히 회향하도록 가피를 준 부처님에게 바치는 공양이나 다름없었다. 천에 불을 붙이자 떨리던 가슴이 진정되었다. 그러나 손가락이 타는 고통은 차츰 심장을 찢어버릴 것처럼 커졌다. 혜국은 불에 타는 손가락을 보면서 기도했다. 이때가 새벽 1시경이었다. 칠흑 같은 밤이었다. 어두운 밤을 밝히는 빛이라고는 혜국의 손가락을 태우는 불빛이 전부였다. 비가 퍼부으려는지 달도 별도 없는 컴컴한 밤이었다.

'부처님, 금생도 내생도 참선만 하겠습니다. 불도를 이루어 세세생생 내 눈을 거쳐간 모든 중생들을 구원하고 성불토록 하겠습니다.'

새벽은 하늘과 땅 사이로 적막이 흐르는 강 같았다. 네 손가락이 모두 타고 나자 화독火毒이 온몸으로 퍼졌다. 손가락만 탈 때는 견딜 만했는데 살을 태운 불이 꺼지고 나자 오장육부를 칼로 후비는 듯했다. 혜국은 자신도 모르게 혼절할지도 모른다고 생각했다. 그래서 벙어리장갑을 불에 탄 손에 끼우고는 자리에서 벌떡 일어났다. 야경을 도는 스님을 피해 해인사를 떠나기로 작심했다.

'일타 스님, 성철 스님, 고맙습니다. 무사히 10만배를 마쳤습니다. 저의 이런 모습을 보고 걱정하실 것 같아 해인사를 떠납니다. 부처님께 사신공양을 했으니 이제 제 육신에 대한 허망한 애착은 더 이상 없습니다. 불도를 이루고 반야의 지혜를 얻어 다시 해인사로 돌아오겠습니다.'

걸망을 지고 가야로 가는 비포장도로를 걷는데 갑자기 비가 쏟아졌다. 혜국은 퍼붓는 비에 산짐승처럼 흠뻑 젖었다. 소낙비는 혜국을 관욕시키듯 온몸을 구석구석 씻겨주었다. 혜국은 빗방울이 벙어리장갑 속까지 흘러드는지도 모르고 밤길을 걸었다.

화독으로 오른팔이 퉁퉁 부어오르고 있었지만 혜국은 육신과 영혼이 청정해지고 있다는 기운에 사로잡혔다. 전생에 지은 업이 모두 소멸되고 있다는 티없이 맑은 느낌이 들었다. 몸속의 모든 독과 때가 씻겨지는 것 같아 상쾌했다. 손가락이 불에 탈 때처럼 고통과 상관없이 환희심이 났다.

몇 시간을 걸었던 것이 분명했다. 가야에 도착했을 때는 날이 밝아오고 6시에 대구로 떠나는 첫 버스가 시동을 걸고 있었다.

이때가 혜국의 나이 22세 무렵의 일이었다. 첫 버스를 타고 대구로 나온 혜국은 그제야 자신이 갈 곳이 없다는 것을 깨달았다. 아는 신도도 없고 찾아갈 만한 도반도 없는 풋중 때였던 것이다.

부어오른 오른팔의 고통은 이를 악물며 참아냈으나 살이 썩을지도 모른다는 두려움이 들었다. 치료를 받지 않으면 수행하는 데 장애가 될지도 모른다는 걱정이었다. 혜국에게 당장 떠오른 신도는 부산 사직구장 옆에 사는 보문성 보살이었다. 일타의 심부름으로 그 보살을 만난 적이 있었다. 혜국은 대구 시외버스 터미널에서 부산으로 가는 버스를 탔다.

부산에 도착하여 버스에서 내리자, 뜻밖에도 보문성 보살이 기다리고 있었다. 일타가 수소문하여 미리 연락한 것인지도 모르나 혜국은 놀라지 않을 수 없었다.

"스님, 연비하셨지요."

"보살님, 어떻게 아셨습니까."

"엊저녁 꿈에서 스님을 보았습니다. 불이 환한 장경각에서 스님이 연비하고 계셨습니다."

보문성이 재촉했다.

"스님 큰일 납니다. 어서 병원으로 갑시다."

보문성을 앞세워 간 곳은 동일병원이었다.

"발우공양을 하려면 손가락이 있어야 하니 가능하면 살릴 수 있는 손가락은 살려주십시오. 마취를 하지 않으면 빨리 낫는다고 하니 마취주사는 맞지 않겠습니다."

의사는 불에 탄 혜국의 손가락뼈를 자르고 난 뒤, 타다 만 살을 실로 꿰매고 나서 약을 발랐다. 응급치료를 마친 의사는 혜국에게 3개월간 입원을 권유했다. 그 기간 정도는 치료를 받아야 상처가 아문다는 것이었다.

혜국은 그날 밤 환자들이 잠든 새벽 2시쯤 손에 붕대를 감은 채 병원을 도망쳤다. 단 한순간도 참선을 하지 않고는 견딜 수 없었다. 손의 치료가 급한 것이 아니라 혜국에게는 참선 공부가 더 절박했다.

혜국은 부산역으로 찾아가 태백산으로 가는 기차를 탔다. 일타가 6년간 장좌불와했던 도솔암으로 가기 위해서였다. 그날 태백산 부근에 도착한 혜국은 밤새 걸어서 도솔암에 올라 걸망을 풀고는 생식을 시작했다. 솔잎만 먹으면 변비가 생기므로 생콩을 함께 먹었다. 죽을 각오로 암자에 올라서인지 몸의 화기는 약을 먹지 않고도 자연스럽게 빠져나갔다. 손가락뼈를 자르고 살을 꿰맨 실은 그대로 두니 새살 속에 묻혀버렸다. 병원으로 다시 가서 실을 빼고 말고 할 것도 없었다.


혜국이 둥근 손을 보여주며 웃었다. 고명인은 눈가에 눈물이 맺히는 듯하여 허공을 응시했다. 22세의 청년이 죽기를 각오하고 한 일이라지만 도무지 믿기지 않았다. 고명인은 자신의 인생에 그만큼 절박하고 처절했던 때가 있었을까 싶었다. 혜국은 지난날을 회상하며 웃고 있었지만 고명인은 마음이 울컥하고 처연해져 웃을 수도 울 수도 없었다.

"병원에서 난리가 났답니다. 보문성 보살이 '스님, 큰일 났습니다. 혜국 스님이 연비를 하셨는데 큰일입니다, 행방불명입니다' 하고 우리 스님에게 전화를 했더랍니다. 그러자 우리 스님은 '걱정 마세요. 도솔암에 갔을 거요. 그 정도 정신력이면 견뎌낼 겁니다. 걱정 마시오'라고 했답니다."

그런데 성철의 반응은 일타와 달랐다.

"그놈 오기만 해봐라. 그런 무식한 새끼가 어디 있느냐. 장경각 앞에서 태우다가 정신을 잃었으면 장경각 국보를 다 태웠을 거 아닌가!" 하면서 막 욕을 해댔다는 것이었다.

고명인은 심호흡을 했다. 혜국이 손가락을 태웠다는 절절한 얘기로부터 벗어나고 싶었다. 22세의 혜국이 오십대로 접어든 자신의 안일한 삶의 태도를 질책하는 것도 같아 쑥스럽기조차 하였다. 고명인은 슬그머니 화제를 돌렸다.

"일타 스님은 언제 모셔보았습니까."

"여러 번입니다. 약천사를 왔다 갔다 하시는 스님을 남국선원에서 좀 모시고 살았고, 해인사 극락전에서 지족암으로 가실 때까지 1966년인가 67년에 모시고 살았고, 제가 송광사 3년 결사를 마치고 돌아와 좀 모시고 살았습니다. 지금도 잊히지 않는 것은 지족암에 인사하러 가면 당신께서 당신 이부자리 옆에 제 이부자리까지 다 펴놓던 일입니다."

"그때 또 기억나시는 일은 없습니까."

"있지요. 한번은 스님께서 제게 이런 부탁을 하신 적이 있습니다."

혜국이 송광사에서 3년 결사를 마치고 지족암으로 인사하러 왔을 때였다. 일타가 혜국에게 다음과 같은 말을 하며 함께 정진하자고 제의했다.

"혜국 수좌, 자네는 3년 결사한다 하면 딱딱 그렇게 지켜내는데 나는 도솔암 6년 동구불출 이후 한 번도 그렇게 정진한 적이 없어. 태백산 도솔암 시절이 한 번만 더 왔으면 좋으련만. 자네가 태백산 도솔암이라 생각하고 이곳 지족암에서 문지기 노릇을 해줄 수 없겠는가."

문지기 노릇이란 신도가 찾아오면 돌려보내는 일이었다. 약속한 대로 일타는 2층으로 올라가 묵언정진에 들어갔고, 혜국은 문지기 노릇을 했다.

문지기 노릇이 생각처럼 쉬운 일은 아니었다. 일타를 만나러 온 신도들과 본의 아니게 티격태격해야 했다. 그러던 어느 날이었다. 부산의 보문성 보살과 서울에 사는 보살이 지족암을 올라왔다. 물론 일타를 만나 법문을 듣기 위해서였다. 혜국은 그간의 사정을 말하고 두 신도를 야박하게 돌려보내려고 했다. 다행히 보문성 보살은 "장하십니다, 장하십니다" 하며 오히려 고마워했다. 그러나

서울 보살은 물러서지 않았다.

"세상에 이런 법이 어디 있습니까. 스님 얼굴만 잠깐 뵙고 간다 는데 왜 가로막습니까."

2층에서 묵언 중인 일타의 귀에까지 옥신각신하는 혜국과 서울 보살의 목소리가 들렸는지 일타가 나지막한 소리로 신도를 올려 보내라고 말했다. 그래도 혜국은 "스님, 안 됩니다" 하고 신도를 쫓아보냈다.

일타는 그날 점심공양부터 숟가락을 들지 않고 금식에 들어 갔다. 혜국이 "스님, 공양 안 드세요" 하면 "남의 마음을 그렇게 상처 내놓고 밥이 목구멍으로 넘어가" 하며 공양하기를 거부했다. 할 수 없이 혜국은 일타에게 무릎을 꿇고 빌었다.

"스님, 제가 잘못한 것 같습니다. 어떻게 하면 되겠습니까."

"보문성 보살에게 전화로 물어보아라."

혜국의 사과를 받은 보문성 보살은 일타에게 전화로 말했다.

"스님, 너무 장하십니다. 너무 신심 납니다. 너무 고맙습니다."

그제야 일타는 신도들을 모질게 대한 혜국을 용서했다.

"문전박대를 당한 보문성 보살은 그래도 기분이 좋다네. 됐네, 우리 이제 밥 먹세."

혜국은 석종사에서도 일타를 좀 모신 적이 있다고 마저 얘기 했다. 비는 어느새 그치고 촉촉해진 산색은 더욱 푸르게 빛을 발 했다.

비 갠 산을 멍하니 바라보고 있던 고명인은 고개를 돌려 혜국을 바라보았다. 혜국이 정색을 하며 물었다.

"어머니께서 돌아가셨다고 했지요."

"그렇습니다."

"저는 얼굴만 봐도 알 수 있습니다. 생가지가 찢어진 나무를 보면 어딘지 균형을 잃은 듯한 모습이 느껴지지요. 어머니를 잃은 사람을 보면 그런 불균형이 느껴집니다."

"외람된 말씀이지만 스님의 어머니께서는 생존해 계십니까."

"출가한 승려에게 속가의 혈연은 아무 의미가 없습니다. 그러나 솔직하게 말씀드리자면 스님들에게도 어머니의 부재는 큰 외로움이지요. 그런 외로움이 수행을 더 잘하게 하는 힘이 되기도 하구요."

"외로움이 수행의 힘이 된다는 말씀입니까."

"수행자에게 외로움은 빈 바리때 같은 것입니다. 비어 있으니 채워야 되지 않겠습니까. 빈 바리때에 채우는 향기로운 공양물이 바로 수행정진이라는 것입니다. 중국에서는 수행자의 공양을 향적香績이라 합니다."

고명인은 혜국의 은유적인 말의 매력에 빠졌다. 수행을 오래 한 자는 언행에 향기가 느껴지는지도 몰랐다.

"사실 이 석종사를 창건한 것도 저의 어머니뿐만 아니라 이 세상 어머니에 대한 부채 의식에서 비롯된 측면이 있습니다."

혜국은 그 이유를 얘기하기 위해 현재 제주도의 남국선원을 맡고 있는 자신의 상좌 얘기부터 꺼냈다. 상좌는 만능 운동선수였다. 태권도도 잘하고 스케이트는 선수로도 활동한 적이 있을 만큼 힘이 넘치고 거친 청년이었다. 그런 상좌의 힘을 혜국은 참선 공부로 승화시켜주고 싶었다. 그래서 하루는 상좌를 불러 말했다.

"너, 나하고 봉암사에서 3년만 같이 공부하자."

"네."

그러나 상좌는 대답만 해놓고 나타나지 않았다. 할 수 없이 혜국은 봉암사 선방에서 한 철을 안거한 뒤 해제 때 상좌를 찾아나섰다. 수소문한 지 얼마 되지 않아 혜국은 상좌를 만났다. 혜국은 약속을 어긴 상좌를 추궁했다.

"너는 은사하고 약속한 것도 헌신짝 버리듯 하는 놈이냐."

"죄송합니다."

"앞으로 공부는 어찌 할 것이냐."

"스님, 사실은 사정이 있었습니다. 저로서는 약속을 어길 수밖에 없었습니다."

"그렇다면 그 이유를 사전에 말해야 될 것이 아니냐."

"스님은 벌써 선방에 들어가시고 난 뒤였습니다. 오히려 때를 기다렸다가 스님께 말씀드리는 것이 도리일 것 같았습니다."

듣고 보니 상좌의 사정도 딱한 데는 있었다. 이북 출생의 아버지가 어머니를 만나 남한 땅에 정착하여 9남매를 본 모양이었다. 형제자매 모두가 시집 장가도 못 가보고 죽어 상좌 혼자 남아 살고 있는데, 아버지가 돌아가시고 홀로 계신 어머니마저 교통사고로 허리를 다쳐 거동을 못하게 되자 자신이 병간호를 하느라 약속을 지키지 못했다는 것이었다. 혜국은 용서하는 대신에 한 가지 다짐을 받았다.

"마흔 살이 되기 전에 한 손바닥에서 나는 소리를 이를 만큼 참선할 자신이 있느냐. 있다면 네 어머니는 내가 책임지마. 나는 열세 살에 출가해서 어머니 한번 모시지 못했다. 이제 네 어머니를 내 어머니처럼 모실 것이다."

상좌는 선뜻 대답을 못했다. 어머니를 잊고 마흔 살이 되기 전에 한 손바닥에서 깨침의 소리를 들을 수 있느냐는 혜국의 다그침에 대답을 못하는 것은 당연했다. 마흔 살이 되기 전에 불도佛道를 이루고 말 것이라는 확신이 서지 않기 때문이었다.

"1백 일 동안 시간을 줄 테니 심사숙고해서 결정해라."

"그러겠습니다."

상좌는 1백 일이 지난 뒤, 혜국이 봉암사 선방으로 다시 돌아와 있을 때 답변했다.

"스님, 참선을 하겠습니다."

그런데 막상 상좌의 어머니를 맡고 난 혜국은 난처해졌다. 찾아보아도 상좌의 어머니를 모실 만한 마땅한 절이 없어서였다.

할 수 없이 혜국은 자신이 직접 절을 지으려고 절터를 찾기 시작했다.

해제일이 가까워지자 절터가 더 간절해졌다. 그러던 중 선방에서 꾸벅꾸벅 조는데, 해인사 장경각에서 경험한 것처럼 노사 고경이 또 등 뒤에서 튀어나와 혀를 차며 말했다.

"끌끌끌. 중원 땅에 지가 살던 땅을 놓고 어딜 찾아. 공부를 오죽 못했으면 지가 살던 데를 못 찾아가."

고경의 꾸중을 듣고 있는 동안 절터의 풍경이 뇌리를 스쳤다. 산자락이 허물어진 자리에 양철지붕의 촌가가 있고, 촌가 마당 풀밭에는 탑이 흩어져 뒹굴고 있었다. 혜국은 뇌리의 영상이 지워지기 전에 고경에게 물었다.

"노장님, 거기가 어딥니까."

"방금 네가 본 곳이다."

"지명을 알아야 찾아가지 않겠습니까."

"인연 따라 찾아가봐."

비몽사몽 간이었지만 혜국은 절터의 풍경을 잊을 수 없었다. 해제하자 혜국은 걸망을 지고 나섰다. 봉암사를 걸어내려 와 가은에서 무작정 버스를 타려고 기다리는데 충주행 버스가 달려오고 있었다.

혜국은 이것도 인연인가 싶어 충주행 버스에 올랐다. 구불구불한 새재를 넘어가니 바로 충청도 땅이었고, 한두 시간 더 달리자 충주가 나타났다. 혜국에게 충주는 생면부지의 도시였다.

버스에서 내리자 산천초목이라는 부동산 사무실이 첫눈에 들어왔다. 혜국은 산천초목 부동산 사무실로 들어가 다짜고짜 물었다.

"산자락이 허물어지고 양철지붕의 촌가가 있고 탑이 흩어져 있는 땅이 있습니까."

"사람을 찾습니까, 땅을 찾습니까."

"땅을 찾습니다."

그제야 부동산 사무실 주인이 일어나 혜국을 맞았다. 탁발을 온 승려로 알고 있다가 땅을 찾는다는 말에 반색을 하고 말했다.

"그런 땅이 있습니다. 3년 전에 내놓았는데 길이 없어 안 팔리는 땅입니다."

혜국은 부동산 사무실 주인을 앞세우고 양철지붕의 촌가와 허물어진 탑이 있는 곳으로 갔다. 과연 그 땅은 봉암사 선방에서 비몽사몽 간에 보았던 풍경과 다르지 않았다. 혜국은 환희심이 나 부동산 사무실 주인에게 매달렸다.

"이 땅을 사겠습니다."

"에이, 스님. 이런 땅은 사지 마십시오. 길도 없는 산자락에 어찌 사시려고 합니까. 저는 스님에게 욕먹기 싫습니다."

"그러지 마시고 이 땅 한 평에 얼마입니까."

"6천 원입니다."

혜국은 부처님을 모시게 될 절터를 나름대로 예우하고 싶었다.

깎지 않고 오히려 평당 값을 5백 원씩 더 주겠다고 마음속으로 계산했다.

"사장님, 5백 원씩 더 보태서 6천 5백 원에 사겠습니다."

"뭐라고요."

"더 드려야 하는데 돈이 없어 5백 원밖에 올려드리지 못하겠습니다."

부동산 사무실 주인은 아주 만족해했다. 그러면서도 혜국을 흘깃 보며 '또라이가 왔구먼' 하는 얼굴 표정을 지었다. 그때 혜국이 우여곡절 끝에 사들인 땅은 8백여 평이 될까 말까 했다.

혜국이 먼저 한 일은 상좌 어머니를 모셔 오는 일이었다. 상좌가 어머니를 잊고 참선 공부만 매진하도록 하기 위해서였다. 그런데 상좌 어머니에게 문제가 하나 생겼다. 외진 산속에 모셔와 보니 상좌 어머니가 외로움을 탔다.

'이왕 이곳에다 내 인생을 걸 바에는 절집 돈으로 학교 다닌 빚이나 갚자.'

상좌 어머니의 외로움을 달래는 방법은 사정이 딱한 누군가를 데려와 함께 살게 하는 것이었다. 마침내 혜국은 아들이나 딸이 하나밖에 없는데 그 자식이 출가하여 의지할 데가 없어진 어머니 다섯 명과 고아 다섯 명을 데려왔다. 그러자 상좌 어머니의 외로움은 해결됐는데, 이제는 아이들의 학비가 걱정이 되었다.

할 수 없이 혜국은 마을일을 나가 노임을 벌어들였다. 새벽예불

끝내고 아침공양을 마치면 예비군복으로 갈아입고 쏜살같이 마을로 내려갔다. 노임은 어른이 1만 3천 원, 조수가 8천 원이었는데, 혜국은 초보자이면서도 일을 잘한다고 하여 1만 2천 원을 받았다. 닷새를 하루도 쉬지 않고 일하고 나니 6만 원을 계산해주었다. 마을 사람들은 예비군복을 입은 혜국을 '김 씨'라고 불렀다.

"김 씨, 5천 원만 내시오. 저 밑에 길을 좀 닦아서 리어카도 올라 다니게요."

혜국은 5일 동안 일한 임금 6만 원을 전부 내놓았다.

"아니, 5천 원만 주라니까 6만 원을 주는 사람이 어디 있소. 머리가 돌지 않은 사람이라면 말이오."

혜국은 이 일로 마을 사람들에게 머리가 돌았거나 좀 모자란 사람으로 여겨졌다. 그러나 혜국이 마을 사람들에게 6만 원을 내놓은 것은 언젠가 울력을 해서라도 절에 오르는 산길을 닦아야 하기 때문이었다.

노임을 받는 일 중에는 숲 가꾸기도 있었다. 마침 충주에는 숲을 시범적으로 잘 가꾼 산이 있었다. 식목일에는 행사도 치르는 숲이었다. 그날은 농림부 장관이 내려와 숲 가꾸기 시범을 참관할 예정이었으므로 많은 일꾼들이 동원되었다. 혜국도 나가 일을 했다. 그런데 장관이 혜국의 등 뒤에 서서 묻고 있었다.

"저분이 누굽니까."

"머리 깎은 걸 보면 교도소에서 나왔는지도 모르겠습니다. 허나 마을 사람들이 다 존경할 만큼 잘 살고 있는 분입니다."

"그렇습니까. 저분은 스님이 아닙니까."

"잘은 모르겠습니다. 새벽에 일어나 보면 우리보다 먼저 일어나 산길을 쓸고 있는 분입니다."

"새벽에 길을 쓸고 있는 분이라고 했습니까. 저분을 좀 만나게 해주세요."

그런데 장관은 혜국을 보더니 땅바닥에 엎드려 오체투지로 절을 했다. 마을 사람들과 관청의 관리들이 모두 놀랐다. 장관이 사람들을 향해서 말했다.

"제가 부처님같이 모시는 스님입니다."

이 사건으로 혜국은 일자리를 잃고 말았다. 동네에 유명한 스님이라고 소문이 났고, 그래서 마을 사람들이 일자리를 주지 않았던 것이다.


혜국은 잠시 말머리를 돌려 그 장관을 만난 인연을 얘기했다. 군인들이 군화를 신고 법당으로 들이닥친 이른바 법란法亂 때였다. 다행히 봉암사는 스님들이 격렬하게 저항하여 군인들이 들이닥치지는 못했다. 그때도 혜국은 봉암사에서 참선하고 있었는데, 서울 총무원의 재무부장스님에게서 다급한 전화가 걸려왔다. 군인들에게 조계종이 유린당하고 있다는 급보였다.

봉암사 수좌들은 두 패로 나뉘었다. 한쪽은 총무원을 지키기 위해 상경하자는 입장이었고, 다른 한쪽은 수좌들은 세상 돌아가는 일에 어둡기 때문에 가면 안 된다는 입장이었다. 혜국은 후자를 택했다.

"정말 나 혼자 분신이라도 해서 바로 잡힌다면 그렇게라도 했을 겁니다. 그때 저는 봉암사 산내 암자인 백련암에서 장작만 팼습니다. 중견 스님들이 다 붙들려 갔으니 가슴이 쓰릴 뿐이었습니다. 저는 쓰린 마음으로 장작만 팼지요."

그러던 어느 날 혜국에게 제주도 관음사 주지로 가라는 발령이 났다. 서울 총무원으로 올라가 항의했지만 소용없는 일이었다. 할 수 없이 혜국은 주지 발령을 받기로 하고 제주도로 내려갔다. 혜국의 나이 32세 때의 일이었다. 선거 때가 되자 혜국은 말사주지를 모아놓고 법란을 일으킨 정부에 대해서 반감을 표시했다.

"나는 산에만 살아서 세상을 잘 모릅니다. 우리는 짓밟혔습니다. 힘을 합쳐 우리 힘을 보여줍시다."

혜국은 절의 조직과 아무 관련이 없는, 송광사 방장 구산에게 계를 받은 국회의원 후보를 밀었다. 혜국에게 협박이 가해졌으나 혜국은 피해 다니며 그 후보를 도왔다. 결국 그 후보는 유력한 후보를 제치고 당선이 되었다. 다음 선거에서는 어렵지 않게 또 당선되었다. 그러고 나서는 그가 농림부 장관 자리까지 올랐던 것이다. 일자리를 잃게 된 혜국은 바로 장관에게 전화를 걸어 항의했다.

"남의 직업을 뚝 떨어뜨려 놨으니 이제 어떻게 하시겠습니까."

"스님, 제발 그러지 마십시오. 저희가 하겠습니다."

혜국에 대한 좋은 평으로 절 땅은 8백 평에서 해마다 신도들이 사들여 지금은 2백 평이 모자란 10만 평으로 불어났다. 바로 그 터에 오늘의 석종사가 자리 잡게 된 것이었다.


고명인은 절 땅 얘기보다는 상좌 어머니가 더 궁금했다. 그래서 암자 마당을 나서면서 물었다.

"상좌 분의 어머니는 지금도 이 절에 계십니까."

"아닙니다. 남국선원으로 가셨습니다. 할머니들 중에 두 분은 여기서 돌아가시어 제가 염하고 화장을 해드렸습니다. 또 두 분 할머니는 자식 스님들이 자리 잡혀 모셔갔습니다. 이곳으로 데려온 아이들도 다 커서 이번에 막내가 대학을 졸업해서 나갔습니다."

이윽고 고명인은 혜국에게 합장을 했다. 혜국도 짧게 합장하고는 암자로 다시 들어갔다. 고명인과 헤어지는 혜국의 태도는 조금 냉랭했다. 수좌들은 잔정을 삶의 군더더기로 생각하는지도 몰랐다.

일타 스님이 청정한 계율도량으로 정화하기 위해 머물렀던 은해사

차 달이고 향 사르는 곳

고명인은 은해사 산문 밖에 승용차를 세웠다. 숙박할 수 있는 호텔을 찾기 위해서였다. 미국으로 돌아가기 전 은해사로 내려올 수밖에 없었던 이유는 일타의 다비를 은해사에서 했다는 얘기를 들었기 때문이었다. 일타의 법구法軀를 제자들이 하와이에서 운구해 와 은해사 다비장에서 다비했다는 얘기를 광덕사와 석종사에서 들었던 것이다.

다비장을 가면 일타의 흔적이 한 자락이라도 남아 있을 것 같았고, 더욱이 혜각의 말에 따르면 일타의 제자 가운데 한 스님인 법타가 은해사 주지 소임을 맡고 있다고 하니 은해사를 들르지 않을 수 없었다.

푸른 숲 속 어딘가에서 새소리가 끊어질 듯 말 듯 들려왔다. 사람의 감정을 구슬프게 자극하는 소쩍새 울음소리였다.

매표소 직원이 손부채를 들고 고명인에게 다가오더니 건성으로 물었다.

"은해사 신도십니꺼."

"아닙니다."

"관광객입니꺼."

"관광객으로 보이십니까."

"그리 말씀하시니 입장료를 받아야 할지 말아야 할지 모르겠십니더. 하하하."

"법타 스님은 지금 계십니까."

"주지스님 말입니꺼. 출타 중이시십니더."

고명인은 놀란 채 물었다.

"스님을 뵈러 왔습니다만."

"약속하고 오셨습니꺼. 뵙기 엄청 힘든 분입니데이."

"그냥 내려왔습니다."

매표소 직원은 손부채를 펴서 부치는 시늉을 하며 표를 받는 자기 위치로 돌아가려고 했다.

"주차장은 어디에 있습니까."

"큰절 경내에도 있십니더. 그 길로 죽 들어가면 주차장이 나올 낍니더."

신도증을 붙인 승용차들이 일주문을 돌아서 오가고 있었다. 고명인은 다시 승차하여 차창을 열고 경내 쪽으로 서행했다. 토요일이어선지 산길은 자못 사람들로 붐볐다. 고명인은 냇가 벛나무 그늘에 차를 주차시켜 놓고 종무소로 찾아갔다. 해인사에서도 그랬고 다른 절에서도 종무소를 찾아가 친절한 안내를 받았던 기억이 좋았던 것이다.

종무소 한쪽에 마련된 접견실에는 이미 객승인 듯한 스님과 종무소 스님이 얘기를 나누고 있었다. 고명인이 은해사에 온 용건을 말하자, 얘기를 나누고 있던 종무소 스님이 합석을 권유했다.

"들어와 앉으십시오. 주지스님께서는 며칠 전에 북한으로 가셨습니다."

"저 삼팔선 너머 이북 말입니까."

"그렇습니다. 이상해할 것 없습니다. 신도 분들은 우리 주지스님을 통일보살이라고 부릅니다."

"언제 오십니까."

"가신 지 일주일이 넘었으니 곧 오실 때가 됐습니다."

종무소 스님이 달력을 살펴보더니 기지개를 켜듯 어깨를 펴면서 말했다.

"아, 내일은 오시겠습니다. 만나뵙고 가시겠습니까, 아니면 그냥 가시겠습니까."

고명인은 망설일 것도 없이 당연히 만나보고 싶었다.

"뵙고 싶습니다."

"그러시다면 여기에 적힌 양식대로 적어주시겠습니까."

고명인은 종무소 스님이 내민 종이에 자신의 이름과 나이, 그리고 주소를 적고 방문 목적을 '인터뷰'라고 간단하게 적었다. 종무소 스님이 종이를 돌려받으며 관심을 보였다.

"미국에서 오셨군요. 기자 분입니까."

"기자는 아닙니다. 일타 스님에 관해서 알고 싶어서 왔습니다."

"그렇습니까. 그렇다면 여기 계신 스님께서도 도움을 줄 수 있을 것 같습니다. 오늘 은해사에 오셨는데 일타 스님 상좌이시거든요."

뜻밖의 만남이었다. 오십대의 아주 건장하게 생긴 스님은 스스럼없이 고명인에게 악수를 청했다. 몸집에 비해 손은 음식을 잘하는 여인처럼 가늘고 길었다.

"선혜 스님입니다. 영천시를 지나가는 길에 주지스님을 뵙고 싶어 왔습니다."

"저는 고명인이라고 합니다."

잠시 자리를 비웠던 종무소 스님이 다시 들어오더니 말했다.

"스님, 오늘 마침 학생들이 수련회 들어와서 절에는 주무실 방사가 없다고 합니다. 어찌합니까. 불편하시더라도 제가 거처하는 묘봉암으로라도 올라가시겠습니까."

"묘봉암이 더 좋지요. 팔공산에서 제일 높은 데 있는 묘봉암이 아닙니까."

"좋기로 치자면 은해사보다 좋은 명당이지요. 잠만 자도 도가 닦인다는 터가 아닙니까."

선혜가 고명인에게도 권유했다.

"함께 묘봉암으로 갑시다. 어차피 주지스님은 내일 뵐 수 있으니까."

"제가 따라가도 불편하지 않겠습니까."

"일체유심조입니다. 불편하다는 그 생각, 놓아버리면 됩니다. 신경 쓰지 마십시오. 하하하."

고명인은 선혜를 따라 종무소를 나왔지만 대낮에 묘봉암을 찾아올라가는 것은 무료할 것 같아 좀 내키지 않았다. 더구나 승용차로 10여 분 거리라고 하니 큰절인 은해사에서 더 머물러 있고 싶었다.

"스님, 은해사에는 전통 찻집이 없습니까."

"고 선생, 차를 좋아하십니까."

"그런 것은 아닙니다만."

선혜는 차라는 말이 나오자 눈을 반짝였다. 좀 난감해하던 얼굴에도 생기가 돌았다. 두리번거리며 차 마실 공간이 없나 살피더니 종무소 스님에게 말했다.

"스님, 차 한 잔 마실 방은 없습니까."

"원주실이 잠시 비어 있으니 그곳으로 안내하겠습니다."

"스님, 차와 인연이 깊은 것 같습니다."

"차밭도 가지고 있고, 서울 인사동에 다도 사무실도 있고, 대학에 다도 강의도 나가고 있습니다."

원주실에 앉자마자 선혜는 스승인 일타와 차로 인연 맺은 얘기를 했다.

"우리 스님은 차를 다양하게 자셨습니다. 세계의 차를 경험해 보시고는 중국차는 중국 다기로, 일본차는 일본 도자기로 마셨습니다. 말차가 유행하기 전에 스님께서는 벌써 말차도 마셨습니다. 우리 차가 제일이라고 하면서도 세계의 차를 고루 드신 분입니다."

선혜는 일타를 떠올리며 신이 나는지 점점 큰 소리로 말했다.

"스님은 참 다양한 것을 좋아하셨습니다. 그래서인지 상좌들도 그 가풍이 참 다양합니다. 혜인 스님은 불사 잘한다고 하고, 혜국 스님이나 혜문 스님은 참선 잘한다고 하고, 법타 스님은 통일운동 잘한다고 하고, 그렇게 칭찬하실 때 거기에 저도 말석으로 끼어 선혜는 차를 참 잘 만든다고 말씀하셨다고 합니다."

"일타 스님께서도 차를 즐겨 마셨던 모양입니다."

"차 마시는 분위기를 한껏 즐기시는 분이었습니다. 차는 진하지 않게 우리도록 했고 연한 차를 섬세하게 드셨습니다. 법문을 잘하시는 분이었으므로 분위기가 없으면 당신이 분위기를 만들며 차를 드셨지요."

"멋들어진 다승茶僧이셨군요."

"우리 스님은 보기 드물게 편안한 다인茶人이셨습니다. 스님의 구수한 다담茶談은 반드시 선禪으로 귀결됐고, 분위기를 띄우는 일상적인 얘기도 듣다 보면 인과응보로 결론을 맺곤 했습니다. 우리 스님께서 차 마시는 모습이 바로 다선일여茶禪一如가 아니었던가 싶습니다."

선혜는 차를 만들어 해마다 일타를 찾아 공양을 올리곤 했다. 햇차의 맛과 색, 향이 어떤지 품평品評을 듣기 위해서였다. 그때마다 일타는 차를 음미하고 나서는 선이 향상일로向上一路를 위한 수행인 것처럼 차 만드는 일도 그래야 한다고 법문하곤 했다.

"향상이 없는 수행은 죽은 수행인 거여. 차 만드는 것도 마찬가지지 뭐. 작년 것과 금년 것이 같으면 안 돼. 금년에는 새로운 것을 만들어야지. 차 만드는 것도 흐르는 물과 같아야 되는 거여. 정지하면 안 돼. 그러려면 늘 공부하고 향상이 있어야지."

일타가 선혜를 만날 때마다 늘 화두처럼 던지는 말은 "차는 가마솥에서 푹 익어야 제 맛이 난다"는 경책이었다.

"지금 생각해보니 가마솥에서 푹 익은 차와 같은 중이 되라는 말씀이 아니었는지 생각됩니다. 우리 스님이 학자가 됐다면 아마도 일세를 책임질 수 있는 대학자가 되지 않았을까 싶습니다. 풋중일 때 사숙님들에게 들은 얘기입니다만 당신들은 그날 배운 것을 종일 외워도 못 마치는데 우리 스님은 30분만에 다 외웠다고

합니다. 그래 놓고 아직 어리니까 낮에는 연도 날리고 그랬다고
합니다."

선혜는 또 일타야말로 차 만드는 사람의 수고를 누구보다 잘
알던 분이라고 자랑했다.

"제가 차를 만들어 갖다 드리면 꼭 차 값으로 10만 원을 주셨
습니다. 과문해서 그런지 몰라도 제자에게 차 값을 주는 우리 스
님 같은 분을 저는 아직 보지 못했습니다. 세상에는 공짜가 없다
는 것을 가르쳐주기 위해 그러셨던 것 같았습니다."

선혜는 방 안에 있는 차통의 맛이 신통치 않은지 자신의 걸망
에서 차통을 꺼낸 뒤 다시 차를 우렸다. 과연 좀 전의 차맛과 향
이 전혀 달랐다.

"차를 일타 스님께 배웠습니까."

"아닙니다. 차는 사천 다솔사 효당 스님 문하에서 배웠습니다."

선혜는 효당에게 다도를 배운 기억을 더듬었다.

"다도에 빠지게 된 계기는 이렇습니다. 제가 1970년에 해인사
로 막 출가했을 때 우리 스님께서는 선원에서 수행하셨고 저는
차를 달여 올리는 시자로 있었습니다. 우리 스님께서 참선하시던
중의 여가나 손님이 오셨을 때 차를 달여 올리면 저를 칭찬해주
셨습니다. 그 때문에 해인사 대중들에게 '선혜는 차에 대하여 잘
아는 사람'으로 알려지게 됐습니다. 그러나 실상은 출가하기 전
에 아버님의 차 생활을 엿본 것일 뿐 깊게 알지는 못했습니다. 해

인사 승가대학 시절에는 방학이 돌아와 대학생들이 수련회를 갖게 되면 다도강사로 초청받곤 했는데, 그때마다 짧은 다도 상식으로 전전긍긍할 수밖에 없었습니다."

그런데 그때 선혜는 우연히 『독서신문』을 보게 되었다. 신문의 한 지면에는 효당이 「한국의 다도」를 연재하고 있었는데 선혜는 이 연재를 보면서 다도강사로서의 위기를 모면할 수 있었다. 효당의 「한국의 다도」는 다도의 독창적인 입문서이자 주체적인 다도학茶道學의 글이었기 때문이다.

선혜는 『독서신문』에 연락하여 연재 1호부터 글을 전부 모아 「한국의 다도」 내용을 모두 외울 정도로 읽고 또 읽었다. 그로부터 직접 효당을 만난 것은 3년 뒤였다. 이후, 선혜는 해제 철마다 다솔사로 찾아가 다경茶經, 다신전茶神傳, 동다송東茶頌 등을 틈틈이 배웠다.

"효당 스님의 진면목을 볼 수 있었던 것은 돌아가시기 전 3년 동안이 아니었나 싶습니다. 스님의 서울 생활은 다솔사와 비교하면 고단한 생활이었습니다. 경제적으로도 넉넉하지 못했고, 또 병환 중이었습니다.

그러나 남 앞에서 돈 걱정하는 모습을 볼 수 없었으며, 편찮으셔도 누워서 손님을 맞이하는 법이 없었습니다. 깊은 병마와 싸우면서도 가르침을 청하면 시간이 허락하는 대로 차 한 잔을 앞에 놓고 법문하셨습니다. 당신 몸 살피기도 바쁘신데, 늘 제자들,

이웃들, 친구들에 대한 걱정을 앞세웠습니다. 효당 스님은 진정한 다인이셨지요. 지금 돌이켜보면 아쉬움이 많이 남지만 그 가운데서도 좋아하시는 차 한 잔 근사하게 올리지 못한 것이 마음에 걸립니다."

선혜는 종무소 스님이 들어오자 비로소 차 이야기를 거두었다.

"법타 스님께서 오늘밤에 돌아오신다고 합니다. 시봉하는 스님이 방금 전화를 받았다고 합니다."

"그렇다면 묘봉암으로 올라가지 않고 은해사에 있어도 되겠습니까."

"제 생각으로는 스님께서 피곤하실 것 같습니다. 내일 아침 일찍만나뵙는 것이 좋지 않겠습니까."

선혜는 고명인에게 의사를 물었다.

"고 선생은 어찌하시겠습니까. 제 생각으로도 내일 아침이 좋겠습니다만."

"묘봉암으로 올라갔다가 내일 아침 일찍 내려오겠습니다."

"그렇다면 두 분께서는 지금 묘봉암으로 올라가십시오. 제가두 분의 저녁공양을 준비하도록 연락해두겠습니다. 차는 승용차보다는 지프가 안전합니다. 지난 폭우에 산길이 절단 난 곳이 있어서요."

선혜가 웃으며 말했다.

"걱정 마십시오. 제 차로 올라가면 됩니다."

종무소 스님 권유대로 선혜와 고명인은 바로 묘봉암으로 올라갔다. 스님의 말대로 산길은 차 한 대가 겨우 오를 수 있을 만큼 좁은 데다 토사가 유실된 곳이 많았다. 선혜는 그런 것에 신경 쓰지 않고 자신의 지프를 능숙하게 몰았다.

"고 선생, 오늘 제가 너무 얘기를 많이 한 것 같습니다."

"아닙니다. 일타 스님을 얼마나 모셨는지 저는 그것도 궁금해집니다."

"아까도 말씀드렸습니다만 우리 스님께서 선원에 계실 때 잠깐 시봉했고, 제가 승가대학을 졸업하고 나서 잠깐, 그리고 태백산 도솔암에서 한두 해 모신 것이 전부입니다."

"사실은 그 얘기를 듣고 싶습니다."

"어려운 부탁이 아닙니다. 묘봉암에서 차 한 잔 우려놓고 해드리지요."

차창으로 보니 은해사가 산 아래 멀리 보였다. 상당히 높은 곳에 오른 듯 두 귀가 먹먹했다. 그래도 지프는 씩씩거리며 폭우에 패인 산길을 거침없이 올랐다.

산 정상에 가까워지자 풍경 소리가 들려오고 옅은 구름이 흐르는 듯 차갑고 축축한 기운이 느껴졌다. 공기도 한결 신선했다. 주차장에 지프를 정차하고 선혜가 맨손체조를 하듯 팔을 휘휘 저었다. 산길을 운전하면서 긴장한 팔의 근육을 풀기 위해 그랬다.

고명인은 묘봉암을 바라보며 감탄했다. 산 정상에 두 채의 가람이 새 둥지처럼 자리 잡고 있었다. 고명인은 선혜를 따라 법당으로 들어가 참배했다. 그러고 나서 목을 축이기 위해 샘물을 찾았다. 그때 방 안에서 얼굴이 해맑은 한 스님이 나와 말했다.

"무슨 일로 오셨습니까."

고명인이 대답 대신 뒤돌아보자, 묘봉암 스님이 미소를 지었다. 선혜와 아는 도반인 듯 마당으로 내려서서 합장했다.

"선혜 스님, 무슨 일로 묘봉암까지 올라오셨습니까."

"하룻밤 묵으러 왔습니다."

"큰절 스님에게 휴대폰으로 연락을 받았습니다만 선혜 스님인 줄은 몰랐습니다. 저는 이곳에서 기도 중입니다."

"언제까지 합니까."

"정해놓고 하는 것은 아닙니다. 기림사를 나왔으니 여유를 가지고 머물면서 기도하려고 합니다. 그동안 너무 바쁘게 살았는지 몸에 진이 다 빠진 듯합니다."

선혜가 고명인을 소개했다.

"아 참, 이분은 미국에서 오신 교포인데 법타 스님을 뵈러 왔다고 합니다."

"고명인입니다."

"저도 미국에서 몇 년 살았습니다."

묘봉암 스님은 가끔 기본적인 일상용어를 영어로 발음했지만 고명인은 그것 때문에 친근감이 느껴지지는 않았다. 고명인이 묘봉암 스님에게 친화력을 느낀 이유는 다른 데 있었다. 스님은 일타 문중이 아니지만 일타를 존경하여 귀한 물건이 생기면 그것을 들고 인사를 다닌 적이 있다고 말했다. 특히 신도로부터 산삼이 생기자마자 건강을 회복하라고 일타에게 공양했다는 얘기를 했다.

그러나 묘봉암 스님과는 더 이상 자리를 함께하지 못했다. 스님이 철야기도를 한다며 법당으로 들어가버렸기 때문이었다. 저녁공양을 하고 난 뒤부터는 선혜와 줄곧 차를 마셨다. 이따금 신도들이 들락거리는 소리가 났지만 그들은 요사 건넌방으로 가 잠을 청하거나 법당으로 가 기도를 했다. 선혜는 무슨 생각이 들었는지 차를 마시다가 큰 소리로 웃었다.

"스님, 목소리가 원래 크신 모양입니다."

"원래 우리 속가는 불교 집안이었어요. 당시 유명한 지효 스님, 일타 스님, 경산 스님 같은 분들의 법명을 귀동냥으로 들어 알고 있었습니다. 학교를 마치자마자 지효 스님이 대구 동화사에 계신다기에 그곳으로 가 행자복을 입었지요. 그런데 스님이 범어사로 가시고 안 계신 거예요. 그래서 나도 범어사로 갔지요. 거기에도 지효 스님이 안 계셔서 다시 해인사로 행자복을 입은 채 갔어요. 그때는 행자복이 따로 없었어요. 스님 복장과 똑같았습니다. 해인사 종무소로 가니까 어디서 도망친 행자로 알아요. 그래서 전라도 절에 갔는데 마음에 들지 않아서 해인사로 왔다고 거짓말을 했지요. 마침내 종무소 스님이 원서를 주면서 작성하라고 하는데 특기란도 있었습니다. 저는 대여섯 가지의 특기를 쓰면서 노래도 썼습니다. 하하하. 한 스님이 노래를 시키기에 조영남의 「보리밭」을 목청껏 불렀지요. 지관 스님이 종무소로 전화하고 야단이 났습니다. 어떤 놈이 종무소에서 고성방가를 지르느냐고 말입니다. 이후부터 저는 본의 아니게 '가수행자'가 돼버렸습니다."

"해인사로 가 일타 스님을 뵙게 되었군요."

"속가에서 지효 스님, 일타 스님 얘기를 많이 들어 자연스럽게 일타 스님의 상좌가 되고 싶었습니다. 행자 생활을 할 때부터 마음속으로 일타 스님을 생각했었지요."

그때 일타는 외국에 나가려고 대구로 나가 영어 공부를 하고 있던 중이었다. 선혜는 마음이 조급했다. 모레가 수계식인데 은사가 정해지지 않아서였다. 그런 선혜더러 총무 소임을 보던 명진이 "내 상좌 해라" 하고 여러 번이나 권유했지만 선혜는 "저는 사판승의 상좌 되기 싫습니다" 하고 거절했다. 오로지 일타의 상좌가 되겠다는 생각뿐이었다. 선혜는 일타의 상좌를 찾아가 옥신각신 끝에 스님이 계신 곳을 물어 대구로 나갔다.

그런데 대구로 나가 스님이 머물고 있는 절에 가보니 막상 스님은 외출하고 없었다. 큰일이었다. 막차가 끊어지기 전에 해인사로 돌아와야 했기 때문이었다. 게다가 일타를 기다리고 있는 사람은 선혜뿐만이 아니었다. 신도들이 모여 일타를 웅성웅성 기다리고 있었다. 할 수 없이 선혜는 한 스님에게 통사정을 하게 됐고, 그때 마침 일타가 외출에서 돌아왔다. 그 스님이 일타에게 선혜의 사정을 이야기하자, 일타가 선혜에게 버스비를 주며 말했다.

"너 뭐 하러 왔노. 낼모레면 내가 해인사에 들어갈 텐데."

수계식 날이 되자, 선혜는 불안하기 짝이 없었다. 다른 행자들은 은사가 정해져 법명을 받고 수계식을 기다리는데 자신은 은사를 스스로 정해놓았을 뿐 정작 일타가 허락한 일은 없기 때문이었다.

선혜는 한 시간이나 극락전 골방 앞에서 기다린 끝에, 수계식이 시작되는 9시 전에 일타를 잠시 만났다. 일타는 선혜와의 약속을 잊지 않고 있었다. 선혜에게 두 가지 법명을 놓고는 하나를 선택하라고 했다.

"스님이 정해주십시오."

"선혜라는 법명이 좋겠다. 부처님 전생담에 말여, 선혜 보살이 있었어. 선혜 보살의 선 자는 착할 선善, 혜 자는 베풀 혜惠 자야. 착한 일을 아주 많이 한 보살이라는 뜻이지."

선혜의 은사가 된 일타는 법문 대신 부처님의 전생담을 하나 얘기해주었다. 무량겁 전에 불사성이란 성城에서 산 선혜 보살 얘기였다.

선혜는 고아였다. 청정하고 아름다운 용모를 갖춘 선혜의 부모는 선혜가 어렸을 적에 죽었던 것이다. 그런데 선혜는 욕심이 없었으므로 부모에게 물려받은 많은 재산을 어려운 이웃들에게 나누어주고 수행의 길을 떠났다. 그때 마침 연등불이 나타나 법륜을 굴리니 삼천대천세계가 움직였다. 선혜는 선정에 들어 그 소리를 듣지 못했다.

연등불은 희락喜樂이라는 성에 도착하여 선현정사善現精舍에 머물렀다. 사람들은 연등불이 오는 길에 은모래를 깔고 꽃을 뿌렸는데, 이 소식을 들은 선혜도 혼자 가만히 생각하였다.

'부처님 뵙기가 얼마나 어려운 일인가. 나도 부처님께 꽃을 공양하리라.'

그러나 연등불에게 공양할 아름다운 꽃을 구하기란 쉽지 않았다. 겨우 구리선녀가 3천 년에 한 번씩 핀다는 우담발화를 은병 속에 감추고 있다는 사실을 알아냈을 뿐이었다. 결국 선혜는 선녀를 찾아가 간청했다. 그러자 선녀가 말했다.

"나는 꽃값으로 은전을 받지 않겠습니다. 당신에게 다섯 송이 꽃을 바쳐서 오는 세상에 당신의 아내가 되고 싶습니다."

선혜는 달리 방법이 없어 선녀에게 부부 인연을 허락하고 꽃을 구했다. 그러고는 다섯 송이 꽃을 공양하려고 연등불을 찾아갔다. 마침 연등불이 수많은 비구와 함께 오고 있었는데, 성 안팎의 사람들이 길에서 꽃을 바치고 예배하는 동안 선혜도 꽃을 공양했다.

그때 세차게 비가 내렸다. 선혜는 연등불의 발에 진흙이 묻을까 두려워 자신의 머리를 풀고 나서 입었던 옷을 편 다음, 자신이 누워서 그 위를 연등불이 밟고 지나가도록 말했다.

"연등부처님이시여. 진흙을 밟지 마시고 마니구슬의 판자로 된 다리를 밟는다 생각하시고 40만 명의 비구와 함께 제 등을 밟고 지나가소서. 그리하면 저에게 영원한 이익이 되고 안락이 될 것입니다."

연등불은 진흙 위에 누워 있는 선혜를 보고 찬탄했다.

"착하고 착하다. 너의 심성이 참으로 기특하구나. 무량수 겁을 지난 뒤에 사바세계에서 성불하여 석가모니부처가 되어 나와 같이 삼계중생을 제도하리라. 너는 카필라성에서 살 것이며 아버지는 정반왕, 어머니는 마야왕비일 것이니라."

연등불은 40만 비구와 오른쪽으로 도는 예를 갖춘 뒤에 떠났다. 그제야 선혜는 쌓아놓은 꽃무더기 위에 다리를 포개고 앉았다. 그때 철위계의 천인들이 내려와 말했다.

"보살이시여. 당신은 반드시 부처가 될 것입니다. 우리들은 알고 있습니다. 부디 굳세게 정진하여 성불하소서."

선혜는 천인들이 떠나자 십바라밀을 행하면서 무량수 겁이 지난 뒤에 부처가 될 것을 맹세하며 설산으로 떠났다.

"그런데 말여, 너는 내가 얘기한 선혜 보살과 음은 같지만 참선 선禪 자, 지혜 혜慧 자로 하여 선정과 지혜를 잘 닦는 스님이 되거라, 알겠느냐."

"명심하겠습니다."

일타는 선혜에게 법명을 주고는 얼마 후 외국으로 떠났다. 선혜는 일타가 외국에 나가 있는 동안 강원 생활을 했다. 일타는 선혜가 강원 공부를 하는 동안 해외에 있는 불교와 기독교 성지를 순례했다. 일타가 해외 성지를 다녀와서 한 첫마디는 참선이었다.

"세계 각국을 다니면서 불교 성지는 물론이고 기독교의 수도원도 가보았지만 말여, 결론은 더 명명백백해졌을 뿐이여. '이 뭣고' 하는 수밖에 없어."

일타는 젊은 날에 들어갔던 무문관, 태백산 도솔암으로 다시 올라갔다. 이때는 스님 상좌 셋에 행자 하나까지 모두 다섯이 걸망을 메고 입산했다. 상좌 중에서 강원을 갓 졸업한 선혜가 막내였다.

정진은 일타가 솔선수범하며 일과표대로 했다. 모두가 잠을 오후 11시에서 새벽 2시까지 하루 3시간으로 줄였다. 2시에 일어나서 예불하고 3시부터 5시까지 정진하고, 6시부터 8시까지 아침 공양과 포행을 하고, 또 오전 11시 30분까지 정진하고, 12시부터 2시까지 공양과 포행을 하고, 다시 5시까지 정진하고, 6시부터 7시까지 저녁공양하고 11시까지 정진하는 누구 하나 잠시도 요령을 피울 수 없는 빽빽한 일과표였다.

잠자는 시간에는 누구나 곯아떨어졌으므로 우스꽝스런 희극도 벌어졌다. 행자 혜웅慧雄은 나무를 하는 부목까지 했으므로 더 곤하게 잠을 잤다. 잠자는 시간에는 정신을 잃어버릴 정도였다. 게다가 잠버릇이 험했다. 좁은 방 안을 뒹굴며 자는 행자 혜웅은 상좌들에게 꿀밤도 맞고 옆구리를 찔리기도 했지만 소용없었다.

혜웅의 잠버릇으로 일타가 봉변을 당한 날도 있었다. 하루는 일타가 자다가 벌떡 일어나 퉤퉤거렸다. 혜웅이 잠을 거꾸로 자면서 일타의 입에 자신의 발을 집어넣은 것이었다. 일타는 행자의 엉덩이를 한 대 때리는 시늉을 하다가 다시 자리에 누웠지만 상좌들은 터지는 웃음보를 참느라고 배를 움켜쥐지 않을 수 없었다.

선혜는 그때 웃지 못한 것을 벌충하듯 큰 소리로 암자가 떠나갈 듯이 웃어젖혔다. 그러면서 법당에서 기도하는 사람들을 의식했는지 정색하고 말했다.

"한번은 도솔암에서 제가 『파브르 곤충기』를 읽고 있었습니다. 스님이 방에서 정진하시고 계시다가 그런 나를 보고는 대중처소로 가서 참선을 하라고 말씀하셨지요. 그래도 저는 도솔암이 좋아 여기 있고 싶다고 했어요. 아직 참선할 마음의 준비가 없었던 듯합니다. 그랬었는지 저는 도솔암을 떠나 정암사로 기도를 떠나게 되었습니다. 그때 스님께서 '용맹기도를 해라. 금탑, 은탑, 수마노탑이 있는데 기도를 열심히 하면 금탑이나 은탑이 보일 거다'라고 말씀하셨어요. 실제로 저는 정암사에서 24시간씩 일주일 동안 철야기도를 했습니다. 그곳 스님들이 일타 스님 상좌니까 용맹기도 하는 거라고 격려해주어 끝까지 잘 견뎌냈던 것 같습니다. 기도를 끝내고 오니 스님께서 물었습니다. '기도 회향 잘했냐. 금탑, 은탑이 보이더냐' 하고 말입니다. 그래서 저는 '안 나타났습니다' 하고 솔직하게 말씀드렸지요. 그러니까 '안 나타났더라도 일주일간 용맹기도 했다는 것은 대단한 거다. 그래, 이제 뭐 할래' 하고 물으시더라고요. 그제야 저는 '참선하고 싶습니다'라고 말했지요."

고명인은 차를 마시다 말고 찻잔을 놓고 귀를 기울였다. 소쩍새가 바로 방문 앞까지 날아와 피를 토하는 소리로 울고 있었다. 숲 속에서 불빛을 보고 날아와 방문 앞 나뭇가지에 앉아 그리 슬프게 우는 것이었다.

"마음을 슬프게 하는 새입니다. 우리 스님 법구를 다비한 날 밤에 들었던 소쩍새 울음소리와 같습니다."

"방문을 열어볼까요."

"그렇게 하십시오."

고명인이 방문을 열자 방 안의 불빛이 어둠속으로 재빨리 빨려 들어갔다. 어둠 속의 유무정물들이 불빛을 삼켜버리는 듯했다. 바로 그때 나뭇가지에 앉아 있던 소쩍새가 암자 마루로 올라와 앉았다. 울음소리로 보아서는 가냘픈 몰골일 것 같았는데, 실제로 드러난 소쩍새의 눈과 발톱은 맹금류의 그것과 흡사했다.

소쩍새는 불빛에 눈이 부신지 껌벅거리면서도 고명인과 선혜를 주시했다. 지금까지 호탕하게 말하던 태도와 달리 선혜가 목소리를 낮추어 말했다.

"오늘 제가 한 얘기를 저 소쩍새도 들었을 것입니다. 수행자는 진실을 잠시도 떠날 수 없는 것입니다. 삼라만상이 눈을 뜨고 귀를 열고 지켜보고 있으니까요."

"삼라만상이 보고 듣고 있다는 말씀입니까."

"그렇지 않습니까. 저 소쩍새를 비롯하여 우리를 둘러싼 시방의 모든 것들이 우리를 지켜보고 있는 것입니다. 삼세제불이 굽어보고 있는 것입니다."

소쩍새는 방 안의 불빛이 부신지 곧 나뭇가지로 오르더니 멀리 날아갔다. 짝을 찾아갔는지 밤새 다시 돌아오지 않았다. 그 덕분에 고명인은 깊은 잠을 이룰 수 있었다. 묘봉암에서 소쩍새를 만나고 헤어진 것도 기연이라면 기연이었다.

고명인이 눈을 떴을 때는 새벽 5시였다. 묘봉암 스님과 선혜는 벌써 일어나 몽당비로 마당을 쓸고 있었다. 멀리 산능성이 위로 지는 달이 희미하게 그 윤곽만 보였다. 달은 여명의 푸른 빛을 받아 아침 저편으로 물러서고 있었다. 고명인은 습관대로 인사를 했다.

"굿모닝."

묘봉암 스님이 하얀 이를 드러내며 답했다.

"굿모닝."

"꿈 한 줌 꾸지 않고 달콤한 잠을 잤습니다. 과연 묘봉암 터가 명당인 모양입니다."

새벽에 드러난 선혜의 얼굴은 생기가 넘쳐 보였다. 얼굴은 크림을 바른 것처럼 번쩍거렸다. 새소리가 아주 가깝게 들려 귓속이 개운하게 씻기는 듯했다. 새들 사이에 무슨 신호인지 알 수는 없으나 청량한 기운이 귓속을 맴돌았다.

"고 선생, 새벽 차를 한 잔 할까요."

묘봉암 스님도 끼어들었다.

"찻물을 떠오겠습니다."

"스님, 새벽에 차를 마셔보기는 태어나서 처음 같습니다."

"이 묘한 봉우리의 묘봉암에서는 차를 마시는 것도 도 닦는 일입니다. 고 선생은 어제 꿈 없는 잠을 잤다고 했습니다. 번뇌가 있는 사람이 꿈 없는 잠을 이룰 수 있겠습니까. 지금은 저 새소리

로 눈과 귀를 씻고 있습니다. 역시 도 닦는 일이지요. 그러니 일
상이 그대로 도 닦는 일인 것입니다. 평상심이 도라는 금언이 있
지 않습니까, 하하하."

묘봉암 스님이 찻물 주전자를 들고 오더니 한마디 했다.

"고 선생, 어젯밤에 별들이 흐르는 소리는 못 들었습니까."

"별들도 소리를 냅니까."

"흐르는 것들은 다 소리를 냅니다. 별들도 은하를 이루어 우주
공간을 강물처럼 흐르니까요."

선혜가 차를 따르며 우스갯소리로 바꾸었다.

"우리 묘봉암 스님은 기도를 잘하시어 별들의 소리도 듣는 초
능력이 생긴 모양입니다, 하하하."

"제가 초능력을 가졌다는 것은 과장이고요, 어서 차나 한 잔
하십시다."

갑자기 선혜가 분위기를 놓치고 싶지 않은 듯 함허대사의 다시
茶詩를 한 수 읊조리겠다며 외웠다.


한 잔의 차는 한 조각 마음에서 나왔으니

한 조각 마음은 한 잔의 차에 담겼어라

마땅히 이 차 한 잔 한번 맛보시게

한번 맛보시면 한없는 즐거움이 솟아난다네

一椀茶出一片心

一片心在一椀茶

當用一椀茶一嘗

一嘗應生無量樂


묘봉암 스님도 맞장구를 쳤다.

"선혜 스님, 제가 제일 좋아하는 다시입니다. 조주 스님의 다
시인 줄 알았는데 함허대사의 시였군요. 우리 고승의 시라서 그
런지 오늘은 더 가슴에 와 닿습니다. 좋은 차와 좋은 다시를 만났
으니 새벽기도가 더 잘될 것 같습니다."

묘봉암 스님이 법당으로 나가자 고명인은 다시 선혜와 마주
앉아 차를 마셨다. 방금 선혜가 외운 시구절처럼 선혜의 마음
을 담아 우려낸 차라는 느낌이 들었다. 실제로 선혜의 마음을 마
신다는 생각이 들어 '아, 이것도 이심전심이구나' 하는 깨달음이
왔다. 차를 마신다는 것은 마음을 주고받는 것과 다를 바 없었다.
차를 몇 잔이나 마시고 난 후 고명인은 화제를 돌렸다.

"스님, 일타 큰스님 얘기를 듣고 싶습니다."

"그렇지요. 일타 스님을 알고 싶어 미국에서 왔다고 했지요.
그런데 아셔야 될 것은 제가 하는 이야기는 제한적일 수밖에 없
습니다. 스님을 모시고 도솔암에서 잠깐 동안 살 때의 얘기뿐이
지요. 그래도 듣고 싶으시다면 해드리지요."

"저는 시간이 허락하는 한 일타 큰스님께서 수행하셨던 곳을

모두 답사하려고 합니다. 얘기를 듣고 가면 큰스님께서 수행했던 터가 마치 스님이 살아계신 것처럼 더 생생하게 다가오지 않겠습니까. 저는 스님의 수행처를 순례하고 싶은 것이 아니라 스님의 영혼을 만나뵙고 싶어서 그런 것입니다."

"그렇게 말씀하시니 긴장이 됩니다, 하하하. 우리 스님을 모셔놓고 대중공사를 붙인 것이 떠올라 부끄럽기도 하고 죄를 지은 것 같아 몸 둘 바를 모르겠습니다. 우리 스님께서 워낙 자비로우셔서 그랬을 겁니다."

도솔암에서 일과표대로 정진하는 데 문제가 하나 생겼다. 무문관처럼 문을 닫아걸고 용맹정진하려고 했는데, 신도들이 대중공양을 하기 위해 공양물을 머리에 이거나 등에 지고 오곤 했다. 대중공양이란 수행을 잘하는 스님들을 격려하기 위해 신도들이 올리는 공양을 뜻했다. 도솔암에서 일타와 상좌들이 정진을 잘하고 있다는 소문이 절집에 돌자, 신도들이 너도 나도 신심이 나서 도솔암에 대중공양을 올리려고 했던 것이다.

선혜는 풋중이었으므로 사형들이 하는 행동을 지켜보기만 했다. 그런데 일타의 상좌들이 공부를 해야 하니 보살들이 오지 못하게 하자고, 수행자들 간의 회의 형식인 대중공사를 부쳤다. 대중공사에 참여한 사람은 혜문, 자혜, 선혜, 행자 혜웅이었다. 선혜와 혜웅은 감히 끼어들지 못했는데 혜문과 자혜는 신도들의 발걸음 자체를 봉쇄할 수는 없으니 절만 하고 돌아가도록 결론을 내렸다.

봉화 소천면에서 도솔암까지는 30리 길이었다. 시오 리는 계곡이고 시오 리는 산비탈 길이었다. 짐꾼에게 물건을 지고 오는 데 운임만 쌀 한 가마니를 부르는 곳이었다. 운임이 비싼 탓에 스님들은 짐꾼을 부르지 못하고 걸망에 곡식을 조금씩 담아 나르곤 했다.

일타는 상좌들이 내린 대중공사의 결론을 다 듣고 나서는 고개를 저었다.

"여기를 걸망 지고 오려면 젊은 너희들도 힘든데 보살들이 이고 지고 오지 않는가. 그렇게 어렵게 온 신도들을 인사만 하고 가라는 것이 말이 되는가."

"스님께서는 어찌하시렵니까."

"나는 인사만 하고 가라는 소리는 못하겠다. 그러니 너희가 알아서 해라."

그때 선혜는 일타를 바로 쳐다보지 못했다. 은사를 앞에 모셔놓고 대중공사를 한 예가 적어도 불가에서는 없었던 것 같았기 때문이다. 그래도 일타는 화를 전혀 내지 않고 대중공사의 당사자로서 자신의 의견을 낼 뿐이었다.

"지금부터 나는 묵언을 할 테니 너희가 알아서 해라."

신도가 와서 공부를 하지 못한다는 것은 핑계에 불과하다는 것이 일타의 생각이었다. 신도가 왔을 때 묵언을 하면 공부하는 데 아무 장애가 없을 것이기 때문이었다.

선혜는 도솔암에서 살았던 기억이 또다시 떠오른 듯 말했다.

"고 선생, 밭두둑에서 햇감자를 캐보신 일이 있습니까. 우리 스님과 살았던 일들을 까맣게 잊고 있었는데 탐스런 햇감자처럼 주렁주렁 나오네요."

선혜는 일타와 함께 했던 추억들을 햇감자로 재미있게 비유하고 있었다. 그것이 수행자로서 평생의 양식이 되었다면 햇감자보다는 씨감자로 표현하는 것이 더 적절할 듯도 싶었다.

암자 한 편에는 조그만 밭뙈기가 있었다. 하지 무렵에 감자를 캐고 나면 그 자리에 상추와 열무를 심고 가을이 되면 배추를 심었다. 시골 장이 30리 밖에 있으므로 싱싱한 채소는 그런 식으로 자급자족했다. 그런데 배추밭에는 배추만 있는 것이 아니었다. 배추벌레가 나타나 배춧잎을 숭숭 갉아먹었다.

점심공양이 끝나고 나면 각자 산길을 포행하며 소화를 시켰다. 그때 일타는 포행을 나가지 않고 젓가락을 들고 배추밭으로 가곤 했다. 하루는 선혜도 일타를 따라갔다.

"스님, 배추밭에서 젓가락을 들고 무얼 하십니까."

"보면 모르겠는가. 너도 이렇게 하거라."

일타는 배춧잎을 뒤적이며 일일이 배추벌레를 떼어내고 있었다. 때마침 가을볕이 따갑게 내리쬐고 있었으므로 선혜는 일타의 굼뜬 행동이 답답하게 보였다. 선혜는 꾀를 내었다. 일을 빨리 마치고 계곡으로 내려가 멱을 감고 싶어서였다.

"스님, 이렇게 하면 간단하지 않습니까."

선혜는 배추벌레를 한 마리 잡아서 발로 쓱쓱 비벼 죽였다. 순간, 일타가 선혜의 어깨를 토닥토닥 때리면서 꾸중했다.

"배추 한 잎 더 먹겠다고 배춧잎에 붙어 있는 중생을 그렇게 죽이면 되겠는가."

"스님, 제가 잘못했습니다."

"참회를 했으면 됐어."

선혜는 가을 내내 젓가락으로 배추벌레를 떼어내느라고 혼이 났다. 배추벌레 한 마리를 발로 죽인 벌이었다.

선혜는 일타의 자비로운 모습을 떠올리며 행복해했다. 선혜는 도솔암이 동물의 낙원이었다는 듯이 다람쥐 얘기를 먼저 꺼냈다. 여름철이나 가을철 참선 시간에는 덥기 때문에 문을 열어놓고 일타를 중심으로 좌우에 상좌들이 앉는데, 방 안에 묵을 쑤려고 모아둔 도토리 때문에 다람쥐들이 들락거렸다. 참선 중에는 움직일 수 없으므로 다람쥐들은 마음대로 방 안의 도토리를 물고 나갔다. 이상한 것은 다른 스님들에게는 얼씬도 하지 않는 다람쥐들이 일타의 무릎 위로 오르는가 하면, 팔을 타고 넘어다녔다. 마침내 상좌들이 다람쥐가 도토리를 가져가지 못하게 위협하자, 일타는 그러지 말라고 제지했다.

"내버려두어라. 다람쥐가 가져가면 얼마나 가져가겠느냐."

겨울이 되면 암자 밖에서 곰들이 재주를 부렸다. 도솔암 스님들도 마찬가지지만 곰들도 눈을 좋아했다. 어미 곰이 새끼 곰을 나뭇가지 위에 올려놓고 떨어지면 또 올리곤 했다. 장난치느라고 어미 곰이 그러했겠지만 그것을 보는 도솔암 스님들도 즐거웠다.

그 곰 때문에 혼비백산한 일도 있었다. 겨울이 지나고 봄이 되어 싸리버섯을 따러 도솔암 대중 모두가 태백산 깊은 숲 속으로 들어갔다. 상좌들은 농구화를 신고 일타는 상좌들이 구해온 워커를 신고 산속을 헤매고 있을 때였다. 상좌 하나가 소리를 질렀다.

"곰이 엎어져 있습니다!"

모두가 자세히 보니 곰은 죽은 지 오래되어 엎어진 채 썩고 있었다.

"스님, 썩는 냄새가 도솔암까지 나는 것도 아니니 그냥 갑시다."

상좌들 모두가 지나치자고 하자, 일타는 상좌들을 나무랐다.

"마을로 내려가 일꾼을 불러와 잘 묻어주자. 이런 일이야말로 스님이 할 일이다."

일타는 일꾼을 오게 하여 묻어주고 죽은 곰이 극락왕생하게끔 간소하게 천도재를 지내주었다.

고명인은 은해사로 내려가는 동안에도 선혜에게서 일타의 얘기를 들었다. 선혜의 얘기는 실타래가 풀어지듯 막힘없이 술술 나왔다. 고명인은 차창을 열고 아침의 신선한 공기를 마시면서 귀를 기울였다.

"좀 전에 제가 천도재를 얘기했습니다만, 우리 스님께서는 영靈이 다른 수행자보다 청정하셨는지 망자의 영가를 극락왕생시키는 데 뭔가가 있는 것 같았습니다. 제가 직접 경험한 일이니까 자신 있게 말할 수 있습니다."

대련화 보살도 도솔암에 올라 대중공양을 많이 한 신도 중 한 사람이었다. 하루는 대련화 보살이 안동에 사는 보살을 데리고 와 3일 기도를 하고 갔는데, 안동 보살은 유복자 아들이 하나 있는 과부였다. 선혜는 상좌 중에서 막내 급이라 별수 없이 부전처럼 목탁을 잡았다. 일타는 사흘째 되는 날에야 안동 보살을 위해 천도재를 지내주었다.

그런 뒤, 여섯 달이 지나서였다. 대련화 보살과 안동 보살이 이불 한 채와 쌀 한 가마니를 짐꾼에게 지어 도솔암으로 올라왔다. 일타가 천도재를 지내주고 나서 영험을 보았다며 대중공양을 하러 온 것이었다.

선혜는 안동 보살이 직접 들려주는 얘기이므로 믿을 수밖에 없었다. 안동 보살의 얘기인즉 교육대학을 나온 아들이 교사로 발령받아 가는 데마다 여교사와 문제를 일으켜 그 학교를 떠나곤 했는데, 천도재를 지내고 나서는 그런 불미스런 일이 없어졌다는 것이었다.

그도 그럴 것이 천도재를 막 지내고 간 날 밤 꿈에 앳된 여인이 나타나 "내가 당신 아들을 끝까지 따라다니려고 했습니다. 그러나 이제 한을 풀고 갑니다"라고 말하고는 사라지려 할 때, 여인 뒤로 목이 없는 귀신들까지 안동 보살에게 꾸벅 절을 하고 떠났다는 것이고, 다음 날 안동 보살이 아들에게 꿈에서 보았던 여인의 생김새를 이야기하자, 아들은 그 여인이 대학 다닐 때 사귀던 친구였는데 무슨 일로 자살했다고 놀라더라는 것이었다.

어쨌든 새로 간 학교에서 아들이 아무 말썽 없이 3개월째 잘 다니고 있으니 안동 보살로서는 큰 걱정거리가 사라졌고, 천도재를 지내준 일타에 대한 고마움으로 대중공양을 올리지 않을 수 없었다는 얘기였다.

선혜는 백홍암을 지나서 지프를 세웠다. 고명인은 차만 마시느라고 세수하지 못한 자신을 발견했다. 선혜는 무슨 생각이 들었는지 망초와 엉겅퀴 꽃이 핀 풀밭을 향해 합장했고, 고명인은 김이 모락모락 피어오르는 골짜기로 내려가 두 손을 계곡물에 담갔다. 계곡물은 얼음처럼 투명하고 차가웠지만 바위를 타고 흐르는 물소리는 정답고 포근했다.

선혜는 묵정밭처럼 잡초가 무성한 풀밭을 향해서 한동안 합장한 채 걸음을 떼지 않고 있었다. 고명인이 세수를 하고 올라온 뒤에야 고개를 돌렸다. 고개를 돌린 선혜의 두 눈이 붉어져 있었다. 문득 고명인은 이곳이 일타를 다비했던 다비장이 아닌가 하는 생각이 홀연히 머릿속을 스쳤다.

"스님, 이곳이 큰스님께서……."

"맞습니다. 우리 스님 법구는 이곳에서 다비되어 지수화풍地水火風으로 돌아가셨지요."

선혜는 무언가를 찾는 것처럼 허공을 두리번거리면서 이내 지프 쪽으로 발걸음을 옮겼다. 그런 뒤 허허롭게 말했다.

"옛 고승들의 말씀이지요. 태어남을 한 조각의 구름이 일어나는 것이라 하고, 죽음을 한 조각의 구름이 사라지는 것이라고 했습니다. 구름 자체는 실체가 없는 것이니 생사 또한 이와 같지 않겠습니까."

선혜는 생사란 실체가 없는 것이니 거기에 얽매일 일이 아니라고 얘기하면서도 정작 자신은 스승 일타를 못 잊어하고 있었다. 고명인은 풀밭으로 들어가 흙을 한 줌 움켜쥐었다. 그러나 그 한 줌의 흙이 고명인에게 일타가 간 곳을 말해줄 리 없었다. 흙은 어제의 흙이 아니라 오늘의 흙일 따름이고, 망초와 엉겅퀴 꽃은 무성한 풀밭에서 무심하게 피고 지고 있을 뿐이었다.


이른 아침의 은해사는 어제 보았던 은해사와 또 달랐다. 낮에는 경내가 참배객과 관광객들로 붐벼 들떠 보였는데 지금은 고찰의 품격이 물씬 느껴졌다. 보화루로 들어서자 추사의 글씨라는 대웅전 편액이 눈길을 끌었고, 양쪽으로 심검당과 설선당이 보였다.

"고 선생, 주지실은 심검당 저쪽입니다. 먼저 인사하고 나오겠습니다."

"그러시죠. 저는 대웅전 앞에 있겠습니다."

고명인은 어제 종무소에서 받은 은해사 안내쪽지 중에서 대웅전 편을 폈다. 대웅전이란 편액의 글씨는 물론이고 기둥에 걸린 네 폭의 주련 글씨도 추사 김정희가 쓴 것이라는 소개가 보였다. 한문에 서투른 고명인으로서는 안내쪽지에서 주련의 시를 번역한 글을 읽을 수밖에 없었다.

부처님은 우주에 가득하시니
삼세의 모든 부처님 다르지 않네
광대무변한 원력 다함이 없어
넓고 넓은 깨달음의 세계 헤아릴 수 없네
佛身普遍十方中
三世如來一切同
廣大願雲恒不盡
汪洋覺海妙難窮

주련의 한자를 한 자 한 자 읽고 있는데, 선혜가 다가오더니 합장했다.

"저는 먼저 갑니다. 하룻밤을 함께 보냈으니 이것도 큰 인연입니다. 법타 스님께서 기다리고 계시니 서향각西香閣으로 가보십시오."

"서향각이 어디 있습니까."

"주지실이 서향각입니다."

선혜가 시야에서 사라진 뒤에야 고명인은 심검당을 돌아 천천히 걸어갔다. 안내쪽지에는 심검당의 주련 글씨도 소개되어 있었다.

도를 배우려는 뜻 처음과 같이 변함없고
천만 가지 어려움도 깨닫고 또 깨달았네
곧바로 허공을 두드려 골수를 내고
뇌 뒤에 꽂힌 금강정을 뽑아버리니
돌연히 눈앞에 나타난 우주 전체
산하대지가 바로 허공 꽃인 것을
學道如初不變心
千魔萬難愈惺惺
直頭敲出虛空髓

拔却金剛腦後釘

突出眼睛全體露

山河大地是空華

　참선수행 끝에 깨달은 경지를 노래한 누군가의 오도송 같은데, 솔직히 고명인은 어마어마한 깨달음의 세계를 이해할 수 없었다. 깨닫는 순간 돌연히 나타난 우주 만상과 산하대지가 허공의 꽃〔空華〕이라니, 보편적인 사실이라기보다는 종교적인 체험의 세계 같았다.

　법타가 거처하는 서향각은 심검당 뒤쪽 가까이에 있었고, 흰곰처럼 생긴 개 한 마리가 서향각을 지키고 있었다. 고명인은 조심스럽게 다가갔다. 다행히 개는 줄에 묶여 있었고, 선한 눈망울로 고명인을 경계하지 않고 꼬리를 흔들었다. 법타가 문을 열어놓고 방 안에 앉아 웃고 있었다. 선혜에게 고명인의 얘기를 들은 것이 분명했다.

　"고 거사, 어서 오시오."

　방 안에는 원형다탁이 놓여 있고, 다탁 주위에는 신도인 듯한 한 가족이 앉아 담소를 나누고 있었다. 법타가 다탁 중앙에 앉고 나자, 시자가 냉장고에서 손님 수만큼 아이스크림을 꺼내왔다.

　"여름에는 시원한 것이 최고지 뭐, 번거롭게 뜨거운 차를 우릴 것도 없이 말이여."

고명인은 법타의 언행에서 또 다른 수행자의 모습을 느꼈다. 과묵하고 깐깐한 산승山僧이라기보다는 활달하고 진취적인 지성인의 모습을 하고 있었다. 고명인이 아이스크림을 반쯤 먹고 있을 때 법타가 물었다.

"고 거사는 내게 무슨 얘기를 듣고 싶어서 왔소."

"일타 스님의 상좌스님이라고 하셔서 만나뵙고 싶었습니다."

"건당建幢이 뭔 줄 아시는지 모르겠네. 난 일타 스님을 법사法師로 모시고 싶어 1974년에 건당을 했어요. 은사가 부모님이라면 법사는 스승님인 거지."

법타는 은사가 따로 있는데, 일타를 법사로 삼고 싶어 건당을 했다는 얘기를 밑도 끝도 없이 먼저 꺼냈다. 고명인은 법타의 은사가 누구인지 궁금했다.

"은사님은 일타 큰스님이 아니란 얘기군요."

"그래요. 내 은사님은 추담 스님이라고 대단한 스님이지. 남북 분단 전에 건봉사 스님이었어요. 일제강점기 때는 독립운동도 하고 만해 스님과도 친했어요. 법주사 주지도 하셨지. 법주사 콘크리트 미륵불을 조성한 분이 추담 스님이에요. 1960년대 군사 쿠데타 후 스님이 청와대에서 자금을 얻어다 한 거예요. 박정희 대통령이 안 만나주니 청와대 앞에서 일주일 동안 서서 시위를 하셨어. 그래, 대통령이 이상하게 여겨 스님을 불러서 물어보니까 좋은 뜻이거든, 잘은 모르지만 재벌 협찬을 받은 거지 뭐."

법타의 얘기가 재미있었는지 가족의 가장으로 보이는 남자 신도가 물었다.

"스님, 일타 큰스님은 언제 만나신 것입니까."

"중학교 1학년 때부터 청주 시내에 있는 신원정사에 다녔지요. 주지스님은 벽산 스님이었어요. 중학교 3학년 때였을까, 일타 스님이 객승으로 우리 절에 오셨는데, 젊은 스님이 그렇게 맑을 수가 없었어요. 수행을 잘하려고 손가락을 태웠다는데, 젊은 스님이어서 그랬는지 몰라도 내 느낌은 스님이 한없이 맑다는 것이었어요."

중학생인 법타는 절에 열심히 다녔다. 당시는 통행금지 시간이 있을 때였다. 법타는 새벽 4시에 사이렌이 울리자마자 일어나 아버지의 자전거를 타고 3킬로미터를 달렸다. 석교국민학교 부근에 집이 있었는데 절까지는 10리가 조금 못 됐던 것이다. 중학생 법타의 신심은 법주사까지 소문이 났다. 체격이 작은 소년이 어른들보다 더 부지런히 새벽부터 절에 다니자 스님들이 기특하게 여기고 좋아했다. 그러나 어린 법타는 인기를 얻는 것으로 만족하지 못했다.

'인기가 뭐 별것인가. 삶이라는 것이 금생의 일만은 아니잖은가.'

법타가 두 번째로 일타를 만난 곳은 법주사였다. 일타를 처음 보고 신심을 낸 지 2년 후였다. 대학생들이 겨울방학을 이용하여 법주사에서 수련회를 할 때였다. 수련회 참가 자격이 대학생 불자였으므로 법타는 참여할 수 없었다. 대학생 불자들을 따라가려 했지만 끼어주지 않아서였다. 고등학생 법타는 이렇게 생각하며 분심을 냈다.

'만날 설법을 들을 때마다 먼저 도통하는 사람이 선배고 어른이라고 들었는데, 구도의 길에서 선배가 어디 있고 후배가 어디 있겠는가.'

법타는 무작정 시외버스를 타고 법주사로 갔다. 그때 수련회의 대학생들은 절에 없었다. 대학생들은 사하촌 수정여관 큰방에서 스님들에게 법문을 듣는 모양이었다. 그런 사실을 모른 법타는 지객스님이 시키는 대로 객승 방으로 갔다. 한겨울이어서 객승 방은 아궁이에 장작을 활활 지펴놓고 있었다.

법타는 두 스님이 머물고 있는 객승 방 앞에서 깜짝 놀라고 말았다. 중학교 3학년 때 처음 보았던 맑게만 느껴지던 일타가 와 있었던 것이다. 법타가 인사하고 난 뒤 대학생 수련회에 온 이유를 말하자 일타가 대뜸 출가를 권유했다.

"너 중 돼야겠다. 그게 좋은 거다."

법타가 세 번째로 일타를 만난 곳은 강원도 도피안사 포교당에서였다. 추담을 은사로 출가한 법타는 조계종단장학생으로 동국대 인도철학과에 입학하게 되었는데, 대학생이 된 지 얼마 안 된

후였다. 같은 학과 도반이자 기숙사에서 한방을 쓰던 일타의 상좌 성진性眞과 함께 도피안사로 가 비로소 일타의 법문을 가슴 깊이 듣고 나서 제자가 돼야겠다고 결심했다.

성진이 다리를 놓았다기보다는 일타가 법타를 잊지 않고 불러서 갔고, 법타는 그 지역의 군대에서 졸병으로 포교를 하고 있는 혜인도 만날 수 있었다.

"강원도 도피안사 포교당에서 일타 스님과 참으로 많은 대화를 했어요. 스님은 청정할 뿐만 아니라 대철학자처럼 인생에 대해서 무엇을 물어도 막힘이 없었어요. 그래서 스님의 제자가 되어야겠다고 발심한 거예요."

고명인은 계속 입을 다물고 있기가 뭐해서 법타와 남자 신도 사이의 대화에 끼어들었다.

"건당을 할 때 무슨 특별한 의식이 있습니까."

"건당할 때 포은包隱이란 법호를 주시면서 다음과 같은 글을 즉석에서 적어주더군요."

大包無外

小入無內

隱現自在

是名包隱

"무슨 뜻입니까."

"밖이 없이 크게 포용하고, 안이 없이 작게 들고, 숨고 나타남이 자재하니 이름하여 포은이다, 라는 뜻이지요. 그런데 말이요, 만날 같이 다니는 성진 스님의 법호가 포운包雲이에요. 포은과 포운, 헷갈리잖습니까. 훗날 내가 일타 스님에게 건의해서 내 법호를 바꾸었어요."

"바뀐 법호는 무엇입니까."

"명색이 내가 통일운동 하는 사람 아닙니까. 우리 민족이 하나의 중도로 화합해야 전쟁 없이 평화통일 할 수 있는 거 아닙니까. 유교에서 말하는 중용도 있고 해서 하얗고 까만 것이 아닌 중화中和로 하면 어떨까요, 하고 스님께 말씀드렸어요. 그랬더니 스님께서 그게 좋겠다, 포은도 하고 중화도 하라고 하셨어요."

남자 신도가 또 고명인의 얘기를 가로막듯 말했다.

"스님, 일타 스님께서 은해사 주지를 하신 게 1994년도가 맞습니까. 그때 저희들이 수련회 할 때 일타 스님께서 법문을 해주신 일이 있습니다."

"맞습니다. 스님께서 이곳에 들어오신 날이 1994년 6월 20일이었습니다. 부끄러운 얘기지만 그전에 총무원의 한 권승權僧의 무리들이 은해사뿐만 아니라 동화사, 갓바위 절을 농간하고 있었어요. 우리 스님이 은해사 주지를 맡은 것은 종단 차원에서 결정

된 일인데, 스님의 이름으로 정화하여 은해사를 우리나라 최고의 율도량律道場으로 만들자는 명분을 앞세운 것이지요."

개혁종단이 권승에 의해 오염된 은해사를 정화시키는 데 일타의 이름을 빌린 것은 매우 상징적인 일이었다. 율사인 일타가 은해사를 맡아야만 은해사가 계율정신이 살아 있는 율도량으로 거듭날 수 있다고 보았기 때문이었다.

"우리 스님께서 계율정신을 강조하면서도 당시 부주지였던 내게 신신당부하신 것이 있어요. 우리나라에 4대 승지勝地가 있는데 북한의 금강산 마하연과 묘향산의 상원암, 그리고 남한의 운부암, 백흥암이 4대 승지로서 도통할 수 있는 곳이라는 거였습니다. 그러니 운부암, 백흥암, 기기암 등 은해사 3대 선방을 복원하라는 것이었습니다. 또한 보조국사의 결사정신이 깃든 거조암을 정비하여 개혁정신을 살리고, 은해사에 승가대학원을 두어 스님들을 가르치는 교수스님을 양성하라는 말씀도 하셨습니다. 그나마 백흥암은 육문 스님이 잘 관리하고 있었지만 운부암은 형편없었어요. 벌집 같은 누각에다 하숙방 같았거든요. 운부암 선방이 복원되자, 스님께서 얼마나 기뻐하시던지…… 선방 좌복에 앉아 미소를 지으며 말년을 수좌들과 함께 보내겠다고 약속하셨습니다. 그때가 스님께서 열반에 드시기 이태 전이었습니다."

개가 갑자기 짖기 시작하자, 법타가 하던 얘기를 멈추고 일어섰다. 대여섯 명의 신도가 법타를 만나기 위해 우르르 서향각 마당으로 들어서고 있었다. 시자가 법타를 보고 "어떻게 할까요" 하고 묻자, 법타는 거절하지 않고 모두 주지실로 안내하라고 지시했다. 그러고 나서 법타는 고명인에게 주지실이 소란스러우니 밖으로 나가 얘기를 나누자고 제의했다. 특별한 이유가 있어서가 아니라 주지실에 자꾸 손님들이 몰려와서였다.

주지실을 나온 법타는 숲 그늘로 가자며 자신이 앞서 걸었다. 숲은 서향각 바로 뒤에 있었다. 송진 냄새가 향기로운 소나무 숲이었다. 서향각 뒤 산자락에는 50년생 이상으로 보이는 소나무들이 빼꼭히 들어차 있었다.

솔숲 입구에는 한글로 쓴 '수림장樹林葬'이라는 입간판이 보였다. 사찰 경내에 조성된 것으로 보아 은해사에서 수림장을 새로운 장묘문화로 계몽하면서 시범적으로 펼치고 있는 듯했다. 고명인은 수림장이란 말이 낯설었지만 오랜만에 상큼한 솔잎 향기를 마음껏 맡았다.

상복을 입은 남녀 무리가 요령을 흔들고 염불하는 스님을 따라 숲 저쪽으로 난 산길로 가고 있었다. 아직도 유교식으로 노란 삼베옷과 두건을 쓰고 불교식의 수림장을 치르는 모습을 보니 어딘지 괴리감이 느껴지기도 했다.

"수림장은 사람과 나무는 상생하며 자연에서 태어나 자연으로 회귀한다는 섭리에 근거하고 있어요. 화장한 후 골분을 수목 아래 묻어서 자연과 영원히 함께하려는 것이지요."

"미국에서는 수림장을 보지 못했습니다만."

"스위스, 독일, 영국, 일본 등에서는 점점 대중화되어가는 추세지요. 동남아에서는 천 년 전부터 보리수 아래에 수림장을 해오던 전통이 있고요."

솔숲을 조금 들어가자, 반석이 하나 놓여 있었다. 법타는 손님이 몰리는 주지실인 서향각을 나와 가끔 반석 위에서 좌선도 하는 듯 능숙하게 가부좌를 틀었다.

"거기 앉아요. 두 사람은 족히 앉을 만하니까."

"네."

"아까 어디까지 얘기하다 말았습니까."

"네, 스님의 법호를 중화로 바꾸었다는 말씀을 하셨습니다."

"제가 통일운동을 하니까 중화로 하면 어떨까요, 하고 일타 스님께 여쭤봤다고 그랬지요."

"통일운동도 일타 큰스님께서 당부하신 것입니까."

"우리 스님께서 저에게 통일운동을 하라고 권면하시지는 않았어요. 오히려 우리 스님이 제가 하는 일에 동참하셨다고 봐야지요. 다만 스님께서 제가 통일운동 하면서 고난을 받자, 『초발심자경문』에 나오는 구절 중에 난행능행難行能行이면 존중여불尊重如佛이라, 어려운 고행을 능히 행하면 부처님같이 존중받게 될 것이라고 말씀하시며 격려해준 적은 있습니다."

법타가 통일운동에 발을 들여놓게 된 계기는 미국의 한 대학에서 북한불교를 연구하면서부터였다. 북한불교를 이해하기 위해서는 북한을 직접 방문하여 현장을 살피는 것이 필요했다. 그래서 법타는 미국 유학생 신분으로 1989년 6월에 정식 비자를 받아 평양으로 들어갔다. 남한 사람 중에 비자를 발급받아 평양에 간 사람은 미국 유학생이었던 법타가 1호가 된 셈이었다.

평양으로 들어간 법타는 고달픈 북한 주민들의 삶을 목격하고는 큰 충격을 받았다. 미국으로 돌아온 법타는 석사 학위를 포기하고 귀국했다. 북한불교 연구도 중요하지만 그보다는 같은 동포로서 북한 주민들을 돕는 것이 더 급선무라고 판단했기 때문이었다.

법타는 귀국해서 '조국평화통일불교협회'를 결성하고 약칭을 '평불협'이라고 했다. 협회 설립의 취지문을 법타는 이렇게 다듬었다.

통일보살은 부처님의 동체대비同體大悲 정신을 본받아
북한 동포의 어려움을 함께하고
그들에게 삶의 희망과 용기를 주어야 합니다.


통일보살은 분단의 아픔과
사랑하는 사람과 헤어져 있는 고통을

하나 됨으로 해결하기 위해

불퇴전의 신심으로 정진해야 할

역사적 책임과 의무가 있습니다.


평불협과 함께 민족고民族苦와

사회고社會苦의 원인인 분단조국을 하나로 만드는

참다운 통일보살의 길에 동참합시다.


'평불협'의 사업도 크게 4가지로 정리했다. 대북 지원 사업과 남북불교 교류 사업, 그리고 인권 문화 사업과 학술 홍보 사업이 그것이었다. 임원도 결성했는데, 회장은 월주, 부회장은 법타, 총무는 이기범이 맡았다.

법타는 소요산 자재암 주지 일을 보면서 '평불협' 활동도 하고, 숭실대학교 통일정책대학원 제1기 고위지도자 과정도 밟았다. 주먹구구식이 아니라 평불협 활동의 정신과 논리를 학문에서 찾기 위해서였다.

그런데 통일정책대학원 고위지도자 과정을 마치고 졸업여행으로 동부 유럽에 갔다가 김포공항으로 귀국하면서 사단이 생겼다. 그동안 색안경을 끼고 법타의 행동을 주시해온 정보기관에서 법타를 체포하기 위해 김포공항 입국 로비에 대기하고 있었던 것이다.

1994년 7월 10일이었다. 다섯 명의 건장한 사내들이 법타를 에워쌌다. 그중 한 사내가 법타의 어깨를 툭툭 치며 말했다.

"법타 스님 맞습니까."

"당신들은 누구시오."

"조용한 데로 가셔야겠습니다."

"어디로 말이오."

"가면 알게 될 겁니다."

다섯 명의 사내는 다짜고짜 법타를 연행했다. 공항 청사 밖에는 긴 장마 끝의 불볕더위가 화재 현장처럼 이글거리고 있었다. 그때까지도 법타는 무언가 오해이겠거니 하고 반항하지 않고 그들이 요구하는 대로 행동했다.

청사 밖에는 검은색 지프가 시동을 건 채 대기하고 있었다. 가는 곳이 궁금하여 물었지만 한 사내가 같은 대답만 반복할 뿐이었다.

"어디로 가는 것이오."

"가면 알게 될 겁니다."

지프가 승용차들이 붐비는 서울 시가지로 들어서서야 상관으로 보이는 한 사내가 말했다.

"조사를 받아야겠습니다."

"허허. 무엇을 조사받는단 말이오."

"당신은 북한을 고무 찬양한 혐의를 받고 있습니다. 우리는 당신을 국가보안법 7조 1항에 의거 연행하고 있습니다."

그제야 법타는 다섯 명의 사내들이 정보기관 요원들이라는 것을 알았다. 그래도 법타는 두렵거나 떨리지는 않았다. 김영삼 대통령의 문민정부 정보기관 요원이므로 고문이나 협박 같은 것은 없을 것으로 믿고 따라갔다.

그들이 법타를 연행해간 곳은 남영동 대공분실 취조실이었다. 취조실은 조그만 방이었는데, 욕조와 침대 하나가 놓여 있었다. 법타는 속으로 문민정부라서 취조실이 깔끔하게 현대화되어 있다고 생각했다.

법타가 위축되거나 떠는 기색이 전혀 없자, 한 취조관이 반말 투로 물었다.

"이봐, 여기가 뭐 하는 덴 줄 알아."

"더우면 욕조에서 목욕하고, 졸리면 침대에서 자는 곳 아니오."

취조관이 어이없다는 듯 잠시 천장을 쳐다보더니 고개를 흔들며 말했다.

"어허. 이 중놈의 새끼까지 속을 썩이네."

법타는 반말 투로 말하는 데다 무례하기 짝이 없는 취조관에게 언성을 높였다.

"여기가 뭐하는 덴데 험한 말을 하는 것이오."

"정말 몰라서 묻나. 이봐, 여기가 박종철을 탁 치니 억 하고 돼졌던 곳이란 말이야."

그때부터 법타는 겁이 더럭 났다. '아, 나는 이제 끝장이구나' 하는 절망감이 엄습했다. 취조원은 그날 밤부터 잠을 재우지 않고 심문하기 시작했다. 취조하는 대로 대답하지 않으면 고문을 했다. 구둣발에 짓밟힌 발등이 두꺼비처럼 부어올랐다.

그런 고문이 15일 동안 반복되다가 법타는 서울구치소로 넘겨졌다. 서울구치소의 사상범은 0.75평의 독방에 수용됐다. 더구나 법타가 들어간 독방은 꼭대기 층인 3층 2호실이었다. 불볕더위가 그대로 내리꽂히는, 뜨거운 한증막 같은 독방이었다. 낮보다는 밤이 더 견디기 힘들었다. 낮 동안 프라이팬처럼 뜨겁게 달구어진 지열이 방으로 내려오기 때문이었다. 법타는 어깨에 화상을 입었고, 온몸이 익어버릴 것 같은 고통을 견뎌냈다. 꼭대기 층의 독방은 말 그대로 화탕지옥이었다.

법타는 지장기도를 시작했다. 지옥문 앞에서 육환장을 짚고 중생의 눈물을 닦아주는 지장보살을 불렀다. 그때 일타의 편지가 왔다.

얼마나 곤혹스러운가. 법타가 한 일은 다 옳은 일이니 용기를 잃지 말게.

밖에서 열심히 뛰었으니까 이제 나라에서 쉬라고 하니 푹 쉬게나.

옳고 그름을 떠나서 나라에서 지어준 거기를 국립선방이라 여기고 참선하시게.

법타는 편지를 읽으며 울었다. '밖에서 열심히 뛰었으니 이제는 감옥을 국립선방이라 여기고 참선하라'는 일타의 경책에 감사의 눈물이 계속해서 흘렀다. 지장보살이 지옥에만 있는 것이 아니었다. 스승 일타가 바로 지장보살이었다.

법타는 당장 양동이에 찬물을 담은 뒤 그것을 가슴에 끼고 돌아앉아 가부좌를 틀었다. 독방을 국립선방이라 생각하며 참선을 했다. 어느 땐가 일타가 한 스님에게 무심코 했다는 말이 떠올랐다.

"법타는 학벌이든 뭐든 다 갖추었는데 참선 경력이 없어 아쉽다. 선방에서 몇 철 났으면 좋겠다."

법타는 참선을 하며 중얼거렸다.

'이곳을 선방이라 생각하자. 우리 스님께서 가장 어려운 때 내게 용기와 희망을 주신 것이다. 참다운 수행자의 길을 알려주신 것이다. 절망과도 같은 캄캄한 시기에 우리 스님께서 내게 태양처럼 밝은 빛을 주신 것이다.'

사상범 독방에서 한 달쯤 지나자, 어디서 소문을 들었는지 조직 폭력배들이 30센티미터의 사각창문을 통해 문안 인사를 해왔다. 어느새 법타는 구치소 안의 조직 폭력배들에게 도인으로 소문이 났던 것이다.

"큰스님, 제가 언제쯤 나갈 것 같습니까."

"내가 스님이란 것을 어떻게 알았는가."

"큰스님이란 사실을 다 알고 있습니다. 도통하신 도인께서는 앞날을 맞춘다고 하지 않습니까."

"하하하. 내 나갈 날짜도 모르는데 어찌 그대의 일을 알겠는가."

지장기도를 시작한 지 1백 일이 지나자, 법타는 며칠 후 출소할 것 같은 예감이 들었다. 지장보살의 미소가 희미하게 보였다. 법타의 예감은 적중했다. 수감된 지 105일째 되는 날 석방이 됐다.

독방을 나온 법타는 교도관의 관찰일지를 보고는 쓴웃음을 짓지 않을 수 없었다. 시간마다 법타를 감시한 일지의 난에 '면벽 수도 중'이라고 쓰여 있었다. 불교학생회 활동을 한 진주 출신의 교도관이 맨 처음 그렇게 기입하자 다른 교도관들도 '면벽 수도 중'이라고 반복해서 기록했던 것이다.

고명인은 참지 못하고 웃음을 터트렸다. 그러자 법타가 솔숲 사이로 비치는 햇살을 손으로 받는 시늉을 하고 나더니 독방에서 느낀 소회를 말했다.

"사상범 운동장은 따로 있어요. 둥그런 운동장인데 한가운데에서 교도관이 감시해요. 하루에 1시간씩 운동하는 시간이 주어졌는데, 처음에는 배구공을 분풀이하듯 내질렀어요. 그런데 나중에는 그 짓도 부질없어져요. 미워할 것도, 좋아할 것도 없는 거예요. 지금도 종단의 이런저런 실망스런 일들에 끄달리지 않고 내 길을 가는 것은 그때 깨달은 경험 때문이지요. 교도소야말로 인생이 갈 수 있는 막차일 테고, 그다음은 뭐 죽음이 아니겠어요. 독방에서 참선하면서 아상, 인상, 중생상, 수자상을 죽일 수 있었던 것 같아요. 겪고 나니 두려움도 없어지고 근본을 알고 나니 인생이 무상해지더라고요."

"고생을 하셨는데 지금도 평불협 활동을 하시는지요."

"벌써 15년이 됐어요. '성불사 깊은 밤에ー' 하고 부르는 우리 가곡이 있지 않습니까. 그 사리원 성불사 부근에 세운 금강국수 공장도 15년이 됐네요. 지금도 매달 인천항에서 남포항으로 60만 톤 기준으로 밀가루를 보내고 있어요. 생필품도 더불어 보내고. 뭐니뭐니해도 배고픈 자에게는 밥이 부처님이고 하느님이 아니겠어요."

얘기를 마무리 지으려는 듯 법타가 가부좌를 풀더니 가볍게 일어섰다.

"아까 찾아온 손님들이 나를 기다리고 있겠구먼."

고명인은 어제부터 묻고 싶었던 질문을 비로소 꺼냈다.

"일타 큰스님의 다비식을 이곳에서 치른 이유가 있습니까."

"스님 제자들이 은해사를 스님의 근본도량으로 삼으려는 뜻이었다고나 할까, 뭐 그런 생각들이 있었어요. 우리 스님은 사실 당신의 다비를 한국에서 하기를 바라지 않으셨어요. 잘 아시다시피 우리 스님은 다음 생에서는 미국에서 태어나기를 바라셨어요. 미국은 물론 세계를 불국토로 만들겠다고 하셨거든요. 스님께서는 하와이에서 돌아가셨는데 제자들이 스님 뜻과는 달리 법구를 국내로 운구해왔지요. 상좌들과 신도들의 열망이 그랬으니까요."

고명인은 법타와 헤어지고 나서 다시 반석 위에 앉았다. 스승과 제자의 인연이 솔숲 사이로 비치는 햇살처럼 곱고 아름답게 느껴졌다. 고명인은 감옥으로 보내온 일타의 따뜻한 편지를 회상하며 눈시울을 붉혔던 법타를 다시 떠올렸다.

일타 스님이 6·25전쟁 중 첫 7일 기도를 하여 득력을 얻은 진주 응석사

발심수행

1949년 통도사 불교전문강원 대교과를 졸업한 일타는 그해 봄 음력 3월 15일에 범어사로 내려가 동산을 계사로 하여 비구계를 받았다. 그의 나이 21세 때의 일로 예비 승려인 사미승에서 비로소 비구승이 되었다.

구족계를 받은 일타는 천하를 손에 쥔 듯한 기분을 맛보았다. 비구계를 받기 위해 범어사 일주문을 들어설 때와 받고 난 후 나설 때의 마음은 하늘과 땅 차이만큼 달랐다. 그런 들뜬 마음은 일타뿐만이 아니었다. 통도사에서 함께 온 학인 도반들도 마찬가지였다. 수행자로서 이제 고작 첫발을 내딛은 셈인데, 금세 도인이될 것 같은 환희심에 도취했다.

일타는 구름 위를 걷는 것 같은 기분에 취해 통도사로 돌아와서는 경전 공부 시간을 줄였다. 갑자기 경전 공부가 시들해졌고, 신학문에 대한 갈증이 솟구쳤기 때문이었다. 자연 탐구심이 많은 일타는 대학에 가고 싶어 견딜 수가 없었다.

훗날, 일타가 그때를 회상한 얘기지만 신학문에 대한 갈증이 얼마나 컸는지 짐작해볼 수 있다.

"경전은 구학문이고 영어, 수학 이런 것들은 신학문이 아닌가. 신구가 조화되어야 뭐가 되든지 말든지 하지, 구학문만으로는 안 된다는 생각이 자꾸 들더라고. 구학문은 내 손안에, 내 주머니에 있는 거고 신학문은 생소하니까 대학에 가서 해야겠다는 생각뿐이었지. 대학에 희망을 가질 수 있었던 이유는 사중寺中에 종비생宗費生들이 있었으니까. 그때 종비생들이 꽤 있었다구.

어쨌든지 간에 나도 갈 수 있겠다 싶어 경전을 조금 보면서 자꾸 영어, 수학을 들여다봤어. 한데 서울까지는 갔지만 대학에서 공부할 인연이 안 닿더구먼. 설사 닿았다 하더라도 6·25전쟁이 났기 때문에 대학 공부는 어려웠을 것이여. 경봉 스님 아들이 나보다 한 살 적은데 서울대학교 갔다가 그냥 죽었잖아. 이북으로 끌려갔다가 없어져버렸어."

일타는 종비생 자격으로 동국대학교에 다니기 위해 1950년 6·25전쟁이 나기 직전 서울로 갔다. 그러나 일타는 서울에 도착하여 하루를 보낸 뒤 다시 남쪽으로 발길을 돌려야 했다. 하룻밤을 묵고 나서 동국대학교로 가 종비생으로 다니려면 어떤 서류가 필요한지 알아보려던 참이었는데, 6·25전쟁이 발발한 것이었다. 인민군 선발대가 벌써 의정부 너머까지 내려왔는지 포성 소리가 지척에서 들리고 있었다.

일타가 임시로 묵고 있던 절의 대중들도 혼비백산하여 새벽예불을 하지 않았다. 모두가 걸망을 메고 하나둘 총총히 떠났다. 절을 지키게 될 늙은 보살이 말했다.

"스님도 어서 떠나셔유. 인민군들이 곧 미아리를 넘어올 거라고 하니께유."

"보살님은 여기 남아 계실 겁니까."

"이 늙은것이 가면 어디로 가겠시유. 가다 죽으나 여기 남아서 죽으나 같아유. 스님은 어서 떠나셔유."

보살이 일타의 손에 지폐 몇 장을 쥐어주었다.

"보살님, 걸사가 무슨 돈이 필요하겠습니까."

"돈이란 꼭 쓸데가 있는 것이니 받으셔유. 더구나 이 돈은 내 돈이 아니라 복전함에서 꺼낸 돈이구먼유."

"저야 탁발하면 됩니다. 복전함에서 나온 돈이니 보살님께서 부적같이 간직하고 계십시오. 전쟁 중에는 돈이 필요할 것입니다."

일타는 보살이 주는 돈을 받지 않고 절을 나섰다. 거리는 피난민으로 넘쳐났다. 대포 소리와 총소리가 더욱 가까운 곳에서 들려오고 있었다. 일타는 서둘러 한강변으로 갔으나 다리는 피난민으로 넘쳐나 발 디딜 틈조차 없었다. 사람들이 움직이는 대로 조금씩 떠밀려갈 뿐이었다.

다리를 건너 영등포를 지나는 데 무려 하루가 걸렸다. 그렇다고 인파 속에서 빠져나와 낙오자가 될 수도 없었다. 기차나 자동차를 타지 못한 피난민들이 한 무리를 지어 움직였다. 일타가 영등포를 간신히 벗어나 안양에 도착했을 때는 이미 트럭을 타고 온 인민군들이 길목을 지키고 있었다. 행색이 특이한 일타는 검문을 무사히 통과하지 못하고 인민군 임시 막사로 끌려가 취조를 받았다.

"직업이 무엇이오."

"스님이오."

"스님이라니, 무엇을 하는 사람인지 말해보시오."

"도를 닦아 중생들을 구제하는 사람이오."

"쓸데없는 소리 마시오. 우리 인민사회주의가 인민을 해방시키고 구원할 것이오. 알겠소."

일타는 그들과 말이 통하지 않는다는 것을 알고 입을 다물었다. 잠시 후 한 인민군이 일타에게 다시 물었다.

"스님이란 것을 증명해 보이시오."

일타는 난감했다. 비구계 증서인 계첩이 있으나 그것은 통도사에 있었다. 그렇다고 인민군에게 그런 변명이 통할 리 없었다. 그들은 젊고 건강한 피난민들을 의용군으로 편입시키거나 북으로 올려보내기 위해 꼼꼼하게 선별하고 있었다.

일타가 당황하자, 취조하는 인민군 옆에서 평상복 차림으로 담배를 물고 있던 정치공작원이 명령했다.

"팔뚝을 걷어보시오."

일타가 연비한 팔뚝을 내보이자 정치공작원이 말했다.

"이자는 중이오. 중이 되려면 팔뚝에 연비를 해야 하거든. 당신은 이쪽으로 오시오."

일타는 정치공작원 책상 앞으로 갔다. 그가 조금 전과 달리 표정을 부드럽게 하며 나직이 말했다.

"의자에 앉으시오. 나도 불교신자요."

정치공작원이 김빠진 사이다를 컵에 따르며 권했다.

"목이 마르실 테니 한 잔 하시오."

"나무관세음보살."

일타는 합장한 후 정치공작원으로부터 사이다를 한 잔 보시 받았다. 김이 빠져버려 맹물 같은 사이다였지만 공산당의 정치공작원 중에도 불교신자가 있다니 묘한 기분이 들었다. 정치공작원은 일타에게 통행증까지 써주는 호의를 베풀었다.

"어디까지 가십니까."

"어디로 가는 것이 좋겠습니까."

"남쪽으로 가시오. 전쟁 중이니 총소리가 나지 않는 곳이 수행하기에 좋겠지요."

밖으로 나온 정치공작원이 먼지를 달고 달려오는 트럭을 세웠다. 그가 운전수에게 명령했다.

"이 스님이 가는 데까지 잘 모시고 가시오."

　덕분에 일타는 김천까지 트럭을 타고 내려올 수 있었다. 김천에서 내린 일타는 직지사로 가지 않고 내친걸음에 더 남쪽으로 내려갔다. 그러나 두어 끼니를 굶고 보니 허기가 져 걷는 것도 힘들었다. 전쟁 중이므로 탁발도 생각보다 어려웠다. 절이 보이면 찾아가보았지만 경계부터 했다.

"이 절에서는 객스님 받지 않십니더."

"묵지 않을 겁니다."

"스님들이 찾아와 사정하지만 우리 대중 먹을 양식도 간당간당 합니데이."

"혹시 금오金烏 큰스님이 어디 계신 줄 압니까."

"금오 큰스님 말인교. 진주 응석사로 가셨다카대요."

　일타가 금오의 주석처를 묻자, 그제야 처사가 태도를 부드럽게 했다.

"저도 큰스님을 친견했십니더."

"금오 큰스님께서 이 절에 계셨습니까."

"농담하지 마소. 기도발이 좋은 곳도 아니고 명당도 아닌 이런 쬐그만 절에 큰스님께서 머물 까닭이 뭐 있겠십니꺼."

"처사님은 어디서 금오 큰스님을 친견한 것입니까."

"제가 중학교를 다닌 곳이 김천입니다. 큰스님께서는 해방 몇 해 전부터 직지사 천불선원의 조실스님으로 계셨습니다."

그곳에서 한 끼를 해결한 일타는 진주 응석사까지 걸어갔다. 총소리가 나지 않는 영험한 기도처에서 수행하고 싶어서였다. 더구나 일타는 통도사 학인 시절에 도인이라고 소문났던 금오를 그리워한 적이 있었던 것이다.

6·25전쟁이 나자, 고명한 선승들이 전선戰線을 피해 경남의 절들로 모여들었는데 금오도 그중 한 사람이었다. 송광사의 효봉은 통영의 미래사로, 청담은 고성의 문수사로, 봉암사의 성철과 법전은 마산의 성주사로, 도봉산 망월사의 금오도 진주의 응석사로 내려왔던 것이다. 행각하는 젊은 수행자들도 자연 고승이 머물고 있는 절로 찾아갈 수밖에 없었다. 일타도 그중 한 사람인 셈이었다.

전쟁 중이므로 어느 절이나 곤궁했고 인심도 각박했다. 한 사람이 새로 머물게 되면 대중들이 먹는 양을 그만큼 줄여야 할 정도로 사정이 좋지 않았다. 금오를 찾아간 일타도 처음에는 응석사 주지에게 불청객 대접을 받았다. 보리밥으로 요기를 한 일타에게 응석사를 떠나라는 눈치를 주었다.

"어디로 갈 참인가."

"주지스님, 갈 데가 어디 있겠습니까. 금오 큰스님 회상에서 공부하겠습니다."

"도민증이나 병적계가 없으니 어차피 면직원이나 경찰이 오면 잡혀갈 텐데 떠나는 것이 좋지 않겠는가."

"잡혀갈 때 가더라도 금오 큰스님 회상에서 공부할 수 있도록 해주십시오."

"그때 가서 날 원망하지 마시오. 그럼, 오늘부터 공양주를 하시오."

일타는 그날부터 응석사 공양주를 맡았다. 원래는 음식 솜씨가 있는 보살이 공양주를 맡는데, 전쟁이 나면서 속가로 돌아가버린 모양이었다. 일타는 양식과 반찬거리가 궁한 가운데서도 부엌살림을 잘했으므로 금세 응석사 대중과 친해졌다.

한번은 주지가 일타의 염불 소리를 들어보더니 불공과 재를 전담하는 부전으로 소임을 바꾸어주었다. 비로소 일타는 응석사의 대중이 되었다. 때마침 염불 잘하는 젊은 스님이 왔다고 불공과 재가 많이 들어와 응석사 살림이 조금이나마 펴졌다. 목탁을 치면서 큰 소리로 경이나 다라니를 외는 것만이 염불은 아니었다. 축원하는 마음을 일념으로 간절하게 실어야만 참 염불이라고 할 수 있었다.

염불삼매를 경험한 일타는 7일 기도를 하기로 결심했다. 7일 기도를 하여 자신을 단련시키고 자신을 자신의 의지대로 움직이게 하는 힘을 얻고 싶었다.

'잠을 자지 않는 용맹기도를 하자. 7일 낮, 7일 밤 동안 기도를 하자. 관세음보살의 육자대명왕진언인 옴마니반메훔을 외자.'

일타는 대중들에게 알리고 기도를 시작했다. 영험한 삼존불이 봉안된 법당에 앉아 목탁을 치면서 옴마니반메훔을 외었다. 하루 스무 시간 정도의 기도였다. 공양할 때만 잠시 멈출 뿐 응석사 법당은 하루 종일 일타의 기도 소리가 끊이지 않았다.

그런데 하루 이틀 지나자 졸음이 장애가 됐다. 수마가 기도를 방해했다. 목탁이 떨어져 법당 마룻바닥을 구르기도 했고, 무릎에 떨어져 멍이 들기도 했다. 할 수 없이 일타는 법당을 나와 마당을 돌면서 기도했다. 그래도 졸음은 일타의 눈꺼풀을 천근만근 무겁게 했다. 법당에 있을 때나 마당을 돌 때나 마찬가지였다.

입으로는 옴마니반메훔을 외나 눈이 감기었으므로 휘청거릴 때가 한두 번이 아니었다. 일타는 비몽사몽 간에 옴마니반메훔을 외고 있을 뿐이었다.

'옴마니반메훔, 옴마니반메훔.'

6일째 되는 날이었다. 일타는 법당을 나와 대나무 평상에 앉아서 은행나무에 머리를 기대고 잠시 잠들었다. 순간적으로 꿈도 꾸었다. 허공이 옴마니반메훔을 외는 자신의 입속으로 빨려들어오고 있었다. 찰나에 허공을 삼켜버린 것이었다.

'이상한 일이다. 삼천대천세계의 허공이 내 입속으로 들어가버리다니. 이래서 허공이 마음이고 마음이 허공인가. 아, 이것이야

말로 일체유심조가 아닐 수 없구나.'

꿈에서 깨고 나자, 졸음이 거짓말처럼 사라졌다. 정신이 가을
논의 들물처럼 맑고 고요할 뿐 졸음은 더 이상 엄습하지 않았다.

이러한 일타의 기도 수행을 응석사 대중만 본 것이 아니었다.
절 아래 마을 사람들도 직접 보았거나 소문을 듣고서 신심을
냈다.

"기도 잘하는 젊은 스님이 왔으니 불공드리러 가십시데이."

"일주일 동안 잠 한숨 안 자고 기도를 마쳤다카대이."

일타가 7일 기도를 하고 나자, 마을 노파들이 명절이 아닌데도
법당으로 올라와 불공을 드렸다. 마을 이장은 일타에게 도민증을
만들어오기도 했다.

무엇보다도 일타를 기쁘게 한 것은 응석사 내원토굴에서 참선
하고 있던 금오가 내려와 일타를 격려한 일이었다.

"은사가 누구인가."

"고경 스님입니다."

"반듯한 스님이셨지. 통도사 인물이고말고."

"큰스님 감사합니다."

"내 토굴로 올라와 참선을 해도 좋고 기도를 해도 좋다."

일타는 새삼 기도의 힘을 체험했다. 없던 도민증도 저절로 생
기고, 금오를 날마다 친견할 수 있게 된 까닭이었다. 일타는 벌떡
일어나 금오에게 큰절을 올리고는 마음속으로 감사의 옴마니반

메홈을 외었다.

집현산의 풍광은 편안하고 후덕했다. 특히 내원토굴에서 바라보는 긴 골짜기는 선경으로 들어가는 관문처럼 그윽했다. 금오는 이곳에서 깨친 경지를 보임하면서 찾아오는 젊은 수행자들을 지도하고 있었다.

일타는 응석사에서 날마다 내원토굴로 가 금오의 가르침을 받았다. 가르침이라고 해서 특별한 단계를 받는 것은 아니었다. 더구나 내원토굴은 선객들이 안거를 맞이하여 정진하는 선방이 아니었다. 말없는 가운데 스스로 금오의 가풍을 훈습하는 것이 전부였다. 금오가 일타를 만나 다음과 같은 얘기를 들려준 것도 바로 그런 까닭이었다.

한 어린 사미가 고명한 선사를 찾아가 제자가 되었다. 사미는 선사에게 많은 가르침을 기대하고 하루하루를 보냈다. 그러나 선사는 사미에게 아무것도 가르쳐주지 않았다. 어린 사미는 3년을 넘기면서 크게 실망하여 "큰스님, 왜 저에게 아무것도 가르쳐주지 않습니까" 하고 항의했다. 그러자 선사가 "너는 3년 동안 물 긷고 나무하고 도량 청소를 하지 않았느냐. 그게 나의 가르침이다"고 깨우침을 주었다는 내용의 이야기였다.

"도란 밥 먹고 바리때 씻는 곳에 있는 것이지 특별한 데 있지 않는 법이다. 정진을 하다 보면 도가 익는 것이야. 그러니 도를 굳이 구하려고 해서는 안 된다."

어느 날 일타가 아침공양을 하고 난 뒤 바로 내원토굴로 올라갔을 때 금오가 들려준 다음의 설법도 일타에게는 큰 울림으로 가슴에 각인되었다.

한 아버지가 있었다. 그는 도둑질을 하여 먹고사는 도둑이었다. 그런데 그 아버지는 아들이 자라 열다섯, 열여섯 살이 되면서부터 자신이 도둑질을 할 때마다 아들을 데리고 다녔다. 자연 아들은 아버지가 하는 대로 따라했다.

어느 날 아들이 말했다.

"이제 더 이상 아버지 뒤에 붙어서 망이나 보고 도망치는 일은 못하겠습니다. 저에게 들키지 않고 도둑질하는 비법을 알려주십시오. 그래야 아버지가 돌아가신 뒤에도 제가 밥벌이를 할 수 있지 않겠습니까."

아버지는 아들이 이제야 도둑질을 배울 만하다고 판단했다. 아들이 비로소 도둑질할 마음이 있고, 도둑으로서 자질이 있어 보인다고 생각했던 것이다. 아버지는 아들에게 몇 가지 비법을 전수해주기로 결심했다. 그것은 특별한 것이 아니었다. 도둑질에 집중하면서도 들키지 않으려고 대비하는 깨어 있는 마음이었다.

그날도 아버지는 아들을 데리고 어느 부잣집에 이르렀다. 아버지는 대문의 빗장을 비틀어 열지 않고 담 구멍을 뚫고 창고로 갔다. 창고 안에는 사람이 들어갈 만큼 큰 상자가 있었다. 상자를 열어보니 과연 금은보화가 가득 차 있었다. 아버지가 아들에게 금은보화를 가지고 나오라고 하면서 상자 뚜껑을 열어주었다.

그런데 아버지는 아들이 상자 안으로 들어가자마자 뚜껑을 닫고는 자물쇠를 채워버렸다. 그런 뒤 창고를 나가서는 뚫었던 담 구멍을 가시나무로 막았다. 아버지의 행동은 그것만으로 그치지 않았다. 갑자기 부자에게 도둑이 들었다고 소리쳤다.

이윽고 부잣집 식구들이 등불을 켜고 모두 일어나 도둑을 잡으러 돌아다녔다. 창고 문을 열고 들어와 상자를 살피기도 했다. 그러나 부잣집 식구들은 자물쇠가 채워진 상자를 의심하지 않았다.

아들은 붙잡히지 않고 도망치기 위해 꾀를 냈다. 부자가 다시 창고 안으로 들어왔을 때 쥐가 나무를 쏘는 소리를 냈다가 멈췄다. 부자는 쥐가 그러는 줄 알고 건성으로 상자를 보더니 창고를 나갔다. 그때 도둑의 아들은 또 쥐가 나무를 쏘는 소리를 냈다. 몇 번을 반복해서 그러자 부자는 짜증을 내면서 상자 뚜껑을 열었다.

바로 그때였다. 아들은 상자 안에서 튀어나온 뒤 부자가 들고 있는 등불을 끄고는 아버지와 함께 뚫었던 담 구멍을 찾아 뛰었다. 부자는 순식간에 당한 일이었으므로 "도둑이야!" 하고 소리치지도 못하고 당했다.

담 구멍은 이미 가시나무로 막혀 있었다. 아들이 주위를 두리번거려보니 오줌통이 하나 보였다. 아들은 냄새 나는 오줌통의 오줌을 쏟아버린 뒤, 그것을 머리에 쓰고는 쏜살같이 구멍을 빠져나와 달아났다.

"수행이란 사지死地에서 참으로 살아나는 법을 궁구하는 것이다. 더 나아갈 곳이 없는 낭떠러지에서도 안심입명처를 찾아내는 것이 참선 공부다. 그러니 스승은 아버지 도둑 같아야 하고, 제자는 아들 도둑 같이 스스로 살길을 찾아야 하느니라."

"어떻게 수행하고 어떻게 살아야 하는 것이 수행자의 길인지 알겠습니다."

"7일 기도를 해보니 어떠하든가."

"뭐든지 할 수 있을 것 같은 득력得力을 체험했습니다."

"득력이 쌓여야 사중득활死中得活할 수 있는 법이지."

금오는 먼 산을 바라보며 굵은 염주를 굴렸다. 그러면서 도둑의 얘기를 다시 했다.

"일타 수좌가 내원토굴에 있는 동안 나는 아버지 도둑이 되겠으니 일타 수좌는 마땅히 아들 도둑이 되어야 할 것이다."


금오金烏.

1896년 전남 강진군 병영면 박동리에서 정용보 씨의 차남으로 태어난 금오는 1911년 16세 되던 해에 고향을 떠나 금강산 마하연 선원으로 가 도암 긍현道庵 亘玄을 은사로 출가를 한다. 스님은 출가 이후 10여 년 동안 주로 마하연과 안변 석왕사 선방에서 참선을 하고, 1921년에는 남쪽으로 내려와 오대산 월정사, 통도사 보광선원, 천성산 미타암 등에서 안거하며 여러 선지식과 탁마했다.

1923년 28세 되던 해는 금오에게 수행자로서 분기점이 된다. 예산 보덕사로 가 만공의 제자 보월寶月을 만나게 되는데, 두 사람은 선문답을 했다. 보월이 금오의 견처를 확인하고자 물었다.

"공부한 경계를 내놓아보시게."

금오는 합장하고 나서는 자신이 깨달은 바를 게송의 형식을 빌려 막힘없이 외웠다.


> 시방세계 투철하고 나니
>
> 없고 없는 게 없는 것 또한 없구나
>
> 낱낱이 모두 그러하기에

아무리 뿌리를 찾아봐도 없고 없을 뿐이네

透出十方界

無無無亦無

個個只此爾

覓本亦無無


"오늘부터 내 법제자가 되는 것이 어떠한가."

"스님 회상에서 정진할 자리를 주신다면 그보다 더한 영광이 없겠습니다."

"좋아, 좋아. 우리 만덕사에서 함께 살아보세."

금오는 보월 회상에서 2년을 보냈다. 그러나 금오는 갑자기 보월이 입적함에 따라 만덕사를 떠나지 않을 수 없었다. 소문을 들은 만공은 안타깝게 여기고 있다가 금오가 자신이 주석하고 있는 정혜사로 오자, 금오가 보월의 법을 이었음을 증명하는 건당식을 열어주고는 자신이 보월을 대신해서 전법게를 내렸다.


덕숭산맥 아래

무늬 없는 도장을 지금 전하노라

보배로운 달은 계수나무 아래 내리고

금까마귀는 하늘 끝까지 날으네

德崇山脈下

今付無文印

寶月下桂樹

金烏徹天飛


이때가 금오의 나이 30세였다. 보월의 법을 이은 금오는 10여
년 동안 운수행각에 나섰다. 그러다가 운수행각을 접고 1935년
마흔 살에 김천 직지사 천불선원 조실이 되어 선객들의 호랑이가
되었다. 금오가 젊은 선객들에게 한 말은 이런 것들이었다.

"참선하지 않는 자는 중이 아니다."

"선리禪理가 없다면 불법의 맥이 끊기는 것이다."

"선을 반대하는 자는 고기가 물 밖에 나간 격이다."

"자유를 찾아가는 길은 오직 선뿐이다."


실제로 금오가 일타에게 한 말도 그뿐이었다. 일타는 금오에게
참선과 선지식을 찾는 만행의 절실함을 법문 때마다 들었던 것
이다.

"나도 수월 도인을 만나기 위해 만주 봉천으로 찾아간 적이
있다. 수행자의 일생에서 선지식을 친견하는 일과 선방의 좌복을
지키는 일 밖에 또 무엇이 있겠는가."

"수월 스님은 어떤 도인이십니까."

"하루 종일 짚신을 삼아 길손들에게 나누어주는 천진도인이셨

지.”

“아무에게라도 짚신을 보시했다는 말입니까.”

“스님의 짚신을 신은 사람 중에는 도둑도 있고, 독립군도 있고, 거지도 있고 부자도 있었다고 그래. 차별 없는 마음이 바로 도인의 마음 아니겠는가. 마음에 시비분별이 한 티끌이라도 남아 있다면 도인되기 어려운 일이지.”

“수월 스님처럼 되고 싶습니다.”

“그렇다면 참선을 하시게. 조선의 선을 중흥시킨 경허 대선사의 제자가 바로 수월 스님이라네, 알겠는가.”

금오는 감개무량한 얼굴로 말했다. 전등의 불이 경허에서 만공으로, 만공에서 보월로, 보월에서 자신에게로 이어지고 있기 때문이었다. 비록 자신을 드러내어 자랑하고 있지는 않지만 자부심을 가질 만도 한 법맥이었다.

일타는 문득 다시 발심을 냈다. 이번에는 단식기도를 하고 싶었다.

“큰스님, 기도를 하고 싶습니다.”

“지난번에 7일 기도를 했으면 됐네. 이제부터는 참선을 해보시게.”

“단식기도를 하고 싶습니다.”

“왜 하필 단식기도인가.”

일타는 평소 마음에 품고 있었던 생각을 고백했다.

"큰스님, 지금은 전쟁 중입니다. 이쪽저쪽 사람들이 죽어 구천을 떠도는 고혼이 되고 있습니다. 남의 업장을 제 업장 삼아 대신 참회하고 싶습니다."

"그래, 그래. 천지만물이 한 몸이지. 참회하는 방법으로 단식이 좋아. 내원토굴에서 단식기도를 하게나. 공양간이 딸린 응석사에서는 맛도둑의 유혹이 심할 테니까."

금오는 일타가 단식기도를 하겠다고 말하자 적극 배려해주었다. 사실 큰절에서 단식기도를 한다는 것은 무리였다. 공양 시간마다 경내에 음식 냄새가 날 것이고, 불단에 올린 마지만 보아도 맛도둑의 유혹을 벗어나기 힘들 것이었다.

이번에도 기한은 7일로 정했다. 지난번에는 잠도둑으로부터 항복받기 위한 기도였다면, 이번에는 맛도둑의 유혹으로부터 해탈하기 위한 기도였다. 수행자의 근기에 따라 다르겠지만 잠 한숨 자지 않고 하는 기도가 어려울 수도 있고, 물 한 방울 마시지 않고 하는 기도가 더 어려울 수도 있었다.

일타는 수마의 항복을 받아본 경험이 있기 때문에 맛의 유혹도 물리칠 수 있을 것만 같았다. 더구나 금오가 가까이에서 경책을 해줄 것이기 때문에 7일 단식기도를 무사히 성공할 수 있을 것이라고 확신했다.

"곡기는 끊더라도 물은 마시게."

단식기도 동안 금오가 바리때에 물을 떠다 주었지만 일타는 목에 물 한 방울 축이지 않았다. 밤이 되면 배에서 쪼르륵 소리가 나고 허리가 접힐 만큼 속이 허했지만 견뎌냈다. 허기가 심할 때는 잠시 정신이 혼미해져 헛것이 보이기도 했다. 천정에 쥐가 지나가고 뱀이 기어가는 듯했다.

단식기도도 6일을 넘어서자 안개가 걷히듯 정신이 맑아졌다. 잠을 자는 동안 꾸는 꿈도 선명했다. 이상한 일이었다. 먹은 것도 없는데 꿈속에서 황금 같은 변을 끝없이 배설했다. 냄새가 나지 않는 변이었다. 이윽고 변은 응석사부터 10리 계곡을 채우고 있었다. 일타의 변이라기보다는 수많은 사람의 것까지 대신 보아주는 변이었다. 다른 사람의 업장까지 자신의 것으로 대신 참회한 탓인지도 몰랐다.

일타는 7일 단식기도를 마치고 나서 이상한 꿈 이야기를 금오에게 했다. 금오는 크게 웃으며 해몽을 했다.

"똥이 10리 계곡을 채운 까닭은 업장이 그만큼 두터웠다는 것일 게야. 어디 일타 수좌의 업장만이겠는가. 인연 있는 남의 업장까지 모두 소멸한 것이네. 이번 두 번째 기도도 일타 수좌가 중으로 살아가는 데 큰 보탬이 될 것이네."

금오의 해몽대로라면 응석사의 첫 번째 기도가 일타의 개인적인 것이었다면, 두 번째 내원토굴의 기도는 중생과 한 몸이 되는 동체대비의 체험이 아닐 수 없었다.

두 번의 기도를 마친 일타는 잠시 응석사를 떠났다. 속가의 외삼촌 진우를 만나기 위해 전주 법성원으로 갔다. 속가에 있을 때 외삼촌들 중에서 진우를 가장 따랐으므로 법성원은 일타에게 고향집 같은 느낌이 들었던 것이다.

전쟁 중인데도 일타는 법성원에서 아이들을 모아 야학을 하듯 가르쳤다. 그런데 세속의 학문을 접한 탓인지 다시 대학에 가고 싶은 욕구가 솟구쳤다. 그 당시를 일타는 다음과 같이 회상한 적이 있다.

"6·25전쟁 중이었어요. 법성원에서 애들을 가르치면서 대학 갈 기회를 노려본 거라. 허나 어디 의지할 데가 있어야 대학을 가지. 더구나 6·25전쟁 중이었고. 밖에 나가면 의용군으로 잡혀가게 되니까 뭐 꼼짝 못하고, 반은 숨어살다시피 있은 거라. 근데 법성원에 다락이 있는데, 올라가보니 경찰 간부 하나가 피난을 가면서 책이 든 큰 고리짝 두 개를 놓아둔 거라. 고리짝을 열어보니 세계문학전집이라."

일어판 세계문학전집 120권이었다. 일타는 낮에는 아이들을 가르치고 밤에는 세계문학전집을 샅샅이 읽었다. 재미있는 것은 정독하고, 흥미롭지 않은 것은 대충대충 읽었다. 120권 중에서 특히 일타에게 감동을 주었던 책은 『몬테크리스토 백작』『레미제라블』『플루타크 영웅전』『비스마르크』와 러시아 작가 고리키와 고골리의 소설 등이었다.

읽어가면서 표현이 좋은 문장은 대학노트에 메모를 했다. 대학노트에 메모한 글만 읽는 즐거움도 컸다. 작가의 문장이 일타 자신의 문장이 되는 것 같았다. 물론 독후감도 대학노트에 적었는데, 나중에 대학노트를 합쳐보니 20여 권이나 되었다.

일타는 대학노트를 묶고는 '문학쇄담文學鎖談'이라는 제목을 달았다. 『문학쇄담』만 가지고 있으면 소설가도 될 수 있고, 시인도 될 수 있을 것으로 믿었다. 작가가 되지 않더라도 문장을 자유자재로 구사하고 상대를 잘 설득하는 사람이 될 수 있을 것만 같았다.

문학의 낭만에 빠졌던 일타는 또다시 대학 진학의 꿈에 불을 붙였다. 사각모를 쓴 대학생만 보면 가슴이 울렁거렸다. 법성원에 앉아 참선을 하다가도 사각모를 쓴 대학생을 만나면 공연히 기가 죽고 의기소침해졌다.

여자와 연애하고 싶거나 장가들어서 살고 싶은 생각은 조금도 나지 않는데, 대학만큼은 자꾸 가고 싶었다. 대학에 가서 박사 학위를 딴 후 선방에 들어가 참선하면 되지 않을까 하는 생각마저 들었다. 국회의원이나 장관, 부자는 하나도 부럽지 않은데 오로지 사각모를 쓴 대학생만 보면 주눅이 들었다.

일타는 법성원을 떠나기로 했다. 마침 1·4후퇴가 시작되어 피난을 가야 했고, 문학으로 들뜬 마음을 가라앉히고 싶었다. 일타는 응석사로 다시 돌아가 금오 밑에서 마음을 다잡아야겠다고 생각했다.

금오는 일타를 반갑게 맞이했다.

"법성원에서 무슨 공부를 했는가."

"낮에는 아이들을 가르치고 밤에는 세계문학전집을 읽었습니다."

"중노릇 하지 않고 놀고 왔구먼. 고기가 물 밖으로 나간 격이네. 고기가 물 밖으로 나가면 죽는 것처럼 참선하지 않는 중도 죽은 중이 되지."

일타는 정신이 번쩍 들어 참회의 절을 했다.

"스님, 참회하겠습니다."

"아니, 알았으면 됐어, 하하하."

일타가 삼배를 올려 참회하자, 금오는 갑자기 부드러운 말투로 말했다.

"문학은 아편 같은 것이야. 중독이 되면 끊기가 어려워. 그래, 무슨 소설이 재미있던가."

"재미있는 구절들을 모아 대학노트에 모아두었습니다. 제목을 '문학쇄담'이라고 붙였습니다."

"문학쇄담이라, 그 뜻이 무엇인고."

"자물쇠 '쇄' 자를 넣은 것은 문학을 여는 자물쇠라 생각하여 그랬습니다."

"그럴듯해. 이제 '문학쇄담'은 버리고 '참선쇄담'을 마음속으로 엮게나. 참선을 여는 자물쇠는 화두밖에 또 무엇이 있겠는가."

응석사 선방에는 이미 일각壹覺 등이 와 있었다. 그의 은사는
효봉이었고, 이미 금오와 인연이 깊은 수좌였다. 몇 해 전 칠불암
에서 금오의 지도 아래 일곱 명의 수좌가 잠을 자지 않고 45일 동
안 용맹정진했던 것이다. 평안남도 개천 출신의 일각이 일타보다
세속의 나이는 다섯 살 많았지만 일타가 일각보다 5년 먼저 출가
했으므로 중노릇을 한 법랍은 같았다. 그래서 처음 만났지만 서
로 스스럼없이 지낼 수 있었다.

두 사람은 방선放禪 시간이 되면 조실채로 올라가 금오의 법문
을 들었다. 금오의 성격은 천진하고, 그가 하는 법문은 간절했다.
금오는 또 무엇을 하든 지기를 싫어했다. 산길을 걷는 것도 금오
가 앞서야 했다. 그러니 바로 가는 지름길이 있더라도 금오가 돌
아가는 길을 택하면 그 길로 뒤따라가야 했다.

또한 금오는 단순했다. 젊은 중들이 버릇이 없다고 화를 낼 때
도 벌떡 일어나 절 한 번 하면 금세 태도를 누그러뜨렸다. 큰 잘
못을 저지르고도 금오에게 "노장님, 도인이십니다" 하고 기분을
맞추어주면 곧 풀렸다.

설이 되면 윷놀이도 했다. 금오가 내기를 걸었다.

"윷놀이하세, 윷놀이하세. 즉심시도량即心是道場이 아닌가. 뭐
윷놀이라는 것도 정진이지. 지는 사람은 벌을 받아야지."

"노장님이 벌을 정하시지요."

"허허허. 중이 돈 걸고 하기는 그렇고."

"우리는 큰스님 따라 하겠습니다. 뭐든 정하기만 하십시오."

"노는 것은 노소동락老少同樂이야. 즐기는 데는 늙은이고 젊은
이고 다 같은 것이야. 지는 사람은 말이지, 좆 잡고 뺑뺑이 돌기
로 하지. 좆 잡고 춤을 추던지."

윷놀이는 한낮을 계속하기 일쑤였는데, 뺑뺑이를 돌고 춤추는
벌칙은 일각과 일타뿐만 아니라 금오도 마찬가지로 했다. 금오도
자신의 남근을 붙잡고 절을 해서 모여든 동네 사람들까지 박장대
소케 했다.

전쟁 중에 맞이하는 궁색한 설이었지만 금오가 제안한 윷놀이
로 응석사는 한바탕 웃음바다가 되었다. 그렇게 한판 어울리다
보면 절 대중과 마을 사람들 간에 서로 화합이 되고 정이 들었다.
특히 금오는 일각과 일타를 점찍어두고 마음에 들어했다. 이따금
일각과 일타의 마음을 은근히 떠보기도 했다.

"지금 나는 상좌가 하나 없네."

실제로 그 무렵에는 금오가 맞아들인 월月 자 돌림의 상좌가
하나도 없을 때였다. 월산月山도 아직 금오의 상좌가 되기 전이
었다.

"일각, 내 상좌 해라. 자네 원래 은사스님은 죽었잖은가."

"제 은사스님은 효봉 스님입니다."

"효봉 스님 전에 있었던 은사는 죽었잖은가. 나한테 붙으란 말이네."

"저는 효봉 스님 제자일 뿐입니다."

"그래, 그렇다면 일타가 내 상좌 하게."

금오는 일각이 상좌되기를 거절하자, 이번에는 일타에게 권유했다.

"고경 스님이 제 은사인데 또 은사를 삼으란 말입니까."

"답답한지고. 흙 속에 묻힌 자네 스님을 아직도 신임하고 있는가. 일각과 일타 둘 다 내 상좌가 됐으면 좋겠어."

일각은 곧 효봉이 있는 통영의 미래사로 갔고, 일타는 끝내 건당을 하지 않고 버텼다. 1951년 하안거에 이어 동안거까지 금오의 지도를 받으며 응석사에서 참선수행을 했다. 그러나 문학과 대학에 대한 꿈은 질겼다. 금오의 경책대로 문학은 아편 같았고, 끊기가 어려웠다. 일타는 좌복 밑에 책을 넣어두었다가 방선 시간이 되면 꺼내 읽곤 했다.

동안거가 해제되자, 일타는 다시 기도를 하러 해인사로 떠났다. 자신을 담금질하기 위한 기도를 하고 싶었다. 법성원에서 세계문학전집을 읽은 후유증이었다. 어정쩡하게 중노릇을 하고 있는 자신이 문득 한심스러웠다.

일타는 장경각 법당의 부처님 앞에서 맹세했다.

'대학 가려는 생각, 문학도가 되려는 생각을 모두 끊게 해주십

시오. 그리하여 참선만 하게 해주십시오. 대발심하여 진짜 중노릇을 할 수 있게 해주십시오.'

일타는 7일 기도에 들어갔다. '서가모니불'을 외며 잠을 자지 않는 용맹기도였다. 장경각 법당에 들어설 때마다 팔만대장경판을 보면 신심이 솟아났다.

'석가모니부처님이야말로 전생에도, 금생에도, 내생에도 제일 가는 스승이시구나. 어찌 인간 세상의 작가를 부처님과 비교할 수 있으리. 세상에는 4대 문호, 5대 문호가 있다고 하지만 우리 석가모니부처님은 인천人天의 스승이시지 않은가.'

일타는 이때의 기도를 신도들에게 이렇게 회상한 적이 있다.

"나는 해인사 스님께 기도할 것을 허락받고 7일 기도를 시작했습니다. 목탁을 치면서 천천히 서가모니불을 부르면 마음이 느슨해지기 때문에, 목탁을 빨리 치면서 서가모니불을 부르는 염불법을 택했습니다. 또한 당시는 전란 중이었으므로 적군의 표적이 된다는 이유 때문에 밤이 되면 촛불을 켜지 않고 향만 피워 놓은 채 기도를 했습니다.

새벽부터 장경각에 있는 법보전에서 정성껏 기도를 했지만 향불 하나밖에 없는 깜깜한 한밤중이 되자 졸음이 찾아들기 시작했습니다. 나는 졸음을 쫓기 위해 장경각 경판 사잇길을 돌며 서가모니불을 외었습니다.

깜깜한 장경각 안을 돌다가 조금이라도 졸게 되면 뾰족 튀어나

온 경판의 모서리 부분에 머리를 부딪치게 됩니다. 깜빡깜빡 졸던 나는 수없이 경판에 머리를 부딪쳤고, 부딪치고 나면 정신이 번쩍 들어 다시 기도를 열심히 했습니다."

공양 때가 되면 인곡仁谷이 장경각으로 올라와 일타의 귀를 잡아당겼다. 기도하는 일타가 공양을 알리는 목탁 소리를 듣지 못하곤 했기 때문이었다. 인곡의 목소리는 언제나 자비로웠다.

"일타 수좌, 공양 시간이니 가세."

일타는 대중 큰방으로 가서 공양을 하는 둥 마는 둥 하고는 양치질에다 화장실의 볼일까지 번개처럼 빠르게 처리한 뒤 다시 장경각 법당으로 돌아와 부처님 앞에서 기도를 했다. 그렇게 기도하는데 6일째 되는 날이었다. 서가모니불을 외면서 장경각을 도는데 가야산 솔숲에서 지게에 무언가를 지고 내려오는 사람이 보였다.

"무엇을 지게에 지고 오시오."

"송이버섯입니다."

일타는 문득 대중공양을 하고 싶었다.

"얼마면 몽땅 팔겠소."

"스님께 많이 받을 수는 없지요. 2만 원만 주십시오."

일타는 공양간으로 송이버섯을 가지고 가서 인곡에게 대중공양을 하겠다고 얘기했다.

"스님, 해인사 대중 스님 덕분에 무사히 7일 기도를 회향할 수 있게 됐습니다. 그러니 감사하는 마음으로 송이버섯 국도 끓이고 적도 부치려 합니다."

"허허허. 일타 수좌가 바른 기도를 했네. 대중공양이야말로 진짜 기도의 회향일세."

다음 날 새벽예불을 마친 일타는 비로소 등을 대고 누웠다. 7일 동안의 기도가 끝난 것이었다. 일타는 달콤하고 행복한 잠 속으로 빠져들었다. 지난번처럼 또다시 선명한 꿈 하나가 나타났다. 속가의 친척인 스님이 찾아와 바랑 속에서 무언가를 꺼내더니 일타 앞에 던졌다.

"일타야, 책 가져왔다. 책 가져왔어."

스님이 던진 것은 책이 아니라 바로 법성원에 두고 왔던 대학노트 묶음인 '문학쇄담'이었다. 반가운 마음에 노트를 펼쳐보고 있는데, 도반인 창현昌玄이 다가와 소리를 질렀다.

"학인퇴물이 되려고 그런가. 책 가지고 선방 들락거리면 선방 망한다는 소리 못 들었어!"

창현이 일타가 가지고 있던 대학노트를 빼앗았다.

"이틀 전에도 좌복 밑에 숨겨놓고 방선 때 책을 보더니…… 그때 내게 미안하다고 하면서 다시는 책 같은 거 안 보겠다고 했잖은가. 그런데 또 책을 보는 꼴이라니! 쯧쯧쯧."

창현이 대학노트를 쫙쫙 찢자, 대학노트는 순식간에 가루로 변해 사라졌다. 일타가 아끼던 대학노트는 허망하게 흔적도 남기지 않고 없어졌다. 일타는 화가 나 견딜 수 없었다.

"이거 말이여, 책을 봐도 내가 보는 건데, 자네가 뭐 그렇게까지 간섭할 게 있나. 여기가 자네 선방인가."

일타는 창현의 멱살이라도 잡으려고 벌떡 일어섰다가 생각을 바꾸었다.

"아이구, 부처님도 범소유상 개시허망凡所有相 皆是虛妄, 무릇 형상이 있는 것은 다 허망하다고 했는데, '이 뭣고' 하나 깨치면 그만이지."

꿈에서 깨어난 일타는 또 발심을 했다. 남은 생은 문자를 버리고 선에 드는 사교입선捨敎入禪의 길을 걷기로 했다. 문학과 학문에 대한 미련을 깨끗이 씻기로 했다.

마음을 바꾸니 지고 다니던 걸망이 달라졌다. 예전에는 걸망이 옷 반, 책 반으로 가득 채워져 있었지만 장경각 7일 기도 후에는 걸망이 홀쭉하게 가벼워졌다. 기도 전에는 걸망에 보지 않을 책도 욕심으로 넣고 다녔는데, 기도 후에는 책 한 권, 메모할 노트한 권, 몽당연필 하나가 전부였다. 비로소 일타의 걸망은 수좌의 걸망이 된 것이었다.

일타는 전쟁 중이었으므로 응석사에서만 오래 머물 수는 없었다. 절 사정은 그만큼 궁핍했고, 금오 회상에서 정진하겠다는 수행자들이 줄을 서 있었다. 일타는 응석사에서만 일 년을 보냈으므로 이제는 자리를 비켜주어야 했다. 금오 회상을 떠나야 했다.

일타는 오락가락하는 봄비처럼 어디로 떠나야 할지 결정하지 못하고 주춤거렸다. 일각은 진즉 통영 미래사로 떠났고, 함께 동안거를 보냈던 노승 소천도 하안거 방부를 들이려고 이 절, 저 절을 알아보고 있었다.

"노장님은 어디로 가시렵니까."

"오라는 데는 많지만 전쟁 중이라 입을 하나 보태는 것이 여간 미안한 일이 아니네."

"저와 함께 범어사로 가시지요."

소천은 고개를 저었다.

"동산 스님이 있으니 자네는 공부하기 좋을 거야. 하지만 나는 내키지 않네. 한 절에 용이 두 마리가 살면 되겠나."

"정진하는 대중은 큰스님이 두 분 계시면 더 좋지 않겠습니까."

"허허, 모르는 소리. 편이 갈리고 시비가 생기는 법이야. 범어사는 동산 스님 한 분으로 족해. 그만한 역량이 있으니까 범어사를 군인들에게 빼앗기지 않고 피난민선방을 운영하고 있는 것이네."

범어사 선방을 피난민선방이라 부르는 까닭은 피난 온 수좌들이 모여 대중을 이루고 있기 때문이었다. 절은 군에 수용당해 전사자의 유골안치소로 이용되고 있었지만 그래도 동산은 절을 떠나지 않은 채 피난민선방을 운영하며 지키고 있었다.

"방부를 들인 모양이군."

"아직 방부를 들이지는 못했습니다만 범어사는 저에게 출가본사 같은 곳입니다. 구족계를 받은 곳이니까요. 반드시 동산 큰스님 회상에서 한 철을 나고 싶습니다."

"그렇다면 어서 가보게. 동산 스님을 뵙거든 내 안부도 좀 전해주고."

"노장님, 그러겠습니다."

일타는 내원토굴로 올라가 금오에게도 하직인사를 했다. 전쟁 중이라고는 하지만 산중에는 진달래꽃이 무심히 피었다가 지고 있었다. 꾀꼬리도 숲 속에서 낭랑한 목소리를 자랑하고 있었고, 뻐꾸기도 가는 봄이 아쉬운 듯 뻐꾹뻐꾹 노래하고 있었다.

웅석사에서 범어사까지 쉬엄쉬엄 걸어가려면 삼사 일은 잡아야 했다. 다행히 가는 길에 절과 암자가 많아 탁발할 걱정은 하지 않아도 될 것 같았다. 일타는 고성 문수사에 청담이 내려와 있다는 소식을 들었으므로 그곳도 들를 생각으로 웅석사를 떠났다. 청담은 속가 고향이 진주였고, 그런 이유 때문인지 진주 일대에서 이미 큰스님으로 소문이 나 있었다.

큰길 비포장도로로 나서자, 이따금 사복 차림의 젊은 장정들을 가득 태운 군용트럭들이 먼지를 일으키며 달리고 있었다. 훈련소로 입영하는 장정들인 듯했다. 논에서 김매기를 하던 늙은 농부들이 그들을 향해 손을 흔들어주고 있었다.

일타는 그들에게 합장을 하면서 부지런히 걸었다. 범어사로 한 걸음이라도 빨리 가 하안거 방부를 들이고 범어사 조실인 동산의 법문을 듣고 싶었다. 대학과 문학의 꿈을 접어버리고 난 뒤부터는 오로지 참선 공부 생각밖에는 나지 않았다.

문득 금오가 자신에게 '수행자의 일생이란 선지식을 친견하는 일과 선방 좌복을 지키는 일'이라고 당부한 말도 떠올랐다. 일타는 혼잣말로 중얼거렸다.

'그렇다. 금오 큰스님의 말씀대로 나는 지금 범어사로 가 동산 큰스님을 친견할 것이다. 피난민선방에서 좌복을 지킬 것이다. 고성 문수사로 가 청담 스님도 뵐 것이다. 전쟁 중이라도 수행자의 삶이 달라지는 것은 아니다. 나는 선방으로 달려가 탐진치로 얼룩진 거짓 나〔假我〕에게 총구를 겨눌 것이다. 그리하여 거짓 나를 쓰러뜨리고 참 나〔眞我〕를 되찾을 것이다. 참 나를 되찾아 부처를 이루고 말 것이다.'

그런데 일타는 산길을 잘못 들어 고성을 지나치고 말았다. 되돌아서 문수사로 갈 수도 있었지만 범어사로 빨리 가 방부를 들이는 일이 급했으므로 그냥 길을 재촉하여 걸었다. 무엇보다 자신에게 비구계를 준 스승 동산을 빨리 만나고 싶었다.

동산東山.

1890년 충북 단양에서 태어난 스님은 7세에 서당을 다니기 시작하여 15세에 사서삼경을 모두 익히고, 신학문을 배우기 위해 서울로 올라가 1910년 21세에 중동중학교를 졸업한 뒤 의학전문학교에 입학하여 의학을 배우게 된다. 낮에는 의학 공부를 하면서 밤에는 흥사단 국어연구회에서 우리말 연구를 하고 독립의식에 눈을 뜬다.

스님은 의학전문학교를 졸업하고 나서는 용성의 권유로 범어사로 출가했다. 1913년 3월에 용성을 은사로, 성월을 계사로 삼아 혜일慧日이란 법명을 받았다. 출가 직후 범어사 강원에서 『능엄경』을, 그해 가을에는 운문선원으로 용성을 따라가 『전등록』 『선문염송』 『범망경』 『사분율』을 배웠다. 다음해인 1914년에는 평북 맹산 우두암으로 가 한암에게서 『능엄경』 『기신론』 『금강경』 『원각경』을 조금씩 공부했으며, 1916년에는 범어사로 다시 내려와 『화엄경』을 2년 동안 수학했다.

1919년 용성이 독립운동을 하다 투옥되자, 스님은 거처를 서울 대각사와 도봉산 망월사로 옮겨 3년 동안 옥바라지를 했다. 이후 32세 때부터 스님은 참선의 길을 걷는데, 상원사와 마하연, 그리고 복천암과 각화사 선방 등을 거쳐 직지사 천불선원에서 3년 결사를 마쳤다.

마침내 스님은 천불선원 3년 결사를 마치고 범어사로 돌아와 하안거 결제 중에 선원의 동쪽 대숲을 거닐다가 바람에 서걱대는 댓잎 소리에 홀연히 눈이 열렸다. 1927년 7월 15일, 대오大悟를 한 순간이었다. 스님은 새롭게 열린 세상을 향해서 소리쳤다.

"서래밀지西來密旨가 안전眼前에 명명明明하도다."

서쪽에서 비밀스럽게 온 부처의 마음이 자신의 눈앞에 밝게 펼쳐져 있다는 뜻이었다. 동산은 그러한 경지를 게송으로 남겼다.

그림을 그리고 그린 것이 몇 해였던가
붓 끝이 닿는 곳에 살아 있는 고양이로다
하루 종일 창 앞에서 늘어지게 잠자고
밤이면 예전처럼 늙은 쥐를 잡는다
畫來畫去幾多年
筆頭落處活猫兒
盡日窓前滿面睡
夜來依舊捉老鼠

이와 같은 오도송을 남긴 지 2년 후, 동산은 범어사 조실로 추대받아 젊은 수좌들을 지도했다. 그리고 1935년 봉정암에서 효봉, 청담 등과 함께 하안거를 보내고 범어사로 내려와 용성에게 전법게를 받았다.

부처와 조사도 원래 알지 못하여
가설로 마음을 전함이라 했도다
운문의 호떡은 둥글고
진주의 무는 길구나
佛祖元不會
假說爲傳心
雲門餬餅團
鎭州蘿蔔長

　1936년부터 1940년까지는 범어사와 해인사 조실을 겸했는데, 이때 성철이 해인사 백련암으로 동산을 찾아가 출가하여 제자의 인연을 맺었다. 용성에서 동산으로 이어지는 가풍은 경허에서 만공으로 흘러온 그것과 크게 달랐다. 동산은 파계와 무애를 구분 짓지 못하는 수행자들을 인정사정없이 꾸짖었다.

　일타는 범어사 일주문을 보고는 가벼워진 걸망을 추슬러 등에 붙였다. 일주문은 정겨웠으나 주변의 풍경은 낯설었다. 전투모를 쓰고 총을 멘 군인들이 보초를 서고 있었고, 경내에는 군용막사가 여러 개 세워져 있었다. 경내에 전사자의 유골안치소가 설치되어 있다는 소식은 들었지만 실제로 와서 보니 살벌하기조차 했다. 검문검색도 철저하게 하고 있었다.

"신분증을 봅시다."

"여기 있습니다."

일타는 응석사에서 만든 도민증을 보여주었다. 그러자 군인이 일주문 안으로 출입을 허락했다. 일타는 부처님에게 삼배를 드리려고 법당으로 갔다가 또 놀랐다. 법당에는 한지에 둘둘 말린 유골들이 가득 쌓여 있었다. 관음전이나 지장전도 마찬가지였다. 뿐만 아니라 대중들이 사용했던 요사의 방에도 유골들이 안치되어 있었다.

일타는 조실채로 올라가 동산을 뵙고 인사를 드렸다. 동산은 자신에게서 비구계를 받은 일타를 기억하고 있었다.

"그래, 어디서 오는가."

"금오 스님 회상에 있었습니다."

"금오 스님이라면 호랑이스님이 아닌가."

"저희들에게는 아주 자상하시고 자비로우셨습니다."

"오래되어 끝이 닳은 송곳을 노고추老古錐라고 하지. 금오 스님도 노고추가 되신 것이네. 허나 금오 스님의 기봉機鋒이 노련해졌다고 봐야지 무디어진 것은 아니라네."

"스님, 금어선원에서 하안거를 나고 싶습니다."

"1백 명쯤은 될 것이네. 참선을 하기보다는 피난을 온 수좌들이 많아. 그들 사이에서 한 철을 잘 보낼 자신이 있는가."

"불퇴전의 각오로 정진하겠습니다."

"좋아, 좋아."

동산은 일타에게 먹을 갈게 했다. 잠시 후 동산은 모지랑붓을 들고 휘호를 하나 써서 일타에게 주었다.

堪忍待

한자 순서대로 풀이하자면 견디고, 참고, 기다리라는 뜻이었다. 먹이 마르는 동안 묵향이 일타의 코끝을 스쳤다. 동산의 인품이 묵향에 실려오는 듯했다. 묵향의 여운은 일타에게 '잘 살아야지' 하는 발심을 격동시켰다.

"세 글자만 실천하게. 이루지 못할 일이 없을 것이네."

"참선하여 대도를 성취하겠습니다."

"일타 수좌의 패기가 마음에 드는군. 내일부터 선방에 들어 대장부의 일대사를 해결해보게나."

다음 날.

일타는 동산의 허락을 받아 피난민선방에 입실했다. 그런데 선방은 장터처럼 어수선했다. 1백여 명이 들어차 발 디딜 틈도 없었고, 퀴퀴한 냄새가 코를 찔렀다. 좌복에 앉자마자 포행을 하는 방선 시간이 기다려질 정도였다. 그런 와중에도 동산의 법문은 일타의 가슴을 적셨다.

"공부하는 사람은 계행을 깨끗하게 해야만 한다. 계를 우습게 알고 불조의 말씀을 믿지 않는 사람이 있는데 그래서는 안 된다. 해解와 행行이 나뉘어져서는 안 되며, 무방반야無坊般若라 하여 망령되게 걸림 없는 행을 지어서는 안 된다. 참으로 공부를 여실하게 지어나간다면 저절로 계정혜戒定慧 삼학三學이 원만해진다. 무명에 떨어져 미혹에 머물러 있을 때 이를 반전시켜 본래의 마음으로 회복하는 그때가 바로 계이다. 그렇게 알고 나면 곧 정이 있게 되며, 정이 유지될 때 계가 나는 것이다. 혜가 있을 때 계가 나며, 혜를 통해서 도가 있는 것이다. 계와 정과 혜를 일치시켜 모든 상념을 정지하고 본질을 통찰하고자 했을 때 도를 얻게 된다."

한편, 운허의 『능엄경』 강의도 일타의 가슴에 오래도록 남았다. 중국의 초조 달마가 경전 중에서 의지할 만한 경전이라고 한 것이 『능엄경』이었다. 전쟁 중이었지만 일타로서는 범어사에서 승려로서 공부할 것은 다 배우고 있는 셈이었다. 운허가 흰 두루마기를 입고 범어사로 피난 온 것은 일타에게는 행운이었다. 운허는 당대 최고의 학승이었던 것이다.

일타는 글 잘하고 머리 좋은 운허를 따랐다. 운허는 자기 집안 얘기를 일타에게 스스럼없이 했다.

"춘원 이광수하고 나는 삼종제三從弟 팔촌이고 동갑이네. 하지만 내가 생일이 늦어 동생이 되지. 어릴 때 같이 컸어. 춘원은 반

고아였고, 우리 집은 먹고살 만했거든. 그래서 춘원이 우리 집에 와서 살았지. 춘원은 머리가 워낙 좋아 독지가가 나타나 일본 유학까지 갔고 나는 집에서 그냥 뭉개고 지냈어. 한문이나 하고 말이지."

운허가 범어사로 온 것은 자운의 권유가 있어서였다. 불학을 깊이 익힌 운허에게 대처승 생활을 청산하고 참중으로 살라고 권면했던 것이다.

"이제부터는 새 중노릇을 할 것이네. 좋아하는 술도 끊고. 다시는 한 잔도 안 하기로 청담과 약속했거든. 하하하."

일타는 하안거 동안 피난민선방 좌복에 앉아 땀을 흘리면서도 가슴은 늘 뿌듯했다. 달변가인 동산의 구수한 법문과 운허의『능엄경』강의는 일타의 심혼心魂에 불을 당겨주었다. 인도의 험준한 능가산을 오르는 것만큼이나 어렵다는 불설佛說의『능엄경』을 한글로 명쾌하게 풀어내는 운허의 강의는 어떤 강백도 흉내를 내지 못할 만큼 탁월했다.


하안거 중에 특별 위령제가 실시되기도 했다. 범어사에 안치된 전사자의 유골들을 위해 지내는 특별 위령제였다. 이승만 대통령이 참석하는 위령제인 탓에 철저한 경비와 동원된 부산 시민들 속에서 행사가 치러졌다. 범어사 스님들은 위령제 순서에 따라 천도재를 지냈다. 일타도 목탁을 치며 극락왕생을 염불했다.

이때 동산은 위령제에 참석한 국방장관에게 유골안치소를 옮겨주도록 건의하여 허락을 받아냈다. 빠른 시일 안에 도량의 수행 환경이 정상화되도록 조치하겠다는 약속을 받아냈던 것이다. 사람을 훈훈하게 감화시키는 동산의 설득이 아니었으면 불가능한 일이었다.

그러나 군인들을 상대하면서 동산이 막지 못한 일도 하나 있었다. 전시戰時였으므로 어쩔 수 없는 일이었다. 하안거에 들어간 지 10여 일 후였다. 갑자기 일개 소대 병력의 군인들이 선방을 에워싸고는 단속했다. 누군가가 국방부에 군기피자들이 범어사에 많이 있다고 고발하여 들이닥친 사건이었다.

휴전 얘기가 오가는 시점이어서 아군과 적군이 더 많은 땅을 차지하려고 삼팔선 부근에서 치열하게 격전을 치르던 때였다. 군인들은 20세 이상 30세 미만의 선방 스님들을 강제로 차출했다. 그때 열여섯 명이나 가사를 벗고 군복을 입었다.

차출된 스님들은 군용트럭을 타고 포항으로 갔다가 그곳에서 다시 LXA 화물선에 실려 제주도 모슬포훈련소로 가 소총 사격술과 간단한 전투훈련만 받고 전선으로 투입되었다. 속가 형인 월현月現도 모슬포훈련소까지 가 군 생활을 잠시 했다.

일타는 월현 때문에 강제 차출을 모면했다. 월현이 일타를 선방 뒤 대숲으로 불러 조사받을 때의 요령을 말해주었던 것이다.

"월현 스님, 입대하시기로 했다면서요."

"우리 둘 중에 한 사람은 가야 하지 않겠는가."

"왜 형님이 가십니까. 지금 나가시면 죽습니다. 삼팔선으로 나가면 다 죽는답니다. 형님은 속가 장남이 아닙니까. 제가 가겠습니다."

월현이 손으로 입을 가렸다. 누군가가 대숲으로 다가오더니 오줌을 싸고 사라졌다. 그믐밤의 대숲은 서너 발짝도 분간키 어려울 만큼 컴컴했다.

"작은 소리로 말해. 군인들이 순찰을 도니까."

"알겠습니다."

"나는 이미 조사를 받을 때 내 나이를 사실대로 말했으니 일타 스님은 절대로 도민증을 보여주지 말고 말해. 20세에서 30세까지 잡아간다고 하니까. 한 집에서 한 사람만 가면 됐지 두 사람이 모두 나가 다 죽을 필요가 있는가. 일타 스님은 중노릇 잘해서 반드시 성불해야 해. 그 일도 나라를 사랑하는 길이니까."

"월현 스님, 제가 나가겠으니 그리 아십시오."

"어허, 일타 스님은 참선 공부 잘해서 대도를 성취하라니까."

두 사람은 옥신각신하다 결론을 내리지 못하고 헤어졌다. 다음 날 아침에야 일타는 동산에게 불려가 월현의 뜻을 따르기로 결심했다. 동산이 먼저 말했다.

"월현 수좌가 전선으로 나간다고 하니 일타 수좌는 여기를 빨리 떠나게. 다만 나와 약속을 하나 하고 가게. 어디를 가든 참선 공부 열심히 하겠다고."

"형님인 월현 스님을 보내자니 마음이 무겁습니다."

"월현 수좌 나이가 30세 부근이라고 했지. 그렇다면 전선에 나가지 않고 후방에 남을지도 모르니 안심하게. 일타 수좌는 나이보다 어리게 보여 17세라 해도 군인들이 믿을 것이네. 어서 범어사를 떠나게. 범어사를 떠나더라도 참선 공부만 해야 되네."

일타는 입술을 깨물며 말했다.

"내년 이맘때 다시 들러 큰스님께 점검을 받겠습니다."

"그래, 그래. 내 그 말을 듣고 싶었네. 반드시 내게 와 공부한 것을 점검받아야 하네. 일타 수좌의 공부에 향상이 있다면 누구보다도 속가 형인 월현 수좌가 기뻐할 것이네."

일타는 곧 군인들에게 조사를 받았다.

"스님, 본적이 어딥니까."

"충남 공주입니다."

"언제 스님이 됐습니까."

"소학교를 졸업하고 바로 절에 들어왔습니다."

"지금 몇 살입니까."

"열일곱 살입니다."

"열일곱 살이라고 했습니까. 거짓말하면 처벌받습니다."

일타는 난생처음 해보는 거짓말이어서 움찔했지만 같은 대답을 반복했다.

"열일곱 살 맞습니다."

"그렇습니까. 열일곱 살이 더 돼 보이지만 스님의 말을 믿어야지요. 좋습니다."

일타를 조사하던 군인은 더 묻지 않고 조사필증을 끊어주었다. 일타는 자신의 나이를 속인 데다 조금 전에는 월현을 포함해 열여섯 명의 스님이 군용트럭을 타고 포항으로 떠났으므로 마음이 몹시 무거웠다.

일타는 무력증에 빠졌다. 동산의 법문에도 차츰 신심이 떨어졌고, 운허의 강의도 이제는 머리에 들어오지 않았다. 그래서 일타는 또 범어사를 떠나 다른 절에서 동안거를 나기로 했다. 일타는 즉시 동산에게 자신의 심정을 말했다. 동산은 따뜻하게 허락했다.

"창원 성주사에 말과 행동이 똑같은 내 상좌가 있네. 그 스님에게 가보게."

"어떤 스님입니까."

"성철 수좌라고 하네. 해인사 조실로 있을 때 나한테 출가한 스님이네."

"송광사 삼일암에서 뵀던 스님입니다."

"그런가."

"어찌나 당당하고 위의가 넘치던지 말뚝신심이 나 생식을 하는 스님께 공양 때마다 상추를 뜯어다 드린 일이 있습니다."

일타는 성철을 소개한 동산에게 합장을 했다.

"삼일암에서 한 철을 같이 보냈던가."

"아닙니다. 성철 스님은 송광사 대중들과 살지 않고 곧 떠났습니다. '중이 가는 길은 혼자 가는 길이다' 하고 말입니다."

"중이 가는 길은 혼자 가는 길이라……."

동산은 미소를 지었다. 상좌 중에서 유일하게 자신을 찾아와 의지하지 않는 수좌였다. 성철은 대도를 위해 무소의 뿔처럼 혼자 다닐 뿐이었다. 그렇다고 동산은 그러한 성철을 나무라거나 타이르지 않았다. 자신의 가풍이 오는 사람 막지 않고 가는 사람 붙잡지 않는 데 있기 때문이었다. 일타는 범어사 일주문을 나서면서 혼잣말로 중얼거렸다.

'동산 스님이 따뜻한 덕장이라면 성철 스님은 냉철한 지장이라고나 할까.'


성철性徹.

1912년 경남 산청군 단성면 묵곡리에서 아버지 이상언의 7남매 중 장남으로 태어나 지리산 정상이 보이는 경호강변에서 어린 시절을 보냈다. 청년 시절에는 『하이네 시집』과 칸트의 『순수이성비판』 등 80여 권의 동서양 고전을 읽으며 영원한 자유를 갈망하던 중에 어느 날 탁발승에게 건네받은 영가 선사의 「증도가」를 보고 캄캄한 밤중에 홀연히 등불을 만난 듯한 충격을 받았다. 이

후 스님은 속인의 신분으로 지리산 대원사로 들어가 당시 권상로가 발간하던 잡지 『불교』에 실린 내용을 참고삼아 '무無' 자 화두를 들고 참선하여 동정일여의 경지를 경험했다.

1936년 25세에 이르러 해인사 백련암으로 가 동산에게 출가하고 퇴설당에서 본격적인 참선 공부에 들었다. 범어사에서 잠시 용성 스님을 시봉하고 나서는 통도사 백련암, 은해사 운부암, 금강산 마하연사 등에서 화두를 들고 안거한 뒤, 마침내 1940년 29세 때 동화사 금당선원에서 하안거 중 대오하여 오도송을 남겼다.

황하수 서쪽으로 거슬러 흘러
곤륜산 정상에 치솟아 올랐으니
해와 달은 빛을 잃고 땅은 꺼져내리도다
문득 한 번 웃고 머리를 돌려 서니
청산은 예대로 흰 구름 속에 있네
黃河西流崑崙頂
日月無光大地沈
遽然一笑回首立
青山依舊白雲中

대도를 성취한 스님은 선지식을 찾아 점검에 나섰다. 송광사 삼일암으로 가 효봉을 만난 것이나 간월암으로 가 만공을 만난 것도 그 일환이었다. 이어 성철은 법주사 복천암, 선산 도리사, 문경 대승사, 대승사 묘적암, 파계사 성전암 등을 돌며 8년 동안 눕지 않는 장좌불와 수행을 하였다.

1947년에는 봉암사에서 '부처님 법답게 살자'는 결사를 하였는데, 이는 선종의 청정가풍을 확립하여 당당한 수행자 상을 정립하고, 왜색불교를 불식시켜 흐트러진 조선불교의 정신을 되살리자는 취지였다. 결사에 참여한 스님들은 청담靑潭, 우봉愚峰, 보문普門, 자운慈雲, 향곡香谷, 보경寶鏡, 혜암慧菴, 법전法傳, 월산月山, 종수宗秀, 도우道雨, 성수性壽 등 20여 명이었다.

그러나 봉암사 결사는 6·25전쟁의 발발로 와해되고 만다. 성철은 안정사 은봉암과 천제굴에서 잠시 산 뒤 창원 성주사로, 향곡은 월래의 묘관음사로, 청담은 고성 문수암 등으로 수행의 거처를 옮기고 말았던 것이다.

일타는 성주사에 도착한 즉시 성철을 찾아 인사를 드렸다. 성철은 일타를 기억해내며 누운 채 반갑게 맞아주었다.

"삼일암에서 봤던 일타 수좌 아닌가."

"그때 스님 뵙고 말뚝신심을 냈던 일타입니다. 그런데 스님, 어디가 편찮으십니까."

누운 채 인사를 받는 성철의 안색을 보니 생기가 없어 보였다.

성철이 손가락으로 앉은뱅이책상 위의 병을 가리켰다.

"저것 때문이라네. 공양 후 죽염을 한 숟가락씩 먹었더니 몸이 이래."

"죽염을 과다하게 복용하셨군요."

"아니야, 부산의 독일 의사가 내 피를 많이 빼가서 그래."

"왜 스님 피를 뽑은 것입니까."

"보통 사람들의 피와 다르다고 한기라. 맑고 깨끗한 피라면서 흡혈귀처럼 자꾸 빼갔어."

"종합검사를 하느라고 그랬겠지요."

"한두 번이 아니었어. 이 검사 저 검사 핑계 대고는 자꾸 뽑기에 내가 버럭 소리쳤지. '이놈들아 남의 피 다 뽑아가려고 그러는가!' 하고 말이야."

그랬더니 놀란 의사들이 조금씩 채혈하더라고 성철이 웃으며 말했다. 일타도 따라 웃으며 원주가 정해준 방으로 가 걸망을 풀었다. 원주가 잔뜩 주눅이 든 얼굴로 말했다.

"정말 큰일입니다. 왜 성주사로 왔습니까. 내일부터는 성철 스님의 불호령이 떨어질 것입니다. 요 며칠간 절이 참 조용했습니다. 성철 스님께서 부산의 기독교병원인가 어디에서 입원을 하고 계셨거든요."

"스님이 퇴원하고 오셨으니 다행한 일이 아닙니까."

"아이고 말도 마십시오. 한 번 한다고 했으면 그대로 해야지,

형편이 그렇게 안 되니까 못하는데도 전혀 봐주시는 것이 없습니다. 적당히 하다가는 날마다 불벼락이 떨어집니다. 노장님께 야단맞고 안거 중인데도 도망치는 스님도 더러 있습니다."

신도들도 예외는 아니었다. 일타가 걸망을 푼 지 며칠 뒤였다. 건강을 되찾은 성철이 주지를 불러 말하고 있었다.

"법당 중창 시주자가 어디 사는가."

법당 안에는 '법당 중창 시주 윤 아무개'라는 간판이 붙어 있었다. 주지가 자랑하듯 말했다.

"마산에서 한약방을 크게 하고 있습니다. 신심이 아주 깊은 불자입니다."

"그 사람 언제 여기 오노."

"스님께서 오신 줄 알면 당장이라도 달려올 것입니다."

주지는 한약방 주인을 불러 칭찬이라도 해주려나 싶어 원주에게 전화로 연락하라고 시켰다. 한약방 주인 역시 주지를 통해서 성철을 꼭 만나보고 싶어했던 것이다. 과연 잠시 후, 한약방 주인이 승용차를 타고 달려왔다. 법당으로 들어온 한약방 주인은 성철에게 공손하게 삼배를 올렸다. 절을 받자마자 성철이 말했다.

"소문 들으니 당신 퍽 신심 깊다꼬 하대. 저 간판이 당신 신심 깊은 것을 증명하고 있는기라."

한약방 주인은 몹시 쑥스러워했다. 무섭고 차갑다는 성철에게 칭찬을 들으니 그럴 만도 했다. 그러나 그의 얼굴은 곧 굳어지고 말았다.

"간판 붙이는 위치가 잘못된 것 같데이. 간판이란 남들이 많이 보게 하기 위해 세우는 것인데, 이 산중에 붙여두어야 몇 사람이나 보겠노. 저걸 떼어서 마산역 광장에 갖다 세우자, 이 말이야. 내일이라도 당장 옮겨야 한데이."

성철의 마음을 알아챈 한약방 주인은 어쩔 줄 몰라 했다.

"아이구, 큰스님 부끄럽습니다."

"이제야 부끄러운 줄 알겠노. 당신이 참 신심에서 돈 낸 것인가. 저 간판 얻으려고 돈 낸 것이제."

얼굴을 푹 숙인 한약방 주인이 용서를 구했다.

"큰스님, 잘못되었습니다. 제가 몰라서 그랬습니다."

"몰라서 그랬다꼬. 몰라서 그런 것이야 허물이 되나. 고치면 되제. 그라믄 이왕 잘못된 거 어찌하면 될까."

한약방 주인은 스스로 간판을 떼어냈다. 그러고는 주지와 일타가 보는 앞에서 아궁이에 넣고 불태워 없애버렸다. 일타는 이러한 성철에게 더 의지하고 싶었다. 예전 삼일암 때나 지금이나 신심이 나기는 마찬가지였다. 성철도 일타가 마음에 들었는지 가끔씩 방으로 불러 짤막한 법문을 해주었다.

해가 일찍 떨어지는 겨울이었다. 차가운 바람 속에서도 바다가 인접한 창원의 날씨는 포근했다. 그날도 눈이 오려다 비가 추적 추적 내렸다. 모래 덮인 경내와 요사 기왓장에 떨어지는 빗방울 소리가 초저녁부터 나직하게 들려왔다. 전쟁이 끝난 후의 어수선하고 남루한 분위기 속에서 오랜만에 들어보는 정다운 겨울비 소리였다. 방문을 열면 암막새에서 떨어지는 낙숫물 소리도 똑똑똑하고 누군가가 문을 두드리는 것처럼 가깝게 들렸다. 그날 밤에도 일타는 성철의 부름을 받고 요사에서 조실채로 건너갔다.

"부르셨습니까."

"이거 먹어보래이. 마산 신도가 가져왔다."

성철은 밀감 서너 개와 미군부대에서 나온 과자들을 내밀었다. 낮에 신도가 가져온 것을 먹지 않고 두었다가 일타에게 내놓고 있었다.

"귀한 것들인데 스님께서 드시지요."

"나는 간식 같은 거 안 먹는데이."

"보시한 신도가 알면 섭섭하겠습니다. 그러시지 말고 드세요."

"중이 세 끼 먹으면 됐지 간식까지 할 거 뭐 있노. 간식 좋아하는 중은 공부인이 아니다. 간식은 공부하는 데 장애가 된다, 이 말이야."

실제로 성철은 동안거 결제 전날 법당과 공양간에 있는 떡과 과일들을 모조리 마을 사람들에게 내려보내 없애라고 지시한 일이 있었다. 동안거 기간 중 단식하며 정진하는 가행정진 기간만큼은 모든 음식을 철저하게 금했던 것이다. 단식 기간이 지나고 나서도 성철은 세 끼 공양 외에 스님들이 삼삼오오 모여 간식하는 것을 싫어했다. 심지어 차를 마시는 것도 눈총을 주었다. 일대사 공부를 마치려면 잠을 자지 않고 해도 부족할 지경인데 중이 한가하게 그럴 시간이 어디 있느냐고 질책했다.

"왜 저에게만 간식을 주는 것입니까."

"일타는 예외다. 공부를 잘하고 있으니 상으로 주는기라."

성철은 자신이 제일 좋아한다는 중국의 조주 선사 이야기로 법문을 대신했다.

조주 스님의 공안 중에 이런 공안이 있다.


쇠부처〔金佛〕는 용광로를 건너지 못하고
나무부처〔木佛〕는 불을 건너지 못하고
진흙부처〔泥佛〕는 물을 건너지 못하느니라


스님은 남전 보원南泉 普願 선사의 제자다. 법명은 종심從諗이다. 진부鎭府에 있는 탑에는 다음과 같은 기록이 있다.


스님께서는 칠백갑자(120세)나 살았다. 무종武宗의 폐불법란이 있자, 저래산으로 피신하여 나무 열매를 먹고 풀옷을 입으면서도 승려로서의 위의를 바꾸지 않으셨다.

스님께서 처음 은사스님을 따라 행각하다가 남전 스님의 절에 이르렀다. 은사스님이 먼저 인사를 드리고 나서 스님이 절을 했는데, 남전 스님은 그때 방장실에 누워 있다가 스님이 오는 것을 보고 불쑥 물었다.

"어디서 왔느냐."

"서상원瑞象院에서 왔습니다."

"상서로운 모습은 보았느냐."

"상서로운 모습은 보지 못하였습니다만 누워 계신 여래를 보았습니다."

남전 스님은 벌떡 일어나 물었다.

"너는 주인 있는 사미냐, 주인 없는 사미냐."

"주인 있는 사미입니다."

"누가 너의 주인이냐."

"정월이라 아직도 날씨가 차갑습니다. 바라옵건대 스님께서는 기거하심에 존체 만복하소서."

이에 남전 스님은 유나를 불러 말했다.

"이 사미에게는 특별한 곳에 자리를 주도록 하라."

스님께서는 구족계를 받고 난 다음, 은사스님이 조주曹州의 서쪽 호국원護國院에 계시다는 소식을 듣고 그곳으로 돌아가 은사스님을 만났다. 스님이 도착하자 은사스님은 사람을 시켜 속가 부친 학郝 씨에게 알렸다.

"귀댁의 자녀가 행각 길에서 돌아왔습니다."

학씨 집안사람들은 몹시 기뻐하며 다음 날 기다렸다가 함께 보러 가기로 했다. 스님께서는 이를 듣고 말했다.

"속세의 티끌과 애정의 그물은 다할 날이 없다. 이미 양친을 하직하고 출가하였는데 다시 만나고 싶지 않다."

스님은 그날 밤 짐을 챙겨 행각에 나섰다. 이후 물병과 석장을 지니고 제방을 두루 다니면서 항상 스스로에게 말했다.

"일곱 살 먹은 어린아이라도 나보다 나은 이는 내가 그에게 물을 것이요, 백 살 먹은 노인이라도 못한 이는 내가 그를 가르치리라."

스님께서는 나이 여든이 되어서야 조주성趙州城 동쪽 관음원에 머물렀는데, 돌다리〔石橋〕에서 10리 정도 되는 곳이었다. 그때부터 주지를 살았는데 궁한 살림에도 옛사람의 뜻을 본받아 승당에는 좌선하는 자리나 세면장 등도 없었고, 겨우 공양을 마련해 먹을 정도였다. 선상은 다리 하나가 부러져서 타다 남은 부지깽이를 노끈으로 묶어두었는데, 누가 새로 만들어드리려 하면 그때마다 허락하지 않았다. 40년 주지로 사는 동안 편지 한 통을 시주자에게 보낸 일이 없었다.

관음원 주지로 사는 동안 이런 일도 있었다. 어느 날 연왕

燕王이 스님을 찾아왔다. 그런데 스님은 문밖으로 나가 맞이하지 않고 선상에 앉은 채 기다렸다. 연왕의 장수가 이 소식을 전해듣고 분개하여 다음 날 아침 스님을 추궁하려고 달려왔다. 스님은 장수가 온다는 말을 전해듣고 선상에서 내려와 그를 영접하였다. 놀란 장수가 의아해하며 물었다.

"화상은 우리 폐하를 선상에 앉은 채 맞이하였다고 하는데, 오늘은 어찌하여 선상 밖으로 나와 나를 영접하는 것입니까."

이에 스님이 답하여 말했다.

"노승은 하등인下等人이 오면 몸소 삼문三門까지 나와 영접하고, 중등인中等人이 오면 선상을 내려와서 영접하고, 상등인上等人이 오면 선상에 앉아서 영접한다오. 만일 그대가 왕이었다면 노승이 나와서 이렇게 영접하지 않았을 것이오."

장수는 스님께 예배하고 곧 물러가버렸다.


"이것이 조주 스님의 가풍이데이. 쇠로 만든 부처는 쇠를 녹이는 용광로에 들어가면 녹아버려 쇳물이 되고, 나무로 만든 부처는 불 속에 들어가면 타버려 재가 되고, 진흙으로 만든 부처는 물속에 들어가면 뻘이 된다는 것은 일상사에서 보면 너무 당연하여 무슨 법문이 되겠느냐고 생각할지 모르나 여기에 참으로 깊은 뜻이 있는 줄 분명히 알아야 하는기라."

성철은 일타에게 이런 법문도 해주었다. 역시 남전과 조주가 남긴 공안의 이야기였다.


    남전 스님 회상의 동당과 서당의 두 수좌가 고양이를 가지고 다투는데, 남전 스님이 승당으로 들어와서 고양이를 치켜들면서 말했다.

    "말을 한다면 베지 않겠지만, 말하지 못한다면 베어버리겠다."

    대중이 말하였으나 아무도 남전 스님의 뜻에 계합하지 못하였으므로 남전 스님은 당장 고양이를 베어버렸다.

    조주 스님이 늦게야 밖에서 돌아와 인사드리러 가니 남전 스님이 낮에 있었던 일을 다 이야기해주고는 물었다.

    "그대 같으면 고양이를 어떻게 살리겠느냐."

    그러자 스님이 신발 한 짝을 머리에 이고 나가버리니 남전 스님이 말했다.

    "만일 그대가 있었더라면 고양이를 살릴 수 있었을 것이다."

    스님이 남전 스님에게 물었다.

    "다른 것[異]은 묻지 않겠습니다만 무엇이 같은 것[類]입니까."

    남전 스님이 두 손으로 땅을 짚자 스님이 발로 밟아 쓰러뜨리며 열반당으로 들어가 소리쳤다.

"후회스럽다, 후회스러워!"

남전 스님이 듣고는 사람을 보내 무엇을 후회하느냐고 물으니 "거듭 밟아주지 못한 것을 후회한다"고 하였다.

"이것을 남전참묘南泉斬猫 공안이라고 하는기라. 내가 '모란꽃은 마노 계단에서 피고 백설조百舌鳥는 산호가지에서 운다'고 평하겠으니 이 뜻을 알 것 같으면 남전 스님이 고양이를 죽인 것이나 조주 스님이 짚신을 머리에 이고 간 그 도리를 여실히 알 수 있을 것이야."

일타는 1953년 겨울을 어느 해 겨울보다 훈훈하게 보냈다. 신심이 모닥불처럼 활활 타올라 마음이 뜨거워졌다. 성철의 법문을 간간히 들으며 참선하여 성불할 수 있다는 확신을 얻었다. 동안거가 끝나는 날 일타는 성철에게 인사를 드렸다.

"스님, 해제했으니 저는 돌아가겠습니다."

"그래, 일타 수좌 덕분에 나도 겨울을 잘 보냈데이. 난 다시 안정토굴로 돌아갈끼다. 거기가 내게는 더 깊은 청산이다."

안정토굴이란 통영 안정사 계곡의 천제굴을 말했다. 성철의 도반들이 전쟁이 끝난 후 불교 교단을 정화하겠다고 서울의 조계사나 선학원으로 올라갈 때 성철은 더 깊은 산중을 택했다. 왜색으로 물든 교단의 정화도 필요한 일이지만 그보다는 수행자로서 자기 정화가 급선무라는 성철의 강철 같은 신념 때문이었다.

"저는 통도사로 가겠습니다."

"그래, 전쟁도 끝났으니 출가본사를 찾아가는 것도 좋은 일이데이."

일타는 성철과 헤어졌다. 성철은 천제굴로 떠났고, 일타는 통도사로 향했다. 그런데 휴전이 된 지 6개월이 넘었는데도 통도사는 전쟁의 분위기가 그대로 이어지고 있었다. 일주문에는 '삼일육군병원'이라는 간판이 붙어 있었다.

경내는 적십자 마크를 그린 지프들이 달리고 있었고, 요사 방에서는 부상병들이 의무장교들에게 치료를 받고 있었다. 어디서 실려오는지 의무병들은 군용트럭에서 내린 환자들을 들것에 실어나르고 있었다. 스님들이 차지하고 있는 법당은 보광전뿐이었다. 일타는 자운慈雲을 찾아가 인사를 드렸다. 자운은 율사로서 통도사에 천화율원千華律院을 설립해놓고 율장을 연구하고 있었다.

"스님, 적멸보궁까지 군인들이 차지하고 있다니 기가 막힙니다."

"곧 철수한다고 하니 조금만 참고 지내세."

"운허 스님께 스님 얘기를 많이 들었습니다."

속가에 묻혀 있던 운허를 설득하여 범어사로 내려보낸 사람이 바로 자운이었던 것이다. 자운이 운허를 범어사로 보낸 것은 불학에 대한 그의 해박한 학식이 언젠가 종단의 큰 자산資産이 될 것으로 믿었던 까닭이었다.

"나야 뭐 아는 것이 율장밖에 더 있어야지. 일타 스님도 오늘부터 나와 함께 율장을 공부해보는 것이 어떨까."

자운은 일타에게 율장 공부를 권하면서 그 이유도 말했다.

"계율이 바로 서지 않으면 불교도 바로 서지 못해. 부처님께서 무엇을 지키라고 했는지 잘 살펴보고 공부할 필요가 있어. 그래야 부처님 제자답게 중노릇을 할 수 있는 게지. 모르니까 엉터리 가짜 중들이 많지."

일타는 자운의 얘기를 귓등으로 흘려들었다. 머릿속에는 성철을 만나 다졌던 참선에 대한 생각뿐이었다. 탐구심이 강한 일타는 빠른 시간 안에 율장을 열람하고 나서 참선 공부에 전념하기로 했다.

"이왕 스님이 됐으니 율장도 한번 보겠습니다. 한두 달이면 되지 않겠습니까."

일타는 자운의 얘기를 듣고는 놀랐다. 계율이 사미십계, 보살계, 비구계, 비구니계만 있는 것이 아니었다.

"율도 제대로 공부하려면 몇 년이 걸리지. 사분율四分律 60권에 십송율十誦律 61권, 오분율五分律 30권, 마하승기율摩訶僧祇律 40권 등 모두 천부대율千部大律이나 되지."

"스님, 율장이 이렇게 다양한 줄 몰랐습니다. 저는 참선 공부를 하겠습니다."

일타가 참선 공부를 하겠다고 하자. 자운이 야단을 쳤다.

"참선 공부도 율장을 모르고서는 사상누각이야. 일타 스님처럼 머리 좋은 사람이 율장을 보지 않으면 누가 보겠는가. 똑바로 보려면 통도사에 남고 그렇지 않으려면 아침 먹고 얼른 떠나게나."

결국 일타는 토굴에 들어가 화두 들고 장좌불와 하겠다는 생각을 접고 자의 반 타의 반으로 율장을 보게 되었다. 그러나 왠지 율장은 일타의 마음을 사로잡지 못했다. 마음은 늘 통도사를 떠나 산중 토굴을 헤매고 있었다.

'어느 세월에 율장을 다 보고 앉아 있을까. 이번에는 꼭 아침 먹고 통도사를 도망쳐야지.'

그날도 새벽예불을 마치고 난 일타는 좌선을 하면서 통도사를 떠나기로 몇 번이나 다짐하는데 자운이 또 나타나 일타 무릎 앞에 책을 놓고 갔다.

"이거나 보고 가게."

『사미율의증주술의沙彌律儀增註述義』라는 책이었다. 결국 일타는 한 달 만에 『사미율의증주술의』를 다 공부하고, 또 자운이 건네주는 계율에 관한 책을 읽곤 했다. 그러기를 햇수로 2년을 지내다 보니 자운의 율맥律脈을 전수받게 되었고, 훗날 평생 어디를 가나 율장에 대해서 물어오면 자문에 응하게 되었다.

일타는 참선에 대한 간절함을 견딜 수 없었다. 겨우내 율장 공부를 했지만 가슴 한구석이 늘 허전했다. 그때마다 떠오르는 사람은 동산이었다. 동산을 보면 아무 망상 없이 참선 공부하려는 마음이 솟구치곤 했던 것이다. 일타는 또 동산을 만나 자극을 받고 싶었다.

통도사 계곡의 얼음이 녹아 물이 흐르고 버들강아지가 피어나고 있을 무렵이었다. 초봄이었지만 아직은 바람 끝에서 물러가는 겨울이 느껴졌다. 운수납자들이 바랑을 메고 걷기에 가장 좋은 계절이었다. 일타는 또 바랑을 챙겨 메고 범어사로 향했다. 화두 들고 참선하는 데만 혼신의 힘을 다 쏟고 싶었다.

일타가 조실스님에게 정식으로 받은 화두는 송광사 삼일암에서 정진할 때 효봉에게 탄 '간시궐乾屎厥'이었다. 어떤 중이 '무엇이 부처입니까' 하고 묻자, 중국의 운문 선사가 '마른 똥막대기다〔乾屎厥〕'라고 대답한 데서 연유한 화두였다.

일타는 간시궐을 화두로 들었지만 의심을 오래 내지는 못했다. 염화두가 안 되자 임시방편으로 송화두를 했지만 마찬가지였다. 의심이 나지 않고 화두가 달아나버리곤 했다. 그러다가 6·25전쟁 중 전주 법성원에서 목탁을 치며 서가모니불 정근을 하다가 문득 영산회상 염화시중 시아본사 서가모니불靈山會上 拈花示衆 是我本師 釋迦牟尼佛 중에 염화시중에서 무언가 마음에 계합되는 바를 느꼈다.

불현듯 계합된 화두지만 세존염화世尊拈花는 선종의 화두 중 첫째 화두였다.

부처님께서 마가다국 왕사성의 영축산 독수리봉에서 설법하고 계실 때였다. 한번은 허공의 천인들이 부처님께 꽃공양을 올렸다. 부처님께서는 아무 말씀 없이 꽃을 한 송이 들어 대중들에게 보였다.

대중들은 부처님이 꽃을 드신 이유를 알지 못해 이런저런 이유를 대며 수군대기만 했다. 그때 가섭이 일어나 부처님이 꽃을 드신 이유를 깨닫고는 미소를 지었다. 이에 부처님이 대중에게 말했다.

"여래에게 정법안장正法眼藏 열반묘심涅槃妙心이 있으니 이를 마하가섭에게 전하노라."

일타는 전쟁 중에 어디를 가나 '세존염화'를 화두로 들었다.

'부처님은 왜 대중에게 꽃을 보였나.'

'꽃을 드신 까닭이 무얼까.'

'왜……'

일타는 효봉에게 탄 화두를 버리고 스스로 간택한 셈인데, 이래도 되는 것인지 일말의 불안을 떨치지 못했다. 응석사의 금오나 법성원의 진우도 화두는 반드시 선지식에게 타서 지도와 점검을 받으라고 했던 것이다.

일타가 범어사로 가는 이유 중에 하나도 화두에 대한 자신의 고민을 상의해보고 싶었기 때문이었는데, 일타는 동산을 만나 바로 화두 문제를 꺼내지 못했다. 그만큼 동산이 어렵고 조심스러웠다.

전쟁 중 임시 유골안치소로 운영되던 범어사는 예전의 절 모습을 빠르게 되찾고 있었다. 요사 방마다 가득했던 전사자의 유골들도 다른 곳으로 옮겨갔고, 군인들의 막사도 모두 철거되어 고풍스런 선찰의 분위기가 되살아나고 있었다.

이때가 말〔馬〕의 해인 갑오년(1954)이었다. 작년은 뱀의 해인 계사년(1953)이었고, 재작년은 용의 해인 임진년(1952)이었다. 일타는 법당으로 가 삼배를 하고 조실채로 올라갔다. 마침 동산이 뜨거운 발효차를 마시고 있었다. 일타는 동산에게 절하고 다탁 앞으로 다가가 무릎을 꿇고 앉았다.

"그동안 무엇을 공부했는가."

"임진년에는 성철 스님 회상에서 동안거를 보냈고, 이후 천화율원에서 자운 스님에게 율장 공부를 했습니다."

"화두는 성성한가."

"들렸다 달아났다 합니다."

"어디 한번 일러보게."

일타는 숨이 턱 막혔지만 기지를 발휘했다. 작년의 뱀해와 올해의 말해를 가지고 말했다.

"스님, 말이 뱀을 밟고 지나갔습니다. 그 뜻이 무엇입니까."

동산이 주장자를 들더니 슬그머니 내려놓으며 말했다. 주장자를 들었다는 것은 허튼소리를 하거나 시건방진 소리를 하면 내려치기 위함이었다. 일타는 등골이 서늘했다.

"일러봐라."

"그 뜻이 무엇입니까."

"일러봐라."

일타는 꼬리를 내리고 합장했다.

"공연히 해본 소립니다. 제가 뭘 알겠습니까. 아무것도 모릅니다."

동산이 일타에게 차를 한 잔 따라주며 말했다.

"수좌는 심통 터지는 소리를 할 때가 있느니라. 수좌는 다 그런 것이야. 하하하."

"죄송합니다."

동산이 크게 껄껄 웃으며 자신이 정진할 때를 얘기해주었다.

"토굴에 살 때였어. 윗방에 수좌가 배가 아프다고 초저녁부터 그러더구먼. 화두가 한참 들렸는지 처음에는 배 아프다는 소리가 들리더니 나중에는 안 들리더구먼. 내 정진하느라고 남의 사정 봐줄 수가 없었던 거네. 수좌는 인정사정 끄달리지 말고 일념 성취해야 되네."

"늘 잊지 않겠습니다."

동산은 김이 모락모락 나는 차를 마시더니 벼루를 꺼내 먹을 썩썩 갈았다. 편지지에 게송 한 수를 일필휘지로 써내려갔다.

살금살금 땅을 밟으니 사람이 알까 두렵도다

말하나 웃으나 분명하니 다시 의심을 말지어다

지자는 용맹으로 지금 바로 잡아 취할 뿐이니

날이 새어 닭이 울 때를 기다리지 말지니라

輕輕踏地恐人知

語笑分明更莫疑

智者至今猛提取

莫待天明失却鷄


일타는 이때다 싶어 슬그머니 화두 얘기를 꺼냈다.

"스님, 화두에 대해 여쭙고 싶습니다."

"어떤 화두를 들고 있는가."

"원래는 제가 어릴 때 통도사에서 스스로 시심마, 이 뭣고 화두를 재미삼아 들다가 효봉 스님을 뵈면서 간시궐로 바꾸었습니다."

"음, 마른 똥막대기, 좋은 화두지."

"스님, 간시궐 화두는 저와 인연이 없었나 봅니다."

"왜 그런가."

"효봉 스님한테 간시궐 화두를 처음 탔을 때부터 썩 마음에 들지 않았나 봅니다. 진진찰찰이 다 법왕승인데, 마른 똥막대기인들 부처 아닐 게 뭐 있나 하는 생각이 들었습니다."

"그래서 그 화두는 어찌 됐는고."

"강원에 들어와서 공 차러 쫓아다니고, 친구들하고 장난하고, 씨름하고 뭐 한참 까불대다 보니까 화두가 잘 들리지 않았습니다. 또 전쟁이 나서 피난민들이 수백 명씩 피난을 가고 길가에서 자고 그러니까 제 힘으로는 화두가 잘 안 들렸습니다. 그래서 불보살의 가피력을 입는 것이 좋겠다고 생각하여 기도와 염불을 했습니다. 하루는 서가모니불 정근을 하다가 영산회상 염화시중에 이르러 문득 아, 이 세존염화가 내 화두구나 하고 마음에 계합이 됐습니다."

"세존염화라 하면 선종 제일의 공안이지."

"그래서 간시궐이고 뭐고 다 내버리고 몇 년 동안 세존염화만 들었습니다."

"화두를 들면 됐지 내게 물어볼 것이 뭐가 있는가."

"화두란 큰스님에게 타는 것이 원칙 아닙니까. 그런데 저는 스스로 세존염화를 들고 있습니다. 잘못된 거 아닙니까."

"허허허."

동산이 일타의 등을 툭툭 때리면서 말했다.

"일타 수좌는 과거부터 선근이 많구먼. 과거부터 선근이 많아서 그런 화두가 잡힌 것이지. 그 이상의 화두가 어디 있겠는가."

일타는 동산의 격려를 받고 용기백배했다. 화두를 자신이 간택한 것이지만 마치 동산에게 탄 것 같은 느낌이었다. 선지식에게 탄 화두가 아니라는 불안은 씻은 듯이 사라졌다.

일타는 범어사에서 화두를 들고 방바닥에 눕지 않는 장좌불와에 들어갔다. 졸음이 오면 경내를 돌아다니며 잠을 자지 않고 용맹정진했다. 젊은 일타에게는 동산의 한마디가 활구가 되어 일타를 거듭나게 했다.

그러던 어느 날이었다. 범어사도 큰절이다 보니 대중 살림하는데 자잘한 마찰이 생기곤 했다. 조실인 동산과 대중 살림의 총 책임자인 주지와 그리고 실제로 대중 살림을 하는 원주 간에 마찰이 발생했다.

사단은 원주가 조실인 동산에게 보고하지 않고 절돈을 가지고 장을 보러 다니면서 터졌다. 주지에게만 보고하고 밖으로 나가니 대중들 사이에서 원주가 마음대로 돈을 쓴다고 소문이 돌았다. 누군가가 동산에게 그렇게 알려주었던 것이 화근이었다. 보고만 하고 시장을 다녔더라도 그대로 믿었을 동산인데, 상황이 자꾸 꼬였다. 보고를 받지 못한 동산이 원주를 타박하는 일이 빈번해졌다.

"원주가 돈을 무더기로 가지고 장을 보러 갔어."

이를 중재하기 위해 일타가 원주를 찾아가 조언해도 소용이 없었다.

"큰스님께 쌀 팔러 갑니다, 뭐 사러 갑니다. 이런 식으로 말씀
드리면 단순하셔서 홀딱 넘어가십니다. 장 보러 갈 때는 말씀을
드리십시오."

원주는 불같이 화를 냈다.

"빌어먹을 노장님이 나를 의심하시다니."

"의심이 아니라 대중 생활을 바로 잡으려고 하신 겁니다. 범어
사에 큰스님이 계시니까 그래도 시줏물이 들어오고 수좌들도 찾
아오지 않습니까."

"내가 어디 돈 따먹으러 장 보러 간 줄 아시오."

"큰스님은 그런 생각으로 말씀하시지 않았습니다."

일타가 동산을 변호하자 원주가 더 화를 냈다.

"노장님이 고생한 것은 알아주지 않고 이거, 나 원 더러워서!"

"좀 심하십니다."

원주의 섭섭함을 이해하지 못할 바는 아니지만 동산에게 자존
심을 내세운다는 것은 예의가 아니었다. 원주가 보고를 못하겠다
고 버티자, 결국 대중공사가 벌어졌다. 선찰의 법도대로 재무 소
임을 두어 재무가 원주가 사용하는 돈의 입출 내역을 기록하도록
했다.

그러나 그때 범어사에는 재무를 볼 적임자가 없었다. 할 만한
스님을 천거하면 동산이 승인을 하지 않았다. 별수 없이 주지는

동산이 신임하는 일타를 천거했다.

"재무감은 범어사에 일타 수좌밖에 없습니다. 재무는 단순히 돈의 출금 내역을 기록하는 것이 아니라 신도들이 오면 법문도 할 수 있는 능력이 있어야 합니다. 이런 것을 종합해볼 때 재무감은 일타 수좌뿐입니다."

"그러고말고. 주지스님 뜻대로 하시오."

모처럼 주지는 동산에게 칭찬을 들었지만 일타에게는 청천벽력 같은 소리였다. 며칠 전부터 장좌불와를 하면서 신심을 새롭게 내고 있는데, 사판이 되라고 하니 실망이 클 수밖에 없었다.

일타는 차마 동산에게 가지 못하고 주지를 만났다.

"이제 막 화두 들고 용을 쓰고 있는 중입니다. 그런데 저보고 재무를 보라 하니 난감하기 짝이 없습니다."

"조실스님께 말씀 다 드렸어요. 이번에 딱 한 번만 재무를 봐주세요."

"안 됩니다."

일타는 주지실을 나와 자신을 한탄했다. 일자무식이거나 바보라면 이런 곤경에 처하지도 않았을 터였다. 일타는 중이란 중노릇만 해야지 사람 노릇하고 경을 보고 해서는 안 된다는 생각이 자꾸 들었다.

불현듯 자화장을 한 외할아버지 추금이 떠오르기도 했다. 추금은 장작 위에 좌선한 자세로 앉아 스스로 불을 질러 소신공양을 했던 것이다.

'외할아버지 스님은 온몸을 태워 부처님께 소신공양을 하신 분이다. 당신의 신심을 부처님께 그와 같이 드러내신 분이다. 중노릇하려면 추금 스님처럼 죽음을 넘어서야 한다. 나도 손가락이라도 태워 용맹심을 내어보자.'

또한 손가락이 없으면 사람들이 온전한 사람으로 쳐주지 않아 중노릇을 더 잘할 수도 있을 것 같았다. 일타는『능엄경』의 한 구절에 가슴이 탁 트이는 것을 느꼈다.

내가 열반에 든 뒤 어떤 비구가 발심하여 결정코 삼매를 닦고자 할진대는, 능히 여래의 형상 앞에서 온몸을 등불처럼 태우거나 한 손가락을 태우거나, 몸 위에 뜨거운 향심지 하나를 놓고 태울지니라.

내 말하노니, 이 사람은 비롯함 없는 숙세의 빚을 한순간에 갚아 마치고, 길이 세간을 떠나 영원히 번뇌를 벗어나리라.

일타 스님이 손가락을 태우면서 수행했던 오대산 서대 염불암

오대산 연비

일타는 오대산으로 갔다. 강원도 원주까지는 기차를 탔고, 또 진부까지는 버스를 탔다. 버스 안에는 승객 요금표가 붙어 있었다. 군인 5원, 학생 5원, 일반 15원이라고 쓰인 요금표였다. 일타는 요금표를 보고 쓴웃음을 지었다. 농담 잘하는 도성이 생각나서였다. 언젠가 함께 버스를 타고 가는데 도성이 일타를 웃겼던 것이다. 도성이 차장을 불렀다.

"차장!"

"네."

"나는 버스요금 안 내도 되지."

"왜 그렇습니까."

"요금표에 스님 요금은 쓰여 있지 않으니까!"

"당연히 일반 요금을 내셔야죠."

"내가 학생인가, 일반인가, 군인인가, 중은 중이지 일반도 아니고 학생도 아니고 군인도 아니다, 이거여."

차장은 도성의 유도심문에 넘어가 요금을 받지 않고 가버렸다. 도성이 버스요금 탁발을 말재간으로 한 셈이었다. 일타도 버스 차장에게 그럴까 하다가 그만두었다. 그러기에는 마음속에 연비를 하겠다는 생각이 간절했고 뜨거웠다.

버스는 진부 정류장이 종점이었다. 그곳에서 일타가 가고자 하는 상원사까지는 걸어서 가야 했다. 버스가 진부에 도착했을 때는 벌써 날이 어둑어둑했다. 그믐날 밤이었으므로 달도 뜨지 않을 터였다.

일타는 시장하여 허름한 식당으로 찾아들었다. 식당은 손님이 없어 호롱불도 켜지 않고 있었다. 일타는 주인을 불렀다.

"계십니까."

"장사 끝났습니다."

주인아주머니는 나와 보지도 않고 방 안에서 소리쳤다.

"스님입니다."

"스님이라니, 웬일이십니까."

주인아주머니가 방문을 열고 식당으로 나왔다. 방 안에서는 두세 명의 식구가 불도 켜지 않은 채 둥근상에 둘러앉아 저녁을 먹고 있었다.

"상원사에 가다 저녁공양을 하려고 들렀습니다. 이 근방에는 이 식당밖에는 없군요."

"장사는 끝났지만 스님, 공양은 하셔야지요. 저도 상원사 다니는 신도구먼요."

"장사가 끝났다니 미안합니다. 그냥 돌아가겠습니다."

"스님, 죽입니다만 같이 드시지요. 막 저녁을 먹으려던 참입니다. 숟가락 하나만 놓으면 되니까 들어오세요."

일타는 망설이다 방 안으로 들어갔다. 식구들은 식당 아주머니의 쌍둥이 딸과 막내인 듯한 아들이 전부였다. 모두 밥을 굶은 것처럼 죽 그릇에서 눈을 떼지 않고 있었다. 죽 그릇을 요절낼 태세였다.

"미군부대에서 타온 밀가루로 만든 수제비예요. 스님, 수제비를 좋아하시는지 모르겠네요."

"아주 좋아합니다."

"잘됐네요. 마음껏 잡수시고 우리 집 식구들 기도 좀 해주세요."

일타는 배가 고팠으므로 수제비를 두 그릇이나 비웠다. 식당아주머니는 일타가 맛있게 먹는 것을 보고는 흐뭇해했다.

"스님, 공양하시는 것을 보니 수행도 잘하시겠네요. 잘 먹는 사람이 무슨 일이든 잘하더라구요."

"보살님, 약속하겠습니다. 무슨 기도를 해드릴까요."

"에휴, 피난 갔다가 생사를 알지 못하는 사람이 어디 애들 아버지뿐이겠어요. 그냥 입버릇처럼 해본 소립니다. 상원사 가기에는 늦었으니 누추하지만 우리 집에서 주무시고 내일 가셔요. 저는 딸들하고 자고 스님은 막내아들하고 자면 됩니다."

"아닙니다. 가야 합니다."

"스님, 큰일 납니다. 밤길에 상원사를 가다니요, 사람을 해치는 맹수라도 나타나면 어찌하려고 그럽니까."

"보살님 호의는 고맙습니다만 저는 꼭 오늘 밤 안에 상원사로 가야 합니다."

"볼일이라도 있습니까."

"저에게는 시간을 다투는 화급한 일입니다. 지금 이러고 있을 때가 아닌 것 같습니다."

기어이 일타는 걸망을 메고 일어섰다. 절박한 마음이 용수철처럼 튀어올랐으므로 견딜 수 없었다. 식당 아주머니가 울상을 지었다.

"스님, 이 시간에 산길을 가다니요. 큰일 납니다. 요즘에는 공비들이 없어지긴 했습니다만."

"걱정 마십시오."

일타는 합장을 하고 일어섰다. 밖은 칠흑처럼 캄캄했다. 흐릿한 별들이 깜박일 뿐 검은 장막을 드리운 것처럼 한 치 앞을 분간키 어려웠다. 일타는 어둠 속에서 희미하게 한 줄 나 있는 산길을 달리듯 걸었다.

진부 소재지를 벗어나 숲길로 접어들자 동물 울음소리가 났다. 등이 곧 땀에 젖었다. 밑도 끝도 없는 무서움이 밀려왔다. 식당 아주머니 집에서 하룻밤을 묵을걸 하는 생각도 들었다. 일타는 무서움도 들고 하여 소리 내어 중얼거렸다.

'상원사에서 나를 기다리는 사람이 있는가. 아니다. 나를 기다리는 사람은 없다. 적멸보궁에 계신 부처님도 나를 오라 가라 한 적이 없다. 내가 가면 부처님께서 부르는 것이고, 내가 가지 않으면 부처님께서 부르지 않는 것이다. 지금 이 순간은 부처님께서 나를 부르고 계신 셈이다. 그렇다. 부처님께서 나에게 진짜 중노릇이 무엇인지 깨닫게 해줄 것이다. 그러니 나는 한순간도 지체하지 않고 가야 하는 것이다.'

무서움이 커질수록 일타는 크게 소리쳤다.

'외할아버지 추금 스님께서는 스스로 온몸을 태우는 자화장을 하셨다. 생사를 마음대로 넘나드신 추금 스님이다. 추금 스님께서는 자화장을 함으로써 몸뚱어리에 대한 애착을 끊고 생사를 해결하셨다. 무상한 몸뚱어리이므로 집착할 아무 이유가 없다는 것을 보여주신 분이다. 나도 몸뚱어리가 무상하다는 것을 깨닫고 말리라. 몸뚱어리가 무상하다는 것을 깨닫기만 해도 중노릇을 더 잘할 수 있으리라. 늘 발심한 채로 정진할 수 있으리라.'

일타는 자신도 모르게 달리고 있었다. 뒤에서 누군가 쫓고 있는 것이 아니라 적멸보궁 부처님이 끌어당기고 있었다. 등은 소나기를 맞은 듯 땀으로 흥건히 젖었다. 멀리 불빛이 보였다. 상원사 길목에 있는 월정사가 분명했다. 일타는 그만 월정사 객사에서 하룻밤을 묵을까 망설였다. 어둠 속에서 불빛을 보니 불나방처럼 그곳으로 뛰어가고 싶었다. 그러나 일타는 부처님을 부르며 걸었다.

'나무관세음보살 나무아미타불. 나무서가모니불. 나무지장보살.'

부처님 가피로 발길이 월정사에서 멈추지 않았다. 상원사 쪽으로 발걸음이 향했다. 알 수 없는 불보살들의 도움이었다. 월정사에 주저앉고 싶은 마음을 여러 불보살들이 눌러주었다. 금강석 같은 용기를 주었다. 일타는 『반야심경』과 『천수경』, 『금강경』을 노래하듯 외웠다. 그러자 머릿속에서 무서움이 깨끗이 씻겼다. 무서운 공포감도 번뇌 망상이었다. 무서움이 사라지고 나니 산길은 산길일 뿐이었다. 산길은 산길일 뿐인데, 일타 자신이 번뇌 망상을 일으켜 다르게 보았던 것이다. 조작해서 본다는 것은 무지와 같았다. 번뇌 망상을 버리니 산길은 산길이고 일타는 일타였다.

일타는 기진맥진했다. 진부에서부터 마라톤 선수처럼 단 한순간도 쉬지 않고 달려온 것 같았다. 자신을 해치고자 하는 존재는 아무것도 없는데 스스로 무서움을 지어놓고 거기에 빠졌던 것이다. 일타는 자신을 속인 자신이 어이없어 실소했다.

'경을 보면 뭐 하나. 나한테도 깜박 속는 것을. 그러니 화두 들고 깨쳐야 한다. 내 진짜 주인공을 찾아야 한다. 깨친다 함은 내가 누구인지 확실하게 아는 것 아닌가. 내가 나를 아는데 무엇이 두려울까. 이 몸뚱어리에 집착할 이유가 사라져버리는데 말이다.'

마침내 일타는 상원사에 도착했다. 원주를 찾기도 전에 종각 기둥에 머리를 대고 쓰러졌다. 밤이슬을 피해 잠시 종각 기둥에 몸을 의지한 채 쉬려고 했는데 깜박 잠이 들었다. 일타는 곯아떨어져 짧은 꿈을 꾸었다.

적멸보궁 허공 너머에서 해가 뜨는 듯 빛살이 솟았다. 어둠 속에서 나타난 빛살은 한 개였다가 점점 더 많아졌다. 한 개가 두 개가 되고, 두 개가 네 개가 되고, 네 개가 여덟 개가 되더니 순식간에 세상을 광명천지로 만들었다. 잠시 후에는 붉은 구름장을 타고 수천 수만의 불보살이 날았다. 불보살 한가운데에서 석가모니부처님이 연꽃을 들고 미소 짓고 있었다. 일타는 순간 세존염화를 깨달았다. 일타도 부처님을 향해 미소 지었다.

두어 시간쯤 지났을 때였다. 누군가가 일타를 흔들었다.

"스님, 스님."

"나를 깨우지 마시오. 이대로가 극락입니다."

일타는 가까스로 눈을 떴다. 한 노스님이 등불을 들고 있었다.

희미하게 드러난 노스님이 말했다.

"어디서 왔는가."

"진부에서 왔습니다. 종각에 잠깐 앉았는데 그만 잠이 들었나 봅니다."

"어서 저쪽 요사에서 눈을 좀 붙이시게. 조금 후면 도량석이 시작되니까."

"밤중에 와서 죄송합니다."

"이런 일이 종종 있지. 적멸보궁 부처님께서 부른 것이네."

일타는 요사 뒷방으로 들어가 벽에 등을 기대고 앉아 쉬었다. 눈을 붙이고 말고 할 것도 없었다. 조금 후에 도량석이 시작됐다. 도량석의 목탁 소리는 세상의 잠을 깨우는 것이 아니라 바로 일타의 잠을 깨웠다. 일타의 머릿속은 순식간에 옹달샘 물처럼 맑아졌다. 어두운 방에 불을 켜면 일시에 밝아지듯 일타의 머릿속도 그랬다. 도량석을 하는 스님의 목탁 소리에 무명 속에서 기생하던 번뇌 망상이 단박에 사라졌다.

일타는 당장 장좌불와에 들어갔다. 정신과 달리 육신은 극도로 피곤했지만 일타는 등을 방바닥에 눕히지 않는 장좌불와 수행을 미루지 않았다.

'부처님께 어찌 삼배만 할까 보냐. 하루에 3천 번을 하리라. 그 것도 7일 동안 계속하리라. 그런 다음 나 자신과의 약속인 발원 문을 쓰고 연비를 하리라.'

일타는 당장 일어났다. 요사 방문을 열고 나오자, 새벽하늘에는 벌써 여명의 푸른빛이 돌고 있었다. 일타는 종각으로 가 좀 전의 노스님에게 물었다. 노스님은 도량석을 마치고 대종을 치려고 하고 있었다.

"스님, 적멸보궁을 가려면 어디로 가야 합니까."

"찾을 게 뭐 있는가. 서 있는 곳이 바로 적멸보궁이네."

"뭐라고 말씀하셨습니까."

"그대가 서 있는 곳이 적멸보궁이라고 했네."

일타는 벼락을 맞은 듯 정신이 번쩍 났다. 상원사에서 만난 첫 스님의 선기에 주눅이 들었다. 일타는 그 자리에서 삼배를 올리고 물었다.

"스님, 가르쳐주십시오."

"내가 가르쳐줄 것은 없네. 그대가 스스로 깨닫게나."

노스님은 일타에게 찬물을 끼얹듯 말했다. 여태까지 보아왔던 스님들과 달랐다. 일타가 당황해하자 노스님이 말없이 손을 들어 적멸보궁 가는 길을 가리켜주었다.

"내 손가락을 보지 말고 손가락이 가리키는 곳을 보게나."

"스님, 감사합니다."

일타는 참으로 노스님에게 고마워했다. 다시 삼배라도 올리고 싶었다. 노스님은 대종을 치기 시작했다. 대종 소리는 일타가 몇 발짝씩 걸음을 뗄 때마다 아주 일정한 간격으로 들려왔다.

일타는 합장한 채 적멸보궁으로 향했고, 범종 소리를 들을 때마다 눈물이 났다. 범종 소리가 한 번, 한 번 울릴 때마다 연꽃 한 송이씩이 피어나는 것 같았다.

　'아, 부처님께 목숨을 다 바쳐 지극한 마음으로 귀의하겠나이다.'

　적멸보궁의 법당 문은 잠겨 있지 않았다. 일타는 등잔을 찾았지만 법당 안에는 성냥도 등잔도 없었다. 일타는 낙담하지 않았다. 문을 여니 푸른 새벽빛이 해일 밀려오듯 법당 안에 가득 찼다. 보궁은 말 그대로 용궁이 되고 용화세계가 됐다. 세상에 단 하나밖에 없는 하늘 법당이 됐다.

　일타는 오대산이라도 밀어붙일 듯한 신심을 느꼈다.

　'아, 부처님께 맹세합니다. 목숨을 다 바쳐 지극한 마음으로 귀의하겠나이다.'

　일타는 절을 시작했다. 하루 3천배를 하는데, 5백배씩 하고 땀을 닦기로 했다. 첫 5백배를 하고 나서 뒤를 돌아보니 한 스님이 보궁 앞에서 합장하고 있었다. 해인사에서 올라온 혜암이었다. 혜암도 장좌불와를 하고 있는 중이었다. 수마를 쫓기 위해 밤새 적멸보궁과 상원사를 오가며 정진하고 있었다. 잠을 자지 않고 밤새 걷는 행선行禪이었다.

　"스님, 어디서 본 듯한 인연입니다."

　"통도사에서 온 일타입니다."

"나는 해인사에서 왔습니다."

통성명을 했을 뿐 더 이상 서로가 묻지 않았다. 각자 정진하기에 바빴다. 혜암은 곧 산허리를 휘감은 운해 속으로 사라졌고, 일타는 법당으로 들어가 다시 절을 계속했다.

운해가 피어오르는 적멸보궁은 한 송이 거대한 연꽃이 되었다. 부처님이 마하가섭 앞에서 든 눈부신 백련이었다. 일타는 부처님의 향기를 맡으며 절을 했다. 화두를 들고 3천배를 시작했다.

'이 길이 부처님께 가는 길임을 압니다. 나무관세음보살.'

일타는 1배 1배에 자신의 마음을 담았다. 그러나 1천배를 넘어서부터는 그런 마음조차도 무거워 내렸다. 오직 무념무상으로 돌아갔다. 3천배를 마치고 나면 상원사 산내 암자인 서대 염불암으로 가서 쉬었다. 서대 염불암은 너와집 암자로 혜암이 몇 개월째 머물고 있었다.


서대 염불암은 참나무 껍질로 지붕을 얼기설기 덮은 너와집 암자인데, 겉모양만 봐서는 화전민들이 밭뙈기를 찾아 임시로 지은 움막 같았다. 실제로는 서대 염불암이 창건된 연대는 수백 년 전으로 거슬러 올라갔다. 조선 초기의 문신 권근의 수정암 중창기가 발견됨으로써 서대 염불암이 한때는 수정암으로 불렸던 사실도 밝혀졌다.

서대 염불암의 성소聖所는 우통수라는 샘이었다. 우통수는 암자 수행자들에게는 감로의 샘인 동시에 남한강 발원지로서 기호 지방 중생들에게는 생명의 젖줄이었다. 우통수에서 흐른 물 한 줄기가 수많은 골짜기 물과 합수하여 마침내 남한강이 되기 때문 이었다.

일타는 혜암과 때때로 우통수 샘물을 길어 마가목차를 마셨다. 오대산에 자생하는 마가목 가지나 마가목의 붉은 열매를 말려 찻 물에 우려낸 것이 마가목차였다. 깊은 산 냉한 곳에서 정진하다 보면 기침을 자주하여 기관지가 나빠지기 마련인데 마가목차를 자주 마시면 그런 잔병이 사라졌다.

"일타 스님, 이것 한 사발 드시구려."

"한약입니까."

"마가목차입니다. 피로 회복에 그만입니다."

일타는 마가목차를 처음 마셔보고는 쓴맛을 다셨다. 뒷맛이 쓰 고 시금털털했다.

"오대산에서는 이 차를 드십니까."

"산중은 일교차가 크고 냉한 곳입니다. 새벽에 참선하다 보면 얼음 같은 찬 기운이 목덜미로 들어와 기침이 나오고 또 그런 상 태에서 염불하다 보면 목이 상하지요. 그러나 이 마가목차를 장 복하면 그런 증세가 차츰 사라집니다."

오대산에서 건강하게 정진하려면 마가목차를 자주 마셔야 된다고 권하는 혜암에게 일타는 합장하며 고마움을 나타냈다.

"혜암 스님, 감사합니다. 스님께서 밤새 방에 들지 않고 밤이슬을 맞으며 행선하면서도 건강을 유지하는 비결을 알겠습니다."

"서대에서 적멸보궁까지 오가며 밤을 새우면서도 견디는 것은 아마 마가목차 효험이 아닌가 싶습니다. 스님도 장좌불와를 하시고 있으니 마가목차를 자주 마셔야 됩니다."

혜암은 이미 하루 한 끼 생식만 하는 오후불식을 하고 있었다. 장좌불와에다 오후불식을 하는 두타행이었다. 두타행이란 부처님 제자인 가섭존자 이래 중국 선종의 초조 달마와 이조 혜가, 삼조 승찬으로 이어져왔던 의식주에 대한 애착을 철저하게 끊은 무소유의 청정한 마음으로 정진하는 수행법을 뜻했다.

일타도 혜암을 따라 오후불식을 했다. 아침은 상원사에서 가볍게 죽을 한 사발 먹고, 점심공양은 서대 염불암에서 혜암과 함께 해결하고, 저녁은 아무것도 먹지 않고 마가목차로 목과 창자를 적실 뿐이었다.

일타가 공양주를 자청했다. 진주 응석사에서 공양주를 한 경험이 있으므로 변변찮은 재료를 가지고도 맛있게 만들 자신이 있었다. 혜암은 생식을 하면서도 일타를 위해 오대산 산자락에서 자라난 곤드레나물의 어린 줄기와 잎을 넣어 만든 곤드레나물밥을 지어주었다.

"혜암 스님, 밥이 향긋하고 담백합니다. 별미입니다."

"별미라기보다는 절 부근의 화전민들은 양식이 부족하니까 곤드레나물 줄기와 잎을 넣어 밥을 짓는다고 합니다."

곤드레나물도 고구마처럼 일종의 구황식물이었다. 일타는 곤드레나물을 넣고 끓인 된장국을 먹으면서 자신도 모르게 탄성을 질렀다.

"스님, 국물 맛이 참 시원합니다."

"우통수의 감로수 때문입니다."

맛있는 공양도 수행자들을 행복하게 만드는 것 중 하나였다. 일타는 흡족한 마음으로 공양할 때 외는 오관게를 떠올렸다.

일타는 오관게 중에서 '선정삼매로 밥을 삼아 법의 즐거움이 가득하여지이다'에서 자신이 왜 오대산으로 왔는지 새삼 연비에 대한 결의를 다졌다.

"혜암 스님, 곤드레나물밥을 먹고 나니 발심이 됩니다."

"내일 또 곤드레나물밥을 드실 겁니까."

"아닙니다. 스님과 함께 생식을 하겠습니다."

일타가 날마다 적멸보궁으로 가서 하루 3천배를 시작한 지 7일째 되는 날이었다. 마침내 일타는 적멸보궁의 부처님 진신사리 전에서 원력을 세웠다.

'부처님, 사문 일타는 세 가지의 원력을 세워 연비하려 합니다. 옳은 중노릇을 하기 위해 연비하려 합니다. 법을 따르는 결정심을 갖고자 연비하려 합니다. 숙세 업장을 없애기 위해 연비하려 합니다.'

일타는 연비에 앞서 허공에 가득한 불보살에게 자신의 원력을
고하는 발원문도 지었다.

가없는 허공 청정법신에 절하오며

평등한 일심으로 간절히 아룁니다

오직 크나큰 자비를 드리우시어

저의 미혹한 구름을 열어주소서

길이 세간을 떠나

영원히 번뇌를 벗고

아주 오랜 숙세의 빚을

한순간에 갚아 마치리이다

지금 이 법을 통하여

신심을 완전히 결정짓겠나이다

稽首如空 等一痛切

唯垂加被 開我迷雲

長揖世間 永脫諸漏

無始宿債 一時酬畢

今者於法 決定信心

(하략)


일타는 엄지를 제외한 오른손 네 손가락을 고무줄로 친친 묶은

다음 붕대를 감았다. 그런 뒤 미리 준비한 초에 불을 붙여 촛농을 만들어 붕대에 골고루 떨어뜨렸다. 촛농은 붕대 깊숙이 파고들었다. 이윽고 네 손가락은 촛농 덩어리가 되었다.

사위가 갑자기 캄캄해지고 멀리서 울던 소쩍새 울음소리도 그쳤다. 고개를 들어 밤하늘을 보니 별들이 자취를 감춘 채 보이지 않았다. 먹구름장이 날아와 하늘을 덮고 있었다. 일타는 마지막으로 촛농을 떨어뜨린 붕대에 기름을 묻혔다.

새벽 1시쯤이었다. 일타는 칠흑 같은 세상에 불을 켜는 심정으로 성냥을 그어 자신의 손에 붙였다. 곧 붕대를 감은 손가락이 어둠을 밝히는 등처럼 활활 타올랐다. 붕대를 감지 않은 엄지가 뜨거울 뿐, 정작 타는 네 손가락은 따끈하고 얼얼한 느낌을 줄 따름이었다. 네 손가락에 대한 애착이 떨어져버린 탓인지 고통스럽지 않았다. 손가락에 붙은 불이 산바람을 타고 일렁이며 기세 좋게 타올랐다. 불꽃이 촛농을 녹이며 춤을 추었다. 일타는 연비삼매에 빠져들었다.

'손가락이라는 것도 고깃덩어리에 불과하구나. 멋지게 타는 고깃덩어리구나.'

일타는 신심의 불꽃이 욕망과 집착과 삼독三毒을 붙잡아온 손가락을 태우고 있다고 생각했다.

'그렇다. 손가락이야말로 욕망을 붙들고 집착을 붙들고 삼독을 붙들어온 화매禍媒였구나. 이 손가락이 없어짐으로 해서 나는 오

늘부터 욕망과 집착과 삼독으로부터 자유로우리라.'

손가락에 한번 붙은 불은 한 시간 이상 계속해서 탔다. 일타는 손가락이 타는 동안 발원문을 가지고 염불도 하고, 원력을 다지며 기도도 했다. 하늘은 여전히 캄캄했고, 비가 오려는 듯 산중의 공기는 축축해지고 있었다.

사자암에서 새벽예불을 하기 위해 올라온 한 젊은 스님이 일타가 연비하는 모습을 보고는 깜짝 놀라 물러섰다. 그러자 뒤에 선 노스님이 제지했다. 일타가 상원사에 온 날 밤에 종각에서 만났던 노스님이었다. 두 스님은 적멸보궁을 향해서 합장하고는 바로 돌아섰다. 노스님이 말했다.

"가세. 서대 염불암에 온 수좌일세. 오랜만에 보는 소신공양이구먼. 저 수좌의 소신공양이 오늘 새벽예불이라고 여기면 되네."

"노장님, 소신공양은 왜 하는 겁니까."

"부처님 법대로 살겠다는 맹세이지."

"자신을 학대하다니 이해할 수 없습니다."

"학대가 아니라 중으로서 자신과의 약속 같은 것이지. 저 수좌의 얼굴을 보았는가."

"미처 보지 못했습니다."

"어서 보고 오게."

노스님의 말에 젊은 스님은 다시 적멸보궁으로 올라가 일타를 보고는 내려왔다.

"어떻든가."

"신심 그 자체였습니다."

"바로 보았네. 사람 노릇 하지 않고 중노릇 잘하겠다는 그런 얼굴이었을 것이네."

"수좌의 법명이 궁금합니다."

"일타 수좌지. 통도사 중이네. 일주일 전인가, 밤중에 진부에서 달려와 종각에 쓰러진 모습을 보았지. 얼마나 절박했으면 그랬겠나. 머리에 불이 붙은 듯하지 않고서는 잘 살 수 없는 것이 중노릇이네."

노스님과 젊은 중이 적멸보궁을 관리하는 중대 사자암 마당에 들어서자 또 한 사람의 스님이 어둠 속에서 나타났다. 잠을 쫓기 위해 밤새 산길을 왔다 갔다 하는 혜암이었다. 행선 중인 혜암이 노스님에게 합장하자 노스님이 말했다.

"혜암 수좌, 오늘은 보궁으로 가지 말고 돌아가시게."

"보궁에 무슨 일이 있습니까."

"일타 수좌가 소신공양 중이네."

혜암은 더 묻지 않고 북대 미륵암으로 가는 산길로 올라갔다. 혜암은 밤새 상원사 산내 암자를 오가며 행선을 하고 있었다. 북대 미륵암은 고려시대 나옹 선사가 왕사가 되기 전 누더기를 걸친 걸인 모습으로 숨어 살던 암자였다. 그때 나옹 선사가 스스로 지어 부르던 노래가 지금도 전해지고 있었다.

청산은 나를 보고 말없이 살라 하고
창공은 나를 보고 티 없이 살라 하네
탐욕도 벗어놓고 성냄도 벗어놓고
물같이 바람같이 살다가 가라 하네

동녘 하늘에 구름장 사이로 물빛이 돌았다. 날이 밝고 있었다. 일타가 자신의 오른손 네 손가락에 불을 붙인 지 서너 시간이 흐른 뒤였다. 하늘을 덮은 구름장이 더욱 선명하게 보였다. 금세 장대비가 쏟아질 것 같았다. 일타의 손가락을 태우던 불길도 어느새 까물거렸다. 이윽고 그 작은 불씨마저 재로 변하자 손가락은 허연 뼈와 살갗이 탄 검은 숯만 남았다.

일타는 적멸보궁의 부처님 진신사리 전에 삼배를 올렸다. 그런 뒤 적멸보궁 안에서 대야 하나를 가져와 물을 담고 손가락에서 타다 만 숯과 검댕을 떼어냈다. 철심 같은 허연 뼈가 드러나자 다시 붕대를 감았다. 일타는 대야의 물을 숲 속에 버리고 난 뒤 다시 대야를 제자리에 엎어놓고 중얼거렸다.

'부처님, 사문 일타는 지어올린 발원문대로 부처님의 가피로 연비를 했습니다. 환희심을 내어 신나게 시작하고 마쳤습니다. 일념이 만 년입니다. 한 시간이 지나간 것 같은데 벌써 서너 시간이 무심히 흘러 날이 샜습니다. 선정에 들었다가 이제 막 깨어난

듯합니다. 부처님, 사문 일타는 부처님 법을 통하여 신심을 완전히 결정짓겠나이다.'

그때였다. 적멸보궁 돌계단을 내려서려는데 문득 천둥 번개가 쳤다. 새벽의 오대산이 번갯불 속에 드러났다가 물러섰다. 천둥소리에 오대산 골짜기가 우렁우렁 울었다. 잠시 후에는 기어코 장대비가 쏟아졌다. 일타는 장대비를 피하지 않고 맞았다. 장대비는 금세 일타를 흠뻑 젖게 했다. 일타는 비를 맞을수록 가슴이 후련해짐을 느꼈다. 숙세의 업장이 한 켜 한 켜 씻겨지는 듯했다.

"스님, 상처에 빗물이 들어가면 큰일 납니다."

"다 무상하니 걱정할 것이 없습니다."

중대 사자암의 젊은 스님이 일타를 불렀지만 일타는 걸음을 멈추지 않았다. 장대비를 맞으며 그대로 지나쳤다. 서대 염불암으로 가는 산길로 들어서자 젊은 스님이 걱정한 대로 오른팔이 퉁퉁 붓기 시작했다. 화기가 서서히 고통으로 변했다. 통증이 칼로 후비는 듯했다. 일타는 왼손으로 오른팔을 붙들고 산길을 걸었다. 다친 산짐승처럼 비틀거렸다. 고통이 오른팔만 아프게 하는 것이 아니라 산불이 바람을 타고 이곳저곳으로 붙듯 오장육부를 돌아다녔다.

장대비는 계속해서 내렸다. 나뭇잎을 두들기는 기세가 조금 꺾이기는 했지만 멈출 것 같지 않았다. 일타는 우통수에 이르러 찬 샘물을 두어 모금 마시고서는 정신을 차렸다. 지척에 서대 염불암의 너와집 지붕이 또렷하게 보였다.

"혜암 스님."

밤을 새우며 행선 중인 혜암이 암자 방 안에 있을 리 없었다. 혜암도 장대비를 맞으며 오대산 산길을 왔다 갔다 걷고 있을 터였다. 일타는 암자 방문을 열고서는 잠시 망설였다. 고통스러워 누우면 잠이 들 것이고, 잠이 들면 장좌불와 수행은 깨지고 말 것이기 때문이었다. 일타는 세차게 고개를 흔들었다.

문득 방 안에 흰 사발 하나가 보였다. 빈 그릇이 아니었다. 마가목차가 한 사발 가득 든 그릇이었다. 혜암이 일타를 위해 우려 둔 마가목차가 분명했다. 일타는 마가목차가 담긴 그릇을 향해 합장했다. 그때 숙세의 업장이 눈물로 변해 흘러내렸다.

마가목차 한 사발을 들이켜자 신기하게도 오른팔의 통증이 차츰 멎었다. 실제로 차의 약효 때문인지는 알 수 없었으나 일타는 연비한 오른손의 고통을 잠시 잊었다.

일타는 부엌으로 가 성한 왼손으로 아침공양을 준비했다. 지금까지는 매일 새벽에 상원사로 내려가 죽을 먹어왔으나 오대산에서의 정진도 마지막 날이라는 생각이 들어 서대 염불암에서 아침공양을 하고 싶었다.

늦어도 아침공양 후에는 서대 염불암을 떠나야 했다. 연비한 손가락을 그대로 두면 염증이 생겨 오른손이 곪아 들어가므로 오늘 중으로 병원으로 가서 소독해야 했다. 아침 햇살로 오른 손가락을 살펴보니 손가락들이 말끔하지 못했다. 손바닥 가까운 손가락에 살갗이 쪼글쪼글하게 붙어 있었다. 손가락 끝부분만 깨끗하게 태워져 뼈가 쇠젓가락처럼 드러나 있었다.

일타는 우통수에서 샘물을 길어다 생쌀 반 공기를 솥에 안쳤다. 반 공기만 안쳐도 두 사람이 먹기에 충분한 죽이 쑤어졌다. 그런데 아궁이에 막 불을 지피려 할 때였다. 아궁이 속에서 뱀이 느렁느렁 기어나왔다. 염불암에서는 뱀을 '긴 것'이라고 불렀다. 일타는 긴 것을 부지깽이로 들어 부엌 밖으로 살려 보내주었다. 어떤 날은 방 안에서 좌선하고 있을 때 긴 것이 천장에서 떨어지기도 했다. 서대 염불암이 습한 곳이었으므로 시도 때도 없이 긴 것들이 동거를 요청해왔다.

일타는 항아리에 든 생콩을 보면서 미소를 지었다. 혜암과 함께 생식을 해온 콩이었다. 일타는 콩 때문에 혜암에게 타박을 들은 일도 있었다.

"일타 스님, 다 같은 콩인데 무얼 그리 가리십니까."

일타가 썩은 콩을 골라낸 뒤 좋은 콩만 먹자 혜암이 그러지 말라고 했다. 실제로 혜암은 썩은 콩이든 좋은 콩이든 가리지 않고 한 끼에 일정한 개수만 먹었다. 생콩만 먹는 것이 아니라 변비를 방지하기 위해 솔가루를 물에 타 가루약처럼 마셨다.

'그렇다. 콩 한 알에도 부처님 법이 담겨 있구나. 불구부정不垢不淨. 콩이면 콩이지 더러운 콩, 깨끗한 콩이 어디 있겠는가. 콩

한 알에도 『반야심경』의 도리가 담겨 있구나. 그런데도 나는 콩 속의 공空을 들여다보지 못하고 색色의 분별에 빠져 있었구나.'

일타는 걸망을 메고 서대 염불암을 떠났다. 혜암과 작별인사를 나눌 필요는 없었다. 발우에 담긴 죽을 보면 일타가 떠난 줄 알 터였다. 운수납자는 자신에게 주어진 일을 다 하고 구름이듯 물 이듯 어디론가 흘러갈 뿐이었다. 살았던 토굴에 장작이 부족하면 장작을 해놓고, 양식이 떨어져 있으면 탁발하여 양식을 마련해놓 고 떠나는 것이 운수납자들의 인사법이었다.

일타는 산짐승이 이동하듯 산길을 타고 내려갔다. 서울로 가려 면 진부로 가서 시외버스를 타야 했다. 일타는 서둘러 산길을 걸 었다. 진부에 도착하더라도 막차를 놓치면 또 하룻밤을 그곳에서 자야 하기 때문이었다. 일타는 상원사에서 월정사로 내려가는 길 목에서 노스님을 만났다.

"어디로 가는가."

"서울 선학원으로 갑니다."

노스님은 일타를 붙잡지 않았다. 오히려 빨리 떠나라는 듯 손 짓으로 월정사를 가리켰다.

"어서 내려가보게. 월정사에 서울 가는 사람들이 있을 터이니. 방금 여기 상원사에서 천도재를 회향하고 내려갔네."

노스님의 말대로 월정사에 도착하자, 서울로 가는 신도와 차편이 있었다. 비행기 추락 사고로 사망한 김정환 장군의 천도재를 상원사에서 지내고 서울로 돌아가는 헌병대 지프 서너 대와 장군의 어머니 변 보살 일행이었다. 변 보살은 오른손을 붕대로 감은 일타의 모습을 보고는 안타까워하며 말했다.

"스님, 나무하다 다치신 것입니까."

"보살님, 다친 것이 아닙니다."

"스님, 어서 병원으로 가셔야 합니다. 제가 타고 가는 차편을 이용하세요."

"보살님, 어디까지 가십니까."

"서울입니다."

"보살님, 잘됐습니다. 제가 가고자 하는 절도 종로 안국동에 있는 선학원입니다."

일타는 변 보살이 타고 온 공군 헌병대 지프를 탔다. 운전석 옆에는 변 보살의 친척 남자가, 뒷좌석에는 일타와 변 보살이 탔다. 변 보살은 일타가 왜 다쳤는지 차가 달리는 동안 계속 궁금해했다.

"손가락을 다쳤습니까, 팔목을 다쳤습니까."

"다친 것이 아니라 제 손가락을 연비했습니다."

"에구머니나! 스님 손가락을 태웠다는 말입니까."

일타는 숨길 이유가 없었으므로 사실대로 말했으나 보살은 크게 놀랐다. 그때부터 변 보살은 일타를 그지없이 존경하는 마음으로 대했다.

"보살님, 왜 그렇게 놀라십니까. 온몸이 내 것인 줄 알지만 진짜 내 것이 어디 있습니까. 그러니 자기 몸에 대한 애착이야말로 허망한 것입니다."

변 보살은 일타에게 합장하며 고개를 숙였다.

"스님, 저는 아들을 잃고 상원사에서 천도재를 지내고 가는 길입니다. 아들이 보고 싶습니다. 이것도 육신에 대한 애착입니까."

"육신에 대한 애착은 그림자를 잡으려는 것과 같습니다."

변 보살은 합장한 손을 풀지 않고 일타의 얘기에 귀를 기울였다.

"육신은 그림자입니다. 왜 아들의 주인공인 실상을 보지 않고 허상을 보려 합니까."

"아들이 보고 싶습니다. 진짜 내 아들은 어디에 있습니까."

"보살님, 천도재를 지내고도 이미 망자가 된 아들을 보고 싶다고 하니 저는 더 이상 드릴 말씀이 없습니다."

변 보살은 나무라는 듯한 일타의 말에 잠시 입을 다물었다. 일타는 의기소침해 있는 변 보살을 위로해주었다.

"천도재를 지냈으니 아드님은 벌써 다른 모습으로 환생해 있을 것입니다. 모습만 달리했을 뿐 죽은 것이 아닙니다. 헌 옷을 벗고 새 옷으로 갈아입은 것입니다. 그러니 슬퍼할 까닭이 없습니다."

변 보살은 일타의 법문에 감동하여 눈물을 흘렸다.

"스님, 아들이 그리워 슬퍼하는 제가 바보입니다."

"어찌 보살님만 바보이겠습니까. 깨치어 실상을 보지 못하는 사람은 모두 바보이지요. 어리석은 중생이지요."

그때까지 아무 말도 하지 않고 있던 변 보살의 친척 남자가 말했다.

"스님, 상원사에는 스님이 몇 분이나 계십니까."

"전쟁 전에는 이삼십 명의 수좌가 있었지만 지금은 네댓 분밖에 계시지 않습니다. 저는 서대 염불암에서 혜암 스님과 같이 있었습니다."

"혜암 스님이라면 제가 가까이에서 모셨던 분입니다."

변 보살의 친척 남자가 일타에게 혜암의 안부를 묻는 등 관심을 가졌다. 그는 오래전부터 혜암을 틈틈이 찾아가 시주도 하고 어려운 일이 생기면 조언도 들어온 듯했다. 혜암이 서대 염불암에 있다는 말을 전해들은 그는 혜암을 몹시 만나고 싶어 했다.

"혜암 스님께서 계신 줄 알았다면 반드시 찾아뵀을 것입니다."

"전쟁 중에 헤어지셨군요."

"그렇습니다. 전쟁 중에 소식이 끊겨 뵙지 못했습니다."

그는 혜암이 서대 염불암에 머물면서 생식과 장좌불와 수행을 하면서 용맹정진하고 있다는 얘기를 듣고는 감격한 나머지 소리 내어 중얼거렸다.

"지척에 큰스님께서 계셨는데도 뵙지 못하고 떠나다니 죄를 지은 것 같습니다."

일타는 그가 진심으로 말하고 있다고 생각했다. 작은 키지만 다부진 혜암에게서 도인의 기질이 언뜻언뜻 보이는 것도 사실이었다. 여름 한 철 내내 잠을 자지 않기 위해 밤새 적멸보궁으로 가는 산길을 오르내리는 행선이라든가, 음식에 대한 애착을 끊은 채 철저하게 생식을 하는 공양 모습에서도 도인의 근기가 보였던 것이다.

일타는 공군 헌병대 지프로 편안하게 서울로 들어와 종로 선학원 앞에서 내렸다. 일타는 범어사에 머물 때 선학원에 대해서 많은 얘기를 들었기 때문에 선학원이 낯설지 않았다. 선학원은 1921년 남전南泉, 성월惺月, 도봉道峰, 석두石頭 등 네 스님의 원력으로 세운 선원이었다.

그 당시 일본이 사찰령을 반포하여 조선불교를 일본의 총독부 관할 아래 두었기 때문에 고승들이 조선불교의 법통을 지키고자, 사寺 암庵이란 이름을 붙이지 않고 선학원이라 했던 것이다. 그러던 선학원이 1934년에는 재단법인 조선불교중앙선리참구원으로 개칭하여 초대 이사로 적음寂音, 남전, 성월, 만공, 한암 등이 이끌었고, 조국이 해방되자 다시 선학원으로 이름을 환원하였으며 6·25전쟁이 끝나고 나서는 이승만 정권의 지지를 받아 왜색불교를 정화하는 데 산실이 되었다.

일타가 선학원을 찾았을 때 선학원 원장은 적음이었고, 동산, 효봉, 경봉, 인곡, 청담, 고봉 등 범어사와 통도사, 해인사와 송광사의 고승들이 오가며 불교정화에 대한 논의를 8월 늦더위처럼 뜨겁게 하고 있을 무렵이었다.

마침 일타를 아는 고승 인곡이 선학원에 머물고 있었다. 일타가 해인사 장경각에서 밤낮으로 7일 기도를 하는 동안 가끔씩 일타의 귀를 잡아당기며 공양을 걱정해준 스님이 바로 인곡이었던 것이다. 일타가 절을 하자마자 인곡이 호통을 쳤다.

"이놈의 자식이 또 쓸데없는 짓을 했구면."

인곡이 오른손에 붕대를 감은 일타를 보고 '또'라고 한 것은 자신의 상좌인 운문도 손가락을 태운 바 있기 때문이었다. 옆에서 보고 있던 적음이 일타에게 감긴 붕대를 풀어보라고 했다.

적음이 그렇게 말한 것은 상처의 정도를 알고 싶어서였다. 약간의 의술이 있고 침을 놓을 줄 아는 적음은 일타의 연비한 손가락을 보고는 놀랐다.

"손가락이 반 이상 탔군 그래. 뼈가 젓가락같이 삐쭉하구면. 고추 꿰놓은 듯 쪼글쪼글한 살은 빨리 없애야 하네. 그렇지 않으면 손바닥 살까지 곪으니까. 이 정도면 내 침도 소용없으니 병원 치료를 받아야겠어."

"소독하려고 서울로 올라왔습니다."

"아는 병원이 있는가."

"없습니다."

적음은 즉시 종이를 꺼내 서울대병원장에게 화상 치료를 부탁하는 편지를 썼다. 서울대병원장이 속가제자인 모양이었다.

"병원장이 나를 가끔 찾아와 법문을 듣고 가는 의사네. 편지를 썼으니 잘해줄 것이네. 어서 가봐."

조금 전에 호통을 쳤던 인곡도 나섰다.

"나와 같이 갈까. 이 더운 날 살이 썩기라도 하면 정말 큰일이야."

"스님, 저 혼자 다녀오겠습니다. 스님께 걱정을 끼쳐드려 죄송합니다."

서울의 여름 날씨는 오대산과 달랐다. 늦더위가 거리를 화덕처럼 달구고 있었다. 행인들이 북적거리는 거리로 나서자 금세 땀이 흘렀다. 적음과 인곡이 걱정한 대로 더운 날씨에 살이 곪기라도 한다면 큰일이었다.

일타가 서울대병원장을 찾아가 편지를 내밀자, 병원장이 젊은 외과의사를 불러 지시했다.

"손가락을 태우신 스님이오. 오늘은 응급조치를 하고 가능한 한 수술 날짜를 빨리 잡아 치료하시오."

의사는 붕대를 풀더니 알코올로 소독부터 먼저 했다. 뼈마디에 붙은 살을 벗길 듯이 깊숙이 소독하고서는 바셀린 거즈를 덮었다.

"스님, 아프지 않습니까."

"견딜 만합니다."

"통증이 심할 텐데 대단하십니다."

의사는 의아한 얼굴로 간호사를 불러 페니실린 주사를 놓도록 지시하고는 응급실을 나가며 말했다.

"내일 수술할 테니 다시 오십시오, 스님."

다음 날.

의사는 병원 대기실에서 줄을 서서 차례를 기다리는 일타를 앞으로 불러 수술을 시작했다. 거즈를 벗기고 나서는 뼈에 붙은 쪼글쪼글한 살을 긴 가위로 말끔하게 제거한 다음, 젓가락처럼 솟은 뼈를 모두 삭둑삭둑 잘라냈다. 이윽고 오른손이 엄지와 손바닥만 남아 뭉뚝한 주먹손이 돼버렸다.

"조심하십시오. 절대로 물을 묻혀서는 안 됩니다. 균이 침투하면 큰일 납니다."

"박사님, 언제나 치료가 끝나겠습니까."

"적어도 우리 병원에 석 달은 다니셔야 되겠습니다."

인곡은 병원을 오가며 치료하는 일타와 마주칠 때마다 걱정을 했다. 일타는 점심공양 후 창경원 돌담길을 따라 서울대병원으로 산책하듯 걸어가 담당 의사에게 치료를 받고서 슬금슬금 돌아오곤 했다.

"날이 더우니까 살이 썩을 수도 있어. 내가 적음 스님에게 부탁해두었으니 아무 일도 하지 말게."

"매일 칼슘 주사와 페니실린 주사를 맞고 있습니다. 다행히 염증이 멎고 생살이 잘 돋는지 근질근질합니다."

"이 사람아, 중은 고기를 안 먹어서 그래. 이런 때 고기 먹는 중과 그렇지 않은 중을 알 수 있어."

일타의 오른손은 의사의 진단과 달리 빠르게 치료가 되었다. 병원장과 담당 의사 모두 놀랐다. 석 달 정도의 치료 기간을 예상했는데 보름이 지나자 생살이 돋기 시작했다. 젊은 의사들끼리 수군대었다.

"달마대사 앞에서 혜가 스님이 제자가 되고자 팔을 하나 잘랐다더니 현대판 혜가 스님이 나타났어."

"손가락 열두 마디를 태우고도 아무런 후유증 없이 생살이 돋고 있으니 도대체 불심이 무엇인지 내 의학 지식으로는 이해가 안 된다니까."

일타는 연비한 오른손이 다 나은 후에도 선학원에 그대로 머물고 싶었다. 선학원만큼 전국의 고승들이 끊임없이 드나드는 절도 없었기 때문이었다.

연비를 한 일타는 조금도 후유증을 겪지 않았다. 서울대병원에서 치료를 받기 시작한 지 한 달이 되자 말끔하게 완치가 됐다. 초가을부터는 연비한 손으로 글씨를 쓸 수 있었다. 일타는 엄지와 손바닥 사이에 붓을 끼워 글씨를 연습했다.

아침저녁으로 산들바람이 불어와 선학원 마당에는 느티나무 낙엽이 쌓였다. 일타는 마당을 쓸며 밥값을 했다. 고승들은 그러한 일타를 보고 칭찬하곤 했다. 일타의 연비를 모두 장하게 여겨 주었다.

선학원은 늘 대중이 많았고, 전국의 여느 절보다 양식과 먹을거리가 풍족했다. 승속을 불문하고 어디나 전후의 가난을 면치 못했는데 선학원만큼은 세끼 흰밥 공양이 나왔다. 고승 초청법문이 돌아가면서 차례차례 펼쳐지고 있기 때문이었다.

고승들이 정기적으로 법문하면 선학원 살림에 보탬이 될 것이라고 제안하여 이루어진 초청법문이었다. 일타는 먹어보지 못했던 고급 케이크와 주스 등을 맛보았다. 고승들을 친견하기 위해 찾아온 신도들이 가지고 온 시줏물이었다. 일타는 대중공양을 할 때마다 고승의 힘을 느꼈다.

'큰스님의 법력이 결코 작은 것이 아니구나. 선학원의 많은 대중들을 먹여 살리는 것을 보니 말만 큰스님이 아니구나.'

일타는 동안거를 선학원에서 났다. 고승들의 법문을 들을 때마다 행복했고, 연비한 공덕이라고 생각했다.

'이제 나는 사람 노릇은 걷어치웠다. 그래도 마음은 태평이다.

이제 대학에 대한 미련도 없고, 권력에 대한 미련도 없고, 부자에 대한 미련도 없다. 사람이 탐하는 일체 명예도 명리도 없는 바보가 바로 나다.'

일타는 비로소 중이 된 것 같았다. 자물통과 열쇠가 만난 것처럼 중이 될 운명 속으로 들어선 것 같았다. 과반에 놓인 탐스런 배를 보자, 문득 스물한 살 무렵 통도사 강원을 졸업하던 시절이 떠올랐다. 졸업생 도반들과 함께 통도사 부근의 서천네 과수원으로 배를 먹으러 갔던 것이다. 일본인이 경영하다가 해방 후 조선인에게 넘기고 간 제법 큰 규모의 과수원이었다.

마침 과수원에는 잘 익은 배가 주렁주렁 열려 있었다. 예닐곱 명의 학인은 배를 사먹고 나서 과수원 인근의 자갈동네로 갔다. 그 마을에는 관상쟁이가 있었는데, 한 학인이 관상을 한번 보자고 제안했던 것이다.

과연 자갈동네에는 눈이 뚱그렇고 몸집이 뚱뚱한 이십대 중반의 관상쟁이가 있었다. 당시 강원 졸업생들은 머리를 조금 기르고 사복 차림으로 강원을 다녔으므로 일반인과 구별이 잘 안됐다. 관상쟁이는 나이 먹은 학인을 먼저 봐주더니 일타 차례가 되니 나이를 먼저 물었다.

"몇 살이오."

"스물한 살입니다."

일타가 자신의 실제 나이를 가르쳐주었는데도 관상쟁이는 고개를 흔들었다. 실제 나이보다 어리게 보이기 때문이었다.

"스무 살 아래는 관상을 안 보는 법이오."

"이보시오. 내 나이를 왜 속이겠소."

관상쟁이는 일타의 얼굴을 유심히 훑어보더니 중얼거리듯 말했다.

"이 학생은 장가를 못 가겠구면."

좌중에 웃음보가 터졌다. 학인뿐만 아니라 관상을 보러 온 속인도 몇 명 끼어 있었는데 모두가 배꼽을 잡고 웃었다. 속인 아주머니가 말했다.

"아이고, 이 학생은 솥단지를 매달아 놔야겠네."

속인 할머니도 말했다.

"저런 좋은 청년이 장가 못 간다니 무슨 소린지 모르겠네. 고자도 아닐 긴데."

"왜 장가를 못 갑니까."

한 학인이 대신 묻자, 일타의 운명을 확실하게 알고 있다는 듯이 말했다.

"여자가 한둘이라야 결혼하는데 수백 수천 명이 앞에 있으니 어찌하겠소."

일타는 관상쟁이에게 기가 질렸다. 신기가 있는 듯 관상쟁이의 시선이 일타의 뇌리를 관통하는 것 같았다. 일타는 자신의 장래 희망을 말했다.

"나중에 대학에 가려고 합니다. 가겠습니까."

"책은 많이 보겠소."

"잘되겠다는 이야깁니까."

"책 많이 보면 됐지 뭐 하러 대학 갑니까. 대학은 못 갑니다."

일타는 실망하여 말했다.

"그래도 간판이 있어야 할 거 아닙니까. 책만 본다고 간판이 생깁니까."

관상쟁이가 대답을 하지 않자, 일타는 또 말했다.

"대학도 못 가고, 장가도 못 가고 그럼 나는 뭐 해먹고 살면 되겠소."

일타가 장래의 직업을 하나 선택해달라고 하자 관상쟁이는 눈을 감고 말했다.

"활인성活人性이 있구먼."

"활인성이 무엇이오."

"사람 살리는 것을 활인성이라 하오. 의원 노릇 하면 괜찮을까. 아, 그렇지. 사람을 살리는 의원 노릇 하면 되겠소. 약도 짓고 병도 치료해주는 한의원 말이오."

일타는 한의원이라는 직업에 시큰둥했다. 한의사 공부를 못할 것도 없지만 중이 되기 위해 출가한 사람에게 한의원이라니 생뚱맞았다. 일타는 불만스러운 표정으로 입을 다물었다. 관상쟁이와 더 주고받을 얘기도 없는 것 같아 좌선의 자세로 가부좌를 틀었다. 그 모습을 본 관상쟁이가 자신의 무릎을 치며 말했다.

"한의사보다 더 좋은 것이 있소."

"무엇이오."

"미안한 소리지만 제일 좋은 것은 다 훌훌 버리고 깊은 산중으로 들어가 중이 되면 좋겠소."

일타는 속으로 관상쟁이가 용하다고 생각했다. 관상쟁이는 다소 신이 나 단정하듯 말했다.

"중 돼서 한 마흔이 넘으면 이름이 확 나겠소."

이름이 난다는 것은 신도들이 구름처럼 따르는 고승이 된다는 얘기였다. 일타는 기분이 나쁘지 않았다. 관상을 봤던 학인들이 부러운 눈초리로 일타를 쳐다보았다. 관상쟁이도 일타가 도인이라도 된 듯 말투가 조심스러워졌다.

"천하의 도인이 되어 세상을 제도하겠소. 허나 여섯 수를 조심해야 합니다."

"여섯 수라니요. 무엇을 조심하라는 말이오."

"스물여섯, 서른여섯, 마흔여섯, 쉰여섯, 예순여섯 등등 나이 여섯이 붙을 때 근신하라는 것이오."

일타는 관상을 보고 나서 통도사로 돌아가면서 속으로 관상쟁이를 비웃었다. 대학을 가고 싶은 자신의 꿈을 꺾으려 하기 때문이었다.

'에이, 밝은 대낮에 엉터리구먼. 나는 무슨 일이 있어도 대학에

갈 것이구면.'

일타는 법당으로 들어가 향을 하나 피웠다. 스물한 살 때 만났던 관상쟁이를 위해 합장했다.

'가만히 생각해보니 당신의 말이 맞소. 지금 연비를 한 내 나이가 여섯이 붙은 스물여섯이오. 내 몸을 태웠으니 스물여섯은 내 인생의 분기점이 된 것이오. 이제 대학 갈 생각은 아예 전생의 일처럼 아득해져 버렸으니 당신의 말이 맞소.'

일타는 향을 하나 더 피워놓고 불단 옆의 영단靈壇 구석으로 가 앉았다. 일타에게 영단은 자기 자신에게 돌아가는 공간이었다. 화두인 '세존염화'를 들고 자기 내면으로 돌아가는 장소였다.

불교정화의 중심지가 된 선학원은 언제나 스님들의 빈번한 출입으로 시끄러웠지만 영단의 공간만큼은 오대산 서대 염불암과 다를 바 없었다. 번뇌 망상이 발을 붙이지 못하는 적멸의 공간이었다. 불교정화의 비분강개가 횡횡하는 가운데 일타에게 영단은 물 흐르고 꽃피는 수류화개水流花開의 청산이었다.

일타는 세존염화 화두를 들고 틈나는 대로 영단 구석에 앉았다. 물론 고승들의 법문은 하나도 놓치지 않고 간절하게 새겨들었다.

불교정화를 논의하기 위해 지방에서 올라온 금봉, 고봉, 동산, 경봉, 효봉 등의 가르침은 일타에게 전등傳燈의 불을 환히 밝혀주었다. 고승들은 왜 불교정화가 시급한지를 일타에게 설명하기도 했지만 일타는 그런 얘기는 귀담아듣지 않았다. 애초부터 관심이 없었다.

"큰스님, 저는 중노릇만 하겠습니다. 저의 정화불사는 따로 있습니다."

"허허, 그것이 무엇인고."

"마음속에 번뇌 망상을 지워 제가 청정해지는 것이 저의 정화불사입니다."

그래도 고승들은 일타를 놔주지 않았다. 고승들 대부분이 평생 화두만 든 선승들이기에 불교정화의 근거가 되는 율장에 대한 공부와 지식이 깊지 않기 때문이었다. 반면에 일타는 통도사 천화율원에서 자운의 지도를 받으며 2년 동안 공부한 경력이 있었던 것이다.

일타는 고승들 사이에 시시비비가 일어날 때마다 불려갔다.

"일타 수좌, 비구스님들 중에 은사스님이 대처스님인 경우가 많지 않은가. 이럴 경우 비구스님의 승적을 옮기는 것이 맞는가, 아니면 다른 스승에게로 옮겨가는 것이 맞는가."

고승들의 의견은 제각각이었다.

"은사가 대처면 마땅히 스승을 옮겨가야 합니다. 그래야 정화가 됩니다."

"아무에게나 옮겨가면 법맥이 흐트러지니 안 됩니다. 방법은 대처은사 앞의 스님에게 승적을 올려붙이면 됩니다."

"그것도 말이 안 됩니다. 항렬이 은사와 같아지니 그런 법맥이 어디 있습니까."

금오가 격렬하게 반대했다.

"나의 은사는 보월 스님이고 노스님은 만공 스님입니다. 만공 노스님 밑으로 손주 상좌가 수백 명이나 됩니다. 우리 보월 스님은 비구승이니 나는 만공 스님의 손주 상좌로서 문제가 없습니다. 허나 만공 노스님 회상에 대처승을 은사로 삼은 손주 상좌들이 있으니 이들이 만공 노스님에게 승적을 옮긴다면 그들은 나보다 한 항렬이 높아져 하루아침에 나의 사숙이 되는 것입니다. 그런 식으로 은사를 옮기는 것은 불가합니다."

일타가 판단하기에도 불합리했다. 정화를 한다면서 오히려 법맥의 질서를 혼란스럽게 하는 결과를 가져올 수 있었다.

'은사가 살아 있을 때는 가만히 있다가 은사가 돌아가시고 나면 마음대로 옮겨간다는 것이 말이 되는가. 그렇다면 석가모니 부처님을 은사 삼겠다고 하고, 달마대사를 은사 삼겠다고 할 수도 있지 않겠는가. 하하하.'

일타는 불합리함을 알면서도 무관심할 수 없었다. 율장에 근거해서 유권해석을 내려주지 않으면 불교정화가 혼란에 빠질 수도 있었다. 일타는 율장에 의거해서 대답해주었다.

"비니정율毘尼正律에 이와 같이 나와 있습니다. 의지함 없이 머물러도 좋은 득무의지주得無依支住 비구와 의지함 없이 지내서는 안 되는 무득무의지주無得無依支住 비구가 있습니다. 만 스무 살에 비구계를 받고 5년 이상 지난 비구는 득무의지주 비구가 되니 반드시 은사스님이 필요한 것은 아닙니다. 따라서 은사스님이 대처승이라면 위로 올라갈 것이 아니라 다른 비구스님을 스승 삼아도 될 것입니다. 다만 비구계를 받고 5년이 되지 않은 무득무의지주 비구는 반드시 새로운 스승을 정하여 가르침을 받아야 합니다."

일타는 문교부 관리들의 질문을 받기도 했다.

"율장에 대처승이란 말이 있습니까. 율장에 승려가 대처를 하면 안 된다는 구절이 있습니까."

"율장에 사바라이계四波羅夷戒가 있습니다. 살생, 투도, 음행, 대망어를 하면 승단에서 축출한다는 네 가지의 계율입니다. 승려가 음행의 계율을 어기면 반석을 깬 것과 같고, 목을 벤 것과 같고, 나무의 심을 끊어 다시는 움이 나지 않는 것과 같고, 바늘귀가 뚝 떨어짐에 그 바늘을 다시는 사용할 수 없는 것과 같다고 부처님께서 말씀하셨습니다."

일타는 율장에 나오는 그 부분을 문교부 관리에게 보여주면서 설명했다. 문교부가 불교정화 사무를 보는 주무부처였던 것이다.

일타의 명쾌한 논거는 더 이상의 시비를 없앴다. 일타는 본의 아니게 절에서 시비를 가리고자 여는 대중공사에도 불려나갔다. 그런 날 일타는 선학원으로 돌아오면서 중얼거리곤 했다.

'사람 노릇 하지 않겠다고 연비한 놈이 이곳저곳 불려다니며 율장이나 써먹고 있으니 내 꼴이 이게 뭔가. 화두 하나만 들고 살다가 죽겠다고 연비한 내가 아니었던가.'

일타는 영단 구석에 가부좌를 틀고 앉아 오대산을 그리워했다. 서대 염불암과 적멸보궁이 눈앞에 선했다.

'선학원도 떠나야 할 때가 된 것 같구나. 이 영단 구석도 이제 는 내가 좌선하는 선방이 아니구나.'

깊은 청산 같았던 영단도 이제는 화두가 잘 들리지 않았다. 가 부좌를 틀고 앉아 있지만 율장에 대한 이런저런 생각이 망상처럼 들끓었다.


선학원에서 하안거를 마친 일타는 마침내 진부로 가는 시외버 스를 탔다. 다시 연비할 때의 마음으로 돌아가 생식과 장좌불와 등 가행정진을 하고 싶었다. 그런데 상원사를 바로 오르지 않고 월정사에 들른 것이 잘못이었다. 월정사 주지 탄허에게 인사를 하자마자 탄허가 일타를 붙들었다.

"일타 수좌, 강원교구 교무국장을 맡아주게. 강원도 절을 정화 하는데 나를 도와주게. 일타 수좌는 율장에 일가견이 있지 않은 가."

그날 밤 일타는 피곤했지만 잠을 이루지 못했다. 가을밤 풀벌 레 소리에 마음이 한껏 심란하기도 했지만 나무꾼도 보고 지나치

는 썩은 나뭇등걸처럼 숨어 중노릇만 하기가 힘들어서였다. 일타
는 오대산보다 더 깊은 청산을 찾아 헤맸다.

일타 스님이 6년 장좌불와 수행을 했던 태백산 도솔암

태백산 도솔암

일타는 봉화읍에 도착하자마자 멍석에 약초를 펴놓고 파는 저 잣거리 약초가게에 들러 도솔암 가는 길을 물었다. 약초가게 주인은 봉화군 소천면 홍점골 출신이었다. 가게 주인 역시 6·25전쟁 중에 공비를 토벌하는 경찰의 강권으로 홍점골에서 읍으로 이사한 약초꾼이었다.

"홍제사 밑 홍점골에서 살았지요. 스님, 도솔암은 홍제사에서도 10리 계곡을 올라가야 합니다. 가파른 계곡에는 길이 없습니다. 바윗돌에 난 희미한 발자국을 따라 올라가야 도솔암에 이릅니다."

"처사님, 도솔암에는 스님이 몇 분이나 계십니까."

"비구니스님이 한두 분 계셨는데 아마 지금은 안 계실 겁니다. 홍제사도 비구니스님들이 없으니까요."

"다들 어디로 갔습니까."

"불교정화 한다고 비구니스님들 모두가 서울에 갔다는 소문을 들었습니다."

약초꾼인 가게 주인은 홍제사와 도솔암의 소식을 소상하게 알고 있었다. 지금도 약초를 캐러 그곳을 자주 드나드는 모양이었다.

"비구니스님들도 떠나는 마당에 스님은 왜 빈 암자를 가시려고 합니까."

"용맹정진하고 싶어서 그럽니다."

약초꾼이 고개를 저으며 만류했다.

"스님, 가지 마십시오. 우리 같은 속인도 그곳에서 살지 못하고 나오는 판에 어찌 사시려고 들어가십니까."

"죽기를 각오한 사람에게 무슨 장애가 있겠습니까."

"도솔암과 무슨 깊은 인연이라도 있습니까."

"늘 얘기를 들어 가보고 싶었던 곳입니다."

"하긴 약초를 캐러 다니면서 스님들에게 들은 얘기지만 태백산 제일의 명당이 바로 도솔암이라고 합니다. 도솔암에서 수행하셨던 분들 모두가 도인이 됐다고 합니다."

일타도 은사 고경에게 도솔암에 대해서 들은 적이 있었다. 원효대사가 창건한 도솔암은 띳집 암자로 이어져오다가 허술한 띳집마저 무너져 1893년 암자를 중창할 때 통도사 환담幻潭이 20냥을 시주한 적이 있는데, 일타에게는 환담이 절집 촌수로 따지자면 증조曾祖가 되었다.

"스님께서는 오늘 꼭 그곳으로 가셔야만 합니까."

"그렇습니다."

약초꾼이 홍제사까지만 안내하겠다고 말했다.

"제가 지름길을 압니다. 저도 묵은 밭에 심어놓은 더덕을 캐러 가려던 참이었습니다."

"잘됐습니다."

일타는 합장하며 말했다.

"초행길이어서 고생길이 될 뻔했는데 함께 가주신다고 하니 고마울 따름입니다."

"고맙긴요. 제가 나고 자란 고향에 가는 길인데요."

"그곳에는 아직도 고향 분들이 계십니까."

"지금은 아무도 없습니다. 전쟁 중에 경찰이 강제로 이주시켰으니까요. 다들 논밭을 다 그냥 놔두고 태백산 밖으로 나왔지요."

일타는 약초꾼을 길동무 삼아 길을 나섰다. 약초꾼은 망태 속에 호미와 낫 등을 챙겨 넣고 일타보다 반걸음 앞서 걸었다. 억새꽃은 울퉁불퉁한 산길 가에 무더기로 피어나 한낮의 햇살을 머금고 있었다. 일타는 개울을 가로지르는 첫 번째 돌다리를 건넌 뒤 물었다.

"도솔암에는 어떤 도인들이 계셨습니까."

"홍제사 밑에 살 때 들은 얘깁니다. 저는 뵙지 못했습니다만 해방 전에는 만공 큰스님도 도솔암에 계셨다고 합니다."

"만공 큰스님께서 도솔암에 계셨다는 얘기는 저도 들었습니다."

일타가 통도사에서 들었던 만공에 대한 얘기는 이러했다. 만공도 도솔암을 찾아 홀로 정진한 적이 있었다. 도솔암은 그때나 지금이나 선객들 사이에서 참선과 기도가 잘되는 암자로 소문이 나 있었다. 그래서 예부터 선객들은 금강산의 마하연과 오대산의 적멸보궁, 태백산의 도솔암을 들러 한 철이라도 참선정진하기 위해 원을 세우고 만행했다.

그런데 세 곳 중에서 태백산 도솔암이 가장 찾아가기가 어렵고 험한 까닭에 암자는 빌 때가 많았다. 만공이 갔을 때도 도솔암은 비어 있었다. 무쇠 솥 하나가 걸린 부엌에 땔감은 조금 있었으나 단지에는 쌀이 한 톨도 없었다. 만공은 암자 오른쪽에 있는 샘으로 가 찬물을 마시고 나서 탁발한 쌀 한 되박을 걸망 속에서 꺼내 밥을 지었다.

밥을 다 짓고 나서였다. 김치를 꺼내려고 김칫독을 보았으나 텅비어 있었다. 뿐만 아니라 다른 반찬거리도 없었다. 있는 것이라고는 암자 뒤에 빈 소금가마니 하나뿐이었다. 할 수 없이 만공은 소금가마니 겉에 쌓인 먼지를 털어내고 칼로 가마니 밑을 베어내

물에 담갔다. 그러자 짠맛이 우러나왔다. 그 물을 밥에 뿌리어 간을 맞추니 밥이 꿀맛으로 변했다.

그러나 쌀 한 되로 지은 밥은 3일 만에 떨어졌다. 밤낮 없이 참선정진을 하다가 허기지면 밥을 떠먹곤 했는데 결국 누룽지까지 동이 났던 것이다. 물을 밥 대신 마시는 것도 한계가 있었다. 빈속으로 참선하다 보니 정신이 흐려지고 화두가 달아났다.

별수 없이 만공은 도솔암에서 내려와 탁발을 나섰다. 화전민이 사는 농가는 도솔암에서 10리 터울로 드문드문 한 채씩밖에 없었다. 만공은 한 화전민 농가의 사립문 밖에서 목탁을 쳤다.

"지나가는 중 밥 좀 주시오. 관세음보살 나무아미타불."

농가 마루에는 중년 부부와 네댓 살로 보이는 아들이 시래깃국에 조밥을 말아 끼니를 때우고 있었다. 모른 체하던 중년 부부가 목탁을 쳐대는 만공을 흘깃 쳐다보더니 아이에게 시래기 국밥을 한 그릇 보내왔다.

아이는 밑이 터진 핫바지를 입고 있었다. 작은 고추가 어정어정 걸을 때마다 달랑거렸다. 그 아이가 마당을 내려서다 그만 시래기 국밥에 고추를 담그고 말았다. 아이는 그것도 모르고 오다가 수염이 덥수룩하고 키가 큰 만공을 보더니 무서워서 그릇을 마당에 놓고 달아났다.

시장했던 만공은 아이의 고추가 담겼던 시래기 국밥을 단숨에 비웠다. 다 먹고 나서는 합장하며 한마디 했다.

"고추 담근 좁쌀 시래기 국밥! 천하의 진미로다. 이보다 맛있는 공양을 어디서 또 먹어볼까. 과연 도솔암 정진의 영험이 크긴 크구나."

일타는 약초꾼에게 만공의 일화를 얘기해주고는 크게 웃었다.

"하하하. 아기 고추가 담긴 좁쌀 국밥을 맛있게 드신 만공 스님의 도력이 어떻습니까. 마음을 자재하게 굴리신 도인 중에 도인이십니다."

"아무리 배가 고팠다 해도 우리 같은 속인은 더러워서 먹지 못할 것 같습니다."

"도인은 다릅니다. 더럽고 깨끗하다는 시비가 없습니다. 밥은 진리를 구하는 약일 뿐입니다. 만공 스님은 그렇게 생각하고 맛있게 드셨을 것입니다. 만공 스님에게는 먹는 밥이 그대로 법이 되는 것입니다."

"스님, 밥이 법이 된다는 말입니까."

약초꾼이 의아해하며 물었다.

"우리 중들은 진리를 법이라 합니다. 우리 수행자가 밥을 먹는 것은 단순히 시장기를 해결하고자 먹는 것이 아니라 진리를 구하기 위해 먹는다는 것입니다."

일타와 약초꾼은 오후 늦게 홍제사에 도착했다. 약초꾼의 말대로 홍제사는 텅 비어 있었다. 마당에는 낙엽이 수북하게 쌓여 있었고, 마루에는 먼지가 허옇게 내려앉아 있었다. 스님이 떠난 빈 절을 보면서 일타는 마음속으로 중얼거렸다.

'비구니스님들마저 불교정화를 한다고 절을 비워놓고 없으니 부처님이 뭐라고 하실까. 무엇이 참 정화인가. 빼앗긴 절 찾아오는 것보다 마음 깨치는 것이 참 정화가 아닐 것인가.'

일타가 망연히 서 있자, 약초꾼이 말했다.

"스님, 오늘은 여기서 머무르시지요. 아마 도솔암도 사정은 비슷할 것입니다."

"아닙니다. 망설일 일이 아닙니다."

약초꾼이 난감한 표정을 지었다.

"보나마나 도솔암에는 식량도 반찬도 아무것도 없을 것입니다. 여기 저의 옛집에 숨겨둔 쌀과 반찬이 있으니 오늘은 여기서 공양하시지요."

"저는 지금 도솔암으로 올라가겠습니다."

그래도 약초꾼은 자신이 살던 옛집에 쌀과 반찬거리를 숨겨두었으니 일타더러 양식을 마련해 올라가라고 말했다.

"양식을 조금 드리겠습니다. 내일 올라가시지요."

"처사님, 도솔암 올라가는 입구만 가르쳐주시지요. 혼자 가겠습니다."

"허허. 스님들 고집은 아무도 꺾지 못한다니까요."

약초꾼이 홍제사 왼쪽으로 난 산길을 앞서 걸었다. 배추와 무가 심어진 밭뙈기를 지나자 맑은 물이 흐르는 계곡이 하나 나타났다. 홍제사 뒤쪽 태백산에서 소천면으로 흘러가는 계곡물이었다. 그 계곡물에 또 하나의 작은 계곡물이 만나고 있었는데, 바로 그 합수되는 지점이 도솔암으로 가는 입구였다.

"스님, 저 계곡을 타고 올라가야 합니다. 갈 수 있겠습니까."

"처사님, 계곡만 타고 오르면 됩니까."

"사람들의 발자국을 놓치지 마시고 계곡을 타고 가다 보면 언뜻 언뜻 산길이 나옵니다. 계곡을 몇 번 이쪽저쪽으로 왔다 갔다 해야 하는데 사람 발자국을 절대로 놓쳐서는 안 됩니다."

"얼마나 걸립니까."

"스님 걸음으로 아마 한 시간쯤 오르시면 암자가 나타날 것입니다."

약초꾼은 바로 돌아가지 않고 한동안 계곡을 오르며 길을 안내해주었다. 초행자로서는 어두워지면 갈 수 없는 길이었다. 약초꾼 말대로 도솔암 가는 길은 '길 없는 길'이었다. 물이 흐르는 계곡이 바로 산길이었다.

"스님, 도솔암에 양식이 하나도 없으면 바로 저의 옛집으로 내려오셔야 합니다."

"봉화읍으로 바로 가지 않습니까."

"이번에는 일주일 정도 홍점골에 있다가 내려가려고 합니다. 밭에 심은 더덕도 지금 캐지 않으면 멧돼지가 다 파먹고 맙니다."

"멧돼지가 더덕도 파먹습니까."

"더덕을 아주 좋아합니다. 더덕에 맛들인 멧돼지는 밭을 다 엎어놓고 만답니다."

약초꾼은 계곡이 끝난 지점에서 돌아섰다.

"스님, 여기서부터는 길을 잃을 위험이 없습니다. 저 산길을 따라 계속 올라가시면 도솔암에 이릅니다."

"암자 사정을 보고 나서 한번 내려가겠습니다."

일타는 약초꾼과 헤어져 편한 마음으로 산길로 들어섰다. 산길은 계곡과 달리 가파르지 않고 완만했다. 청랭한 공기가 콧속을 상쾌하게 했다. 해발 천 미터쯤 다다른 느낌이었다. 사방이 산으로 둘러싸여 있지만 전망이 트여 갑갑하지도 않았다. 구름이 걸린 산 정상으로 오를수록 봉화 쪽으로 뻗어나간 산들이 시원하게 눈에 들어왔다.

이윽고 일타는 도솔암이라고 쓴 판자 간판 아래에서 걸음을 멈추었다. 도솔암은 흰 구름 한 자락이 덮인 산중에 자리 잡고 있었다. 과연 원효대사가 낮에는 호랑이와 표범 같은 맹수들과 밤에는 둥그런 밝은 달과 이웃해서 살았음직한 암자였다. 도솔암에 사는 것만으로도 도가 닦이고 번뇌가 사라져 마음은 차디찬 재와 다름없어질 것 같았다.

일타는 첫눈에 반했다. 적어도 10년은 도솔암에서 두문불출하며 살 수 있을 것 같았다. 암자 마당에 올라 주변의 산봉우리들을 둘러보니 더욱 마음에 들었다. 왠지 전생에도 이 암자에서 수행했었던 것 같은 기분이 들었다.

약초꾼 말대로 도솔암도 홍제사처럼 텅 빈 채 썰렁했다. 다행히 당장 먹을 양식과 반찬은 있었다. 부엌의 쌀단지에는 쌀이 서너 되쯤 남아 보였고, 고추장단지 속에도 맛있게 삭은 고추장이 들어 있었다. 또한 신장단 탁자 밑에는 귀한 설탕도 한 봉지 있었다.

'부엌살림이 이 정도면 수지맞은 것 아닌가. 게다가 허공에 펼쳐진 산봉우리들이 내 기분에 딱 맞으니 이보다 좋은 인연이 어디 있을까. 한 10년은 뭉개고 정진해야지.'

일타는 오대산 서대 염불암에서 했던 것처럼 도솔암과 빈 홍제사를 오르내리며 오후불식에다 장좌불와를 하기로 자신에게 약속했다.

겨울을 무사히 난 다음 해 봄 일타는 문득 시정詩情이 일어 이른바 입산시入山詩를 흥얼거렸다.

높은 산과 넓은 물길 피하지 아니하고
헐레벌떡 이곳까지 온 뜻이 무엇인가
결단코 일대사인연을 밝히고자 하여
손가락을 태우며 계와 원을 세웠도다
나는 금일로부터 십 년을 기약하여

하산하지 않고 오로지 정진하리니

이 본분의 업을 발명하지 못한다면

천상을 돌아다닌들 무슨 소용이 있으리

不憚山高水闊路 得得來到何所以

決欲究明一段事 燃指燃香立戒願

吾從今日限十年 更不下山要專精

若未發明本家業 飛匝天上何所用

1955년, 일타의 나이 27세 때의 일이었다.

　일타는 수행 장소를 벗어나지 않는 동구불출洞口不出의 원칙을 깨트리지 않기 위해 마을로 탁발을 나가지 않았다. 사람들이 모여 사는 마을이 암자에서 사방 40리 밖에 있었으므로 동구불출을 지키려면 탁발을 나갈 수 없었다. 물론 10리 터울로 화전민 농가가 한 채 한 채 있긴 했지만 그 집들은 오히려 일타가 도와주어야 할 만큼 어렵게 사는 곤궁한 사람들이었다.

　일타가 갈 수 있는 데는 홍제사까지 뿐이었다. 도솔암은 홍제사의 산내 암자일 뿐더러 양식이 떨어지면 홍제사로 가서 걸망에 넣어오거나 홍제사 비구니스님들이 가져다주기도 했다. 그렇다고 홍제사 살림이 도회지의 큰절처럼 넉넉한 것은 아니었다. 퇴락한 홍제사도 암자처럼 작은 절이었다. 법당이 따로 있는 것이 아니라 법당과 작은 대중방, 창고가 한데 딸린 인법당이었다.

　불교정화를 하러 서울로 갔던 비구니스님들이 홍제사로 돌아온 것은 일타에게 행운이었다. 탁발을 나가지 않는 일타에게 양식 걱정을 덜어주었다. 특히 인홍은 일타의 속가 어머니인 성호를 잘 알고 있었다. 인홍은 성호가 자신보다 나이 많고 한문을 익혔다는 것까지 알고 있었다. 인홍은 일타의 연비를 보고 감동하여 일타가 수행하는 데 자신이 외호하겠다고 다짐하기도 했다.

　장좌불와에 들어간 일타는 졸음이 오면 자신의 무릎을 꼬집고 벽에 머리를 부딪쳤다. 그래도 졸음을 견디기가 힘들어지면 암자 마당으로 나와 한산시를 크게 외웠다.


　　　　밥을 말해도 끝내 배부르지 않고
　　　　옷을 말해도 추위를 면하지 못하네
　　　　배부르려면 밥을 먹어야 하고
　　　　추위를 면하려면 옷을 입어야 하네
　　　　깊이 생각해 헤아릴 줄 모르고
　　　　다만 부처 구하기 어렵다 말할 뿐
　　　　마음 한 번 돌리면 곧 부처니라
　　　　아예 멀리 밖에서 구하지 말라
　　　　說食終不飽 說衣不免寒
　　　　飽喫須是飯 著衣方免寒

不解審思量 祇道求佛難

廻心卽是佛 莫向外頭看

경전을 공부하기보다 참선하여 깨쳐야 마음의 배고픔과 추위를 면할 수 있다는 한산시를 외다 보면 수마가 물러갔다. 그래도 자신의 의지와 상관없이 고개가 꾸벅꾸벅 꺾이고 침이 무릎에 떨어지면 홍제사로 내려갔다. 달빛을 이용하여 가는 길이라지만 산길이 끊어진 곳에서는 계곡물 속의 바위를 타고 가야 하므로 졸려 넘어지기 일쑤였다. 미끄러운 바위에서 넘어지면 바로 계곡물 속으로 처박혔다. 발가락이 부러지고 정강이가 으깨져 피가 흘렀다.

한밤중에 머리와 수염을 깎지 않고 다녔으므로 일타 모습은 귀신의 모습이었다. 홍제사 마당에서 만난 비구니스님들이 일타를 보고 화들짝 놀라 비명을 질렀다. 일타는 따뜻한 차 한 잔 마시고 가라는 인홍의 호의도 뿌리치고 다시 도솔암으로 올랐다. 그런 악전고투 끝에 졸음이 물러가면 도솔암 방으로 들어가 가부좌를 틀었다.

동구불출한 지 한 달이 지나자 차츰 수마가 물러갔다. 삼경에 가부좌를 틀고 앉아 있어도 정신이 가을 하늘처럼 투명했다. 이따금 일타는 스스로 고요 속으로 떨어지지 않고자 한산시를 소리 내어 중얼거렸다.

내 전생에 너무 어리석었기에
오늘 이렇게 깨치지 못했다
또 오늘 이렇게 구차한 것은
모두 전생에 지은 것이다
그런데 오늘 또 닦지 않으면
내생에 또한 본래와 같으리
양쪽 언덕에 모두 배가 없으면
아득한 저 바다 어이 건너리

生前太愚癡 不爲今日悟

今日如許貧 總是前生作

今日又不修 來生還如故

兩岸各無船 渺渺難濟度


　깨치지 못한 오늘의 모습을 참회하면서 깨달음에 이르기 위해 오늘 부지런히 정진하겠다는 맹세의 시이기도 한 한산시를 외우면 흥이 났다. 마음에 감흥이 일면 서울을 떠날 때 걸망 속에 챙겨 온 『유교경遺敎經』도 꺼내 외웠다.


　부지런히 정진하면 어려운 일이 없을 것이다. 그러므로 항상 부지런히 정진하라. 우리 마음이 게을러 정진을 쉬면, 그것은 마치 나무끼리 비비어 불씨를 얻고자 할 때 나무가 달구어지기도 전에 그만두는 것과 같다. 그는 아무리 불씨를 얻으려 해도 끝내 얻지 못할 것이다.

선지식을 만나려면 항상 잊지 않고 생각해야 한다. 잊지 않고 생각하면 온갖 번뇌의 도둑이 들어올 수 없기 때문이다. 그러므로 항상 생각을 모아 마음에 두라. 바른 생각을 잃게 되면 모든 공덕을 잃지만, 생각하는 힘이 굳세면 비록 오욕의 소굴에 들어가더라도 해침을 받지 않을 것이다. 완전 무장하고 싸움터에 나가면 두려울 것이 없다.

마음을 한곳에 모으면 마음은 선정에 들 것이다. 마음이 선정에 들면 세상의 생멸하는 존재 양상을 알 수 있다. 그러므로 항상 선정을 부지런히 익혀 마음이 흩어지지 않도록 하라. 물을 아끼는 집에서는 둑이나 못을 잘 관리하듯이, 우리들도 지혜의 물을 채우려면 선정을 잘 익혀 물이 새지 않도록 해야 할 것이다.


고요하고 무위無爲 안락을 얻고자 한다면 안팎의 시끄러움을 떠나 홀로 한가로운 곳에 머물라. 마음속의 온갖 분별 망상과 바깥의 여러 대상과 환경을 버리고 한적한 곳에 홀로 있으면서 괴로움의 근본을 없애려고 노력해야 한다. 이와 같은 사람은 제석천도 공경할 것이다. 무리를 좋아하는 사람은 무리로부터 괴로움을 받는다. 약한 나무에 많은 새 떼가 앉으면 그 가지가 부러질 염려가 있는 것과 같다. 또 세상일에 얽매이고 집착하여 여러 가지 괴로움에 빠지는 것은 코끼리가 진흙 수렁에 빠져 스스로 헤어나지 못하는 것과 같다. 이것을 가리켜 멀리 떠남〔遠離〕이라 한다.

욕심이 많은 사람은 이익을 구함이 많기 때문에 고뇌도 많다. 그러나 욕심이 적은 사람은 구하는 것이 없기 때문에 근심 걱정도 적다. 또 욕심을 없애려고 노력하는 사람은 마음이 편안해서 아무 걱정이나 두려움이 없고, 하는 일에 여유가 있어 각박하지 않다. 그래서 마침내는 고뇌가 말끔히 사라진 해탈의 경지에 들게 되니 이것을 가리켜 소욕少欲이라 한다.

모든 고뇌에서 벗어나고자 한다면 먼저 만족할 줄 알아야 한다. 넉넉함을 아는 것은 부유하고 즐거우며 안온하다. 그런 사람은 비록 맨땅 위에 누워 있을지라도 편안하고 즐겁다. 그러나 만족할 줄 모르는 사람은 설사 천상에 있을지라도 그 뜻에 흡족하지 않을 것이다.

만족할 줄 모르는 사람은 부유한 것 같지만 사실은 가난하고, 만족할 줄 아는 사람은 가난한 것 같지만 사실은 부유하다. 이것을 가리켜 지족知足이라 한다.

한없이 맑은 정신으로 시와 경전을 외우며 밤을 새우다 보면 어떨 때는 바깥의 동정이 감지됐다. 누군가가 왔다가 저벅저벅 발소리를 내며 돌아가는 느낌이 들었다. 산짐승이 불빛을 찾아 방문 앞에까지 왔다가 가는가 싶어 문을 열고 보면 아무 흔적도 없었다. 산 위에 둥그런 달이 떠 있거나 낙엽이 마당에서 뒹굴고 있거나 백설이 난분분 난분분 내려 쌓이고 있었다. 그러나 분명 무언가가 연기처럼 허공으로 사라지는 것이 느껴졌다.

어떤 시각에는 신장神將들이 수군거리는 소리가 들리는 듯했다.

"오늘도 스님 경 읽는 소리를 잘 들었다. 기분 좋게 잘 공양받았으니 날이 새기 전에 어서 돌아가자."

신장들이 모였다 사라지는 느낌이 드는 밤은 내내 힘이 솟았다. 적막한 밤이었지만 혼자가 아니라는 생각이 들어 두렵지도 않았다. 일타 자신을 지켜주는 신장들이 방문 앞까지 왔다가 갔다고 생각했다. 또 어떤 날 밤에는 신장들의 웃음소리가 들리는 것 같아 일타는 선정에 든 자신도 따라 웃을 때가 있었다.

"허허허."

그럴 때 일타는 상상의 나래를 펴며 중얼거리는 버릇이 생겼다.

'어디서 온 신장이오.'

'태백산을 지키는 신장이오.'

'왜 밤에만 나타나는 것이오.'

'낮에는 산짐승 몸속에 들어가 있으니 보지 못할 수밖에요.'

'아니, 왜 산짐승 몸속으로 들어가는 것이오.'

'스님 경 외우는 소리를 듣느라고 잠을 자지 못했으니 낮 동안 산짐승 몸속으로 들어가 잠을 자는 것이오.'

밤에는 바람처럼 영靈으로 돌아다니다가 낮에는 곰이나 다람쥐 등의 산짐승 몸속으로 들어가 잠을 잔다는 것이었다. 그런 상상 때문인지 일타는 낮 동안 산짐승을 볼 때마다 한가족 같은 느낌이 들었다.

일타는 일부러 방문을 열고 가부좌를 틀었다. 그러면 다람쥐가 아무렇지도 않게 방 안으로 들어와 친구가 돼주었다. 처음에는 무릎까지만 오르더니 일타와 친해지자 어깨를 타고 머리까지 올라갔다가 쪼르르 내려오곤 했다.

하루 한 끼 하는 공양 뒤에는 박새가 방 안으로 들어와 일타의 머리를 쪼기도 했다. 그런 박새 덕분에 저절로 식곤증이 달아났다. 일타 무릎에 올라 앞발을 들고 합장하는 다람쥐나 식곤증을 달아나게 하는 박새를 볼 때마다 태백산을 지키고 있는 신장의 존재를 느끼지 않을 수 없었다.

다람쥐와 박새가 보이지 않는 겨울철이면 곰이 나타났다. 눈이 내리는 날이면 어미 곰과 새끼 곰이 암자 가까이까지 왔다. 어미 곰이 나뭇가지 위로 올라갔다가 쿵쿵 뛰어내리며 재주를 부렸다. 입이 뾰족한 너구리가 암자 마당을 어슬렁거리며 지나칠 때도 있었다.

일타는 묘기를 부리는 곰보다 사람을 더 좋아했다. 한 철 먹을 양식을 도솔암에 들여놓고는 홍제사마저 내려가지 않게 되었는데, 그때부터는 사람이 그리웠다. 어쩌다 약초꾼을 만나게 되면 법당의 부처님인 듯 반가웠다. 일타는 약초꾼을 도솔암 방으로 불러들여 부처님께 마지 올리는 마음으로 정성을 다해 밥도 해주고 차도 끓여주었다.

"어디서 왔소."

"영주에서 왔습니다. 홍제사에 들렀는데 도솔암에 도인이 한 분 계신다기에 꼭 만나뵙고 싶었습니다."

"아이고, 누가 나보고 도인이라고 합디까. 난 신선처럼 고고하게 사는 도인이 아니라 사람을 좋아하는 수도자일 뿐이에요."

"거짓말하지 마십시오. 귀신도 부르고 산신령님하고 얘기도 나누는 도인이 틀림없을 것입니다. 머리와 수염을 기르시고 계신 것을 보니 제가 산신각에서 본 산신령과 똑같습니다. 저를 속일 수는 없습니다."

약초꾼은 일타를 보고서는 도인이라고 우겼다. 일타는 크게 소리 내어 웃지 않을 수 없었다.

"하하하. 산신각에 들어가면 무슨 기도를 합니까."

"제가 이렇게 돌아다니는 것은 산삼을 캐기 위해서입니다. 저는 늘 산삼이 어디 있는지 알려달라고 산신님께 기도를 하지요."

"내가 이 산에서 본 것은 더덕이나 도라지밖에 없소."

일타는 약초꾼을 돌려보내지 않고 계속해서 차를 우려내주었다.

"큰스님, 더덕이나 도라지는 저도 많이 캤습니다. 정말 산삼 있는 곳을 모르십니까. 도인스님들은 천 리 밖을 내다보는 천안통이 있다던데요."

"사람마다 찾고자 하는 인연이 다 다른가 봅니다."

"스님이 찾고자 하는 인연은 무엇입니까."

"맨땅 위에 누워 있더라도 참으로 편안한 무위 안락이지요. 다른 말로는 그것을 해탈이라고 합니다."

약초꾼은 일타의 말에 입을 다물었다. 일타는 약초꾼이 무슨 엉뚱한 말을 하더라도 반가웠다. 마지막으로 사람을 본 지 서너 달만이었다. 며칠 전에는 사람이 그리워 눈물이 나기도 했다. 어떤 사람이 성묘를 하고 가는지 흰 두루마기 자락이 나무숲 사이로 희끗희끗 보이더니 곧 사라지고 말았던 것이다. 약초꾼이 일어서며 말했다.

"아참, 큰스님."

"무엇이오."

"홍제사 비구니스님들이 큰스님께 꼭 전해달라고 했습니다."

"무엇을 말이오."

"법문을 해달라고 했습니다."

"때가 되면 해야지요. 내려가거든 그리 전해주십시오."

일타는 홍제사에서 법문하는 것을 거절하지 않고 뒷날로 미루었다. 거절을 못하는 성격 탓도 있었지만 아직은 스님들을 상대로 법문할 때는 아니라고 생각했다. 자신의 공부는 이제 겨우 동정일여의 경지에 다다랐을 뿐이었다. 오매일여寤寐一如, 몽중일여夢中一如까지 가야만 했다.

일타는 동정일여의 경지를 스스로 점검하곤 했다. 신장을 만나는 것 같은 느낌이 들 때나 지금처럼 약초꾼과 얘기를 주고받는 순간에도 화두가 끊어지는 일이 없이 순일했던 것이다.

도솔암 주위도 봄이 무르익고 있었다. 암자 마당가 한쪽에 자라난 모란의 꽃봉오리들이 점점 더 커지고 있었다. 봄볕을 받은 밭뙈기에서는 아지랑이가 모락모락 피어올랐고, 산비탈에 자생하는 산복숭아꽃도 만개하여 붉은 빛깔을 흘리고 있었다. 일타는 암자 옆에 있는 단샘(甘泉)으로 나가 찬물을 떠와 끓이지 않고 녹차 잎을 띄워 우려 마셨다. 차의 맛과 향은 식도를 타고 온몸으로 퍼졌고 성성한 화두까지 적셨다. 며칠째 일타의 몸과 화두는 한 몸이 되어 있었다.

몽중일여.

좌선하는 동안 꾸벅 존 뒤 짧은 꿈을 꾸면서도 화두는 달아나지 않고 들려 있었다. 수마가 집적거려도 이제는 화두가 도망가는 법이 없었다. 밤하늘의 보름달처럼 언제나 밝게 비추었다. 한 달 전 봄을 시샘하는 폭설이 내린 날부터 그랬다. 눈이 마루까지 쌓여 방문이 잘 열리지 않았던 그날부터 화두가 맑은 의식으로 좌선할 때뿐만 아니라 졸거나 깜박 잠이 든 순간에도 일타 자신의 몸과 혼연일체가 됐다.

'아, 조사들이 말한 몽중일여와 숙면일여熟眠一如가 이러한 것이었구나.'

며칠 전부터는 믿어지지 않을 만큼 잠도 완전히 사라졌다. 곧잘 좌선한 채로 잠깐 동안 졸거나 아예 눈을 붙이곤 했는데 그것마저 없어졌다. 가부좌를 틀고 있으면 하루가 무심히 한순간에 지나갔다. 자신을 붙잡았던 시간이 없어지고 자신이 놓여 있는 공간만 있을 뿐이었다. 망상이 붙지 못하고 마음은 명경지수처럼 고요하고 평안했다.

의식적으로 화두를 들 것도 없었다. 문득 자신이 화두가 되어 있었다. 화두만 그런 것이 아니었다. 먹고 마시고 보는 것이 순간순간 자신과 하나가 되었다. 차를 마시면 자신이 차가 되고, 밥을 보면 자신이 밥이 되고, 암자를 스치는 바람 소리를 들으면 자신이 바람 소리가 되었다. 암자 밖에서 이리저리 포행을 할 때도 마찬가지였다. 구름을 쳐다볼 때는 자신이 구름이 되고, 봄이 아우성치는 산을 보면 자신이 산이 됐다. 뿐만 아니라 흐르는 계곡물을 보면 자신이 계곡물이 되었다.

'나, 일타라고 고집할 것이 없는 무아無我의 경지가 바로 이런 것이구나.'

그날 밤은 의식이 유난히 차갑고 맑았다. 맑고 차갑기가 얼음장 밑으로 흐르는 개울물 같았다. 의식은 허공처럼 무한대로 뻗어 있었고, 가슴은 봄볕이 내리쬐는 것처럼 따뜻했다. 이미 일타의 의식은 방 안의 시간을 벗어나 우주의 진리에 닿아 있었다.

그런 상태로 하룻밤이 몰록 지나갔다. 가부좌를 풀고 방문을 열자, 햇볕이 방 안으로 폭포수처럼 쏟아져 들어왔다. 하룻밤이 꿈결처럼 지난 한낮이었다. 일타에게 받아들여지는 시각은 어제의 낯익은 한낮이 아니었다. 새롭게 태어난 우주의 한낮이었다.

'어제의 시간과 공간은 어디로 간 것일까. 세상은 그대로이나 어제의 세상이 아니잖은가. 태백산이 비로자나부처님처럼 황금빛으로 빛나고 있지 않은가.'

만발한 모란꽃의 향기가 암자 마당을 적시고 있었다. 마당가 너머 비탈에 핀 야생화들도 꽃잔치를 벌이고 있었다.

'저분은 부처님이 아니신가. 모란꽃을 연꽃인 듯 들고 계시는 저분은 부처님이 아니신가. 아, 나는 미소를 지을 수밖에 더 할 일이 없구나.'

일타의 눈에는 분명 부처님이 모란꽃 한 송이를 들고 있었다. 마하가섭에게 꽃을 보이신 것처럼 일타를 향해 모란꽃을 들어 보

이고 있었다. 일타는 미소를 지었다. 전주 법성원에서 세존염화라
는 화두를 든 지 실로 5년 만인 1956년 음력 3월 23일의 오도였다.

몰록 하룻밤을 잊고 지냈으니
시간과 공간은 어디에 있는가
문을 여니 꽃이 웃으며 다가오고
광명이 천지에 가득 넘치는구나

頓忘一夜過
時空何所有
開門花笑來
光明滿天地


환희심에 저절로 읊조려진 깨달음의 노래였다. 일타는 모란꽃
을 무심히 보다가 단샘으로 가 표주박에 찬물을 한가득 담아 마
셨다. 감로수는 흥분을 가라앉혔다. 단샘 물의 찬 기운이 온몸을
휘돌자 주변의 산 것들이 선명하게 눈에 잡혔다. 단샘 위로 늘어
뜨린 물푸레나무 가지에서는 박새들이 날아와 쩍쩍쩍 지저귀었
고, 돌담 위로는 다람쥐가 나타나 달렸다.

단샘을 보니 새삼 눈물이 나도록 고마웠다. 자신을 내어주면서
도 주었다는 마음 없이 주고 있는 단샘이었다. 부처님이 『금강경』
에 설한 "집착하는 바 없이 마음을 낸다〔應無所住 而生其心〕"는 바로

그것이었다.

'저 물 한 방울이 샘을 타고 넘어 흘러가 만물을 살리는구나. 저 감로의 샘이야말로 관음보살이고 지장보살이구나. 그렇다. 모름지기 수행자란 감로의 샘이 되어 중생을 살리는 보살이 되어야 하리.'

일타는 또 자신의 깨달음을 노래했다.

> 외로운 산봉우리에서도 한가롭고 평안하네
> 산새들은 나를 특별히 노래 부르고
> 소슬한 솔바람 소리 청량하기 그지없도다
> 이 가운데 단샘 물은 길이 스스로 흐르리

일타는 자신 속으로 진리가 들어왔음을 확신했다. 부처님의 모든 법이 자신 속으로 들어온 것이 틀림없었다. 순간순간 걸림이 없었고, 들끓던 망상이 환희로 바뀌었다. 잘난 사람 노릇을 벗어버리고 비로소 못난 중노릇으로 돌아와 있는 것 같았다.

이후 일타는 하안거를 맞이한 홍제사로 가끔 내려가 법문을 했다. 홍제사에 많은 대중이 모여 살고 있는 것은 아니지만 인홍을 찾아온 이십대 비구니가 대여섯 명 있었다. 죽기를 각오하고 홍제사로 들어온 비구니들이었다.

인홍은 일타보다 속가 나이로 20여 년 연상이었으나 일타에게

깍듯하게 존댓말로 대했다. 일타가 지난봄에 오도한 사실이 이미 홍제사 대중 사이에 알게 모르게 퍼져 있기 때문이었다.

"일타 스님, 법문을 해주시니 우리 대중들이 많이 좋아합니다."

"홍제사 스님들이 어찌나 열심히 참선을 하는지 인홍 스님을 닮아 그런 것 같습니다."

"저는 우리 대중에게 늘 나를 닮지 말고 한암 큰스님이나 성철 노장님을 닮으라고 말합니다."

"한암 큰스님이 스님의 계사戒師라고 했던가요."

"제가 월정사 지장암으로 출가할 때 저에게 계를 주신 큰스님이지요. 인자하신 한암 큰스님께서는 수행자로서 어떤 자리에 있어야 하는지를 가르쳐주신 분입니다. 설 자리를 가르쳐주신 분이니 얼마나 큰 가피입니까."

"한암 스님이야말로 우리 불가에 큰 선지식이지요."

"한암 큰스님께서는 늘 제자들에게 당신이 1925년인가, 봉은사 조실로 계시다가 오대산으로 들어오시면서 '차라리 천고에 자취를 감추는 학이 될지언정 삼춘三春에 말 잘하는 앵무새가 되지 않겠다'는 말씀을 하시고 오대산으로 들어오셨다고 합니다. 여기에 수행자가 어느 자리에 있어야 하는지를 다 말씀하셨다고 여겨집니다."

인홍이 찾아가는 자리는 늘 선방이었다. 해방 후부터 1950년 동안거까지는 만공이 깨달음을 얻었던 덕숭산 정혜사에 있었고, 성철이 잠시 머물렀던 월내 묘관음사에도 머물렀다. 6·25전쟁 중에는 봉암사 백련암에서 정진했다.

"특히 1949년 제 나이 42세 때였어요. 묘관음사로 가 성철 노장님을 만난 이후 불퇴전의 용맹심을 얻었지요."

성철은 자신의 가풍대로 인홍을 보자마자 가혹하게 몰아붙였다. 묘관음사에 도착한 인홍이 법당으로 먼저 들어가 참배한 뒤, 연못가를 거니는 성철을 찾아 인사하려고 하자 성철은 쌀쌀맞게 손을 저었다.

"내가 누군데 절을 할라꼬 그러노."

"성철 노장님 아니십니까."

"성철이 누군고."

"앞에 계신 분입니다."

"그래, 잘 찾아보그래이."

인홍이 무안하여 망설이자 성철은 인홍의 등을 떠밀어 연못으로 밀어뜨렸다. 한겨울의 연못에 빠진 인홍은 겨우 연못가로 나왔지만 승복은 이미 흠뻑 젖어 살얼음이 끼었다. 그러나 인홍은 묘관음사 객사에 들어갈 생각은 않고 젖은 승복을 입은 채 연못가에서 가부좌를 틀었다. 자비로운 한암 회상에서는 생각할 수도 없는 일이었다. 인홍은 날벼락을 맞은 듯했지만 물러서지 않았다. 신심이 솟구쳤고 다시 출가한 것 같은 변화를 느꼈던 것이다.

인홍은 6·25전쟁 중에도 불구하고, 수행자들이 다 피난 가고 없는 봉암사 백련암으로 들어가 가행정진을 했다. 기필코 성불하리라는 대분심大忿心을 냈다. 공비들이 총을 들이밀고 협박했지만 인홍은 불퇴전의 정진력으로 그들을 물리쳤다. 공비들은 인홍의 가행정진에 놀라워하며 "암자에 계시는 동안 불편함이 없도록 협조하겠습니다" 하고 물러갔던 것이다. 훗날 성철은 이와 같이 정진한 인홍을 가리켜 "인홍은 법당 기둥 같은 스님이다"라고 격려하고 인가했을 정도였다.

일타는 포행 시간을 이용하여 홍제사에 자주 내려올 때도 있었다. 법문하는 날이 아니었지만 한 비구니가 측은해서였다. 별명이 '아픈 중'으로 불리던 비구니의 건강이 궁금해서였다. 인홍이 출가했던 월정사 지장암에서 온 그 비구니는 복막결핵이란 중병에 걸려 하루 종일 햇볕이 잘 비추는 곳을 찾아 앉아 쓰러져 있곤 했다. 몸은 야윌 대로 야위어 갈대처럼 말라 있었고, 얼굴빛은 바랜 창호지 같았다. 일어설 기운도 없어 항상 지팡이에 의지해 비틀거리며 걸음을 옮겼다.

'저 아픈 중이 살 수 있을까. 혹시 내일은 보지 못하는 것이 아닐까.'

자비심이 많은 일타는 그런 생각을 하면서 홍제사로 내려와 비구니의 건강을 걱정했다. 인홍의 얘기가 믿기기 않았다. 월정사 지장암에서 살던 열다섯 살 사미니 때만 해도 풀을 베어 하루 50짐씩 지게로 나르던 여장군처럼 건강한 체질이었는데, 열일곱 살 때부터 시름시름 앓기 시작하여 수년째 '아픈 중'이 되어 있다는 것이었다.

그 비구니는 죽지 않고 하루하루 잘 버텨냈다. 인홍의 말에 따르면 성철에게 화두를 탄 인연으로 목숨을 부지하는 것 같았다. 그 비구니가 절을 할 만큼 건강했을 때 무려 3만배를 하고 성철에게 화두를 탔는데, 그때 성철은 목침을 들고서 비구니의 손끝을 내리칠 기세로 "지금 당장 죽어도 화두만 들 것이냐"고 다그쳤다는 것이었다.

일타는 해바라기를 하고 있는 그 비구니를 만나면 그냥 지나치지 않고 신심을 잃지 말라고 격려했다.

"화두를 잘 챙겨야 해요."

"네."

"살고 죽는 일에 끄달리지 말고 늘 화두를 챙겨야 합니다."

초가을이 되어 태백산에 단풍이 들기 시작하자, 또 다른 비구니가 홍제사로 왔다. 성철의 딸 불필이었다. 그때까지 성철의 가르침을 받아 행자 생활을 했지만 아직 법명을 받지 못해 '수경'으로 불리던 초보 수행자였다.

불필은 "태백산 홍제사 인홍에게 가라"는 성철의 명을 받고 오는 길이었다. 불필이 홍제사에 도착했을 때는 석양이 태백산 능선에 걸려 있었다. 낮 동안 산으로 흩어졌던 홍제사 비구니 대중들이 저녁을 맞이하여 걸망에 약초를 가득 담고 절로 돌아오고 있었다. 불필은 평소에 동경하던 모습이었으므로 가슴이 뛰었다.

다음 날부터 불필은 대중들과 같이 낮에는 호미를 들고 밤에는 대중 방에서 정진했다. 낮에는 고구마밭에 나가서 고구마를 캐고 밤에는 대중 방에 앉아 화두 들고 가부좌를 틀었던 것이다. 불필은 차츰 태백산의 기운에 훈습되어 갔다. 태백산은 수행자에게 신심을 솟구치게 하는 안성맞춤의 산이었다.

불필은 도솔암으로 올라가 일타의 법문을 듣고 내려오기도 했다. 일타는 마산 성주사로 가 성철의 회상에서 동안거를 한 철 난 적이 있으므로 불필을 반갑게 맞아주었다. 성철을 쏙 빼닮은 불필을 보면 성주사에서 겨울을 났던 기억들이 생생하게 되살아나곤 했기 때문이었다.

이윽고 동안거가 시작되었다. 불필은 인홍에게 방을 하나 달라고 부탁했다. 대중 방에서 수행하는 것보다는 죽기를 각오하고 속가 아버지 성철처럼 '문 없는 문'으로 나아가고 싶었다. 인홍은 대중들과 상의한 후 허락했다. 당시 대중으로서는 성우, 묘경, 혜춘, 인성, 무렴, '아픈 중'으로 불린 현각 등이 있었다.

불필에게 허락된 방은 창고로 쓰는 작은 골방이었다. 초여름에 캔 감자가 방 한쪽에 쌓여 있고, 양식이 저장돼 있어 공양 때마다 스님들이 들락거렸지만 불필은 개의치 않고 '일주일 용맹정진'에 들어갔다. 일주일 동안 단식과 잠을 자지 않는 가행정진이었다. 그러나 불필은 이틀 만에 타의로 그만두었다. 한 스님이 "저렇게

하다간 큰 병을 얻어 평생 수행을 못하게 된다"고 만류했기 때문
이었다.

1957년.

석남사 주지를 맡게 된 인홍은 홍제사를 떠났다. 홍제사 비구니
대중들도 뿔뿔이 흩어졌다. 대중 중에 현각과 불필 등은 인홍을
따라 석남사로 갔고, 나머지 비구니는 각자 인연 따라 다른 절을
찾아갔다.

홍제사는 잠시 비었지만 곧 태백산 기운과 산세를 좋아하는 비
구들이 대여섯 명 들어와서 대중을 이루었다. 법전이 '따로 살지
말고 모여 살자'고 제의하여 서암, 지유, 석주 등이 흩어져 수행
하다가 홍제사로 들어왔던 것이다.

일타는 도솔암에 그대로 있으려고 했지만 법전이 도솔암까지
올라와 홍제사로 내려오기를 간청하자 망설이지 않을 수 없었다.
법전은 일타보다 세속의 나이로는 서너 살 위였지만 출가한 연도
가 같은, 즉 승랍僧臘이 같은 도반으로 서로 아끼고 존중하는 사이
였다.

"일타 스님, 우리 홍제사에서 신심 나게 정진 한번 해보십시다."

"도솔암을 비우란 말입니까."

"우리가 어느 시절에 함께 만나 대중 생활을 할 수 있겠소. 그러
니 이번 기회에 맑은 스님들과 정진해보자는 것이지요."

일타는 끝내 법전의 제의를 거절하지 못했다. 성철을 만나러 통영의 천제굴에 갔다가 도반이 된 법전의 청을 받아들이지 않을 수 없었다.

"그렇다면 저는 한두 철만 나고 도솔암으로 다시 올라오겠습니다."

일타는 도솔암이나 홍제사나 태백산 홍점골 안에 있는 절이므로 동구불출의 원칙에 위배된다고는 생각하지 않았다. 인홍이 머물 때도 양식을 조달하러 홍제사까지 자주 오르내렸던 것이다. 더구나 홍제사에 모인 비구 대중들 모두 언젠가 한국불교를 이끌어갈 대들보 같은 소중한 선지식들이라고 생각했다.

"홍제사에 오신 스님들과 함께 수행할 수 있다는 것이 얼마나 큰 복입니까. 법전 스님, 감사합니다."

"일타 스님, 참으로 잘 결정하셨습니다."

도솔암은 걱정하지 않아도 되었다. 아직도 인홍이 있는 줄 알고 홍제사를 찾아온 비구니들이 도솔암으로 올라가면 되기 때문이었다.

"마침 비구니 두 사람이 도솔암을 지킨다고 하니 잘됐지 뭡니까."

다음 날 일타는 걸망에 승복과 발우만 넣고 홍제사로 내려갔다. 서암이 망태에 무언가를 뜯어 담고 있다가 일타를 보고 반갑게 맞이했다.

"일타 수좌, 어서 와요."

"스님, 오랜만에 뵙습니다. 약초를 뜯고 계십니까."

"약초가 아니에요. 산토끼가 먹는 풀인데 사람에게는 나물이 돼요. 스님들에게 맛있는 반찬을 해주려고 뜯고 있어요."

서암이 밭둑에 난 풀을 한두 잎 뜯더니 씹어먹었다.

"스님, 독풀도 있잖습니까."

"독풀도 적게 먹으면 오히려 약이 돼요. 산짐승들은 우리 인간처럼 절대로 욕심을 부려 많이 먹지 않습니다. 약이 될 만큼만 조금 먹으니 독풀들하고 공생 공존하는 것이지요."

일타가 우두커니 서 있자, 서암이 자기보다 열두 살 아래인 일타에게 우스갯소리를 했다. 서암은 다른 스님들에게도 농담을 잘했다.

"일타 수좌, 혼 빠진 할미가 딸네 집 건너보듯 하고 있지 말고 어서 절로 갑시다. 하하하."

"네, 서암 스님."

"스님들이 기다리고 있으니 어서요. 절은 절하는 곳이 아닙니까. 하하하."

그날 밤 큰방에 모여 소임을 짰다. 가장 연장자인 서암에게는 소임을 맡기지 않았다. 선방으로 치자면 특별한 소임 없이 대중과 함께 정진하는 한주閑主인 셈이었다. 누가 나서서 이래라저래라 하지 않고 자율적으로 각자 자신이 정했다. 법전이 먼저 자신이 맡고자 하는 소임을 말했다.

"저는 부목을 맡겠습니다. 산비탈에 넘어진 썩은 나무둥치를 줍고 톱질해서 울타리 밑에 장작 쌓는 실력이야 저를 따를 분이 있겠습니까."

지유도 나서서 말했다.

"저는 공양주 소임을 맡겠습니다. 양식을 잘 마련하여 여러분께 부처님 마지 올리듯 따뜻한 밥을 해올리겠습니다."

석주도 나직한 소리로 말했다.

"제가 할 일은 채공밖에 없는 것 같습니다. 태백산 약초와 나물을 캐다가 맛있는 반찬을 만들어 올리겠습니다."

법전이 일타를 지목하여 말했다.

"일타 스님은 이야기를 잘하니 신도를 맞이하는 지객을 맡으면 어떠하겠습니까."

서암도 한마디 거들었다.

"일타 스님은 염불이 최고라고 금오 스님께서 칭찬하시더이다. 부전을 하시는 것이 어떻겠습니까."

일타가 진주 응석사에서 부전 소임을 볼 때 염불기도를 7일 동안 밤낮으로 한 적이 있는데, 그때 응석사 조실인 금오가 일타를 불러 크게 칭찬했던 일을 두고 한 말이었다. 지객과 부전을 동시에 맡아달라고 하자 일타는 부담스럽기도 하여 대답을 못했다.

"일타 스님, 두 가지 소임을 맡게 된 거 축하드립니다. 그만큼

능력이 있으니 맡기시는 거 아니겠습니까."

결국 일타는 지객과 부전 소임을 함께 맡기로 하고 안거에 들어갔다.

안거는 선방 청규에 매이지 않고 비교적 자유로웠다. 좁은 선방에는 돌아가면서 한 사람만 들어가기로 하고, 나머지는 각자 소임대로 나무를 하거나 반찬거리를 구하거나 멀리서 온 신도를 맞이하여 설법을 했다.

대중은 서로 이야기하면서 신심을 돋우기도 했다. 서암이 한 얘기도 대중에게 울림이 컸다. 서암이 탁발을 다니면서 경험한 얘기였다.

서암이 탁발하려고 한 곳은 마을의 부잣집이 아니었다. 마을 입구의 후미진 산모퉁이에 움막을 만들어 사는 거지촌으로 가서 목탁을 치며 염불을 했다. 목탁 소리가 시끄러웠던지, 한 사내 거지가 움막의 거적때기를 들추고 나와 서암을 쳐다보았다. 서암은 염불을 끝내고 나서 한마디 했다.

"적선積善하시오."

적선이란 선을 쌓으라는 뜻이었다. 그러나 거지는 보시하라는 말로 알아듣고 퉁명스럽게 말했다.

"얻어먹는 거지가 스님께 줄 것이 어디 있겠소. 동냥해온 식은 밥이 조금 있을 뿐이니 저 마을의 부잣집으로 가보시오."

"먹다 남은 밥이라도 좋으니 적선하시오."

순간, 거지가 '내가 스님에게 밥을 줄 때도 다 있네' 하고 중얼거리면서 움막 안으로 들어갔다가 피식 웃으며 나왔다. 그때 서암은 거지의 얼굴을 보고 '탁발 한번 잘했다'는 만족감이 들었다. 식은 밥 한 덩이보다 거지의 행복해하는 표정을 탁발한 것 같았던 것이다.

서암의 얘기를 듣고 있던 일타가 말했다.

"가섭존자도 부처님 살아계실 때 스님과 같은 일이 있었습니다."

"아직까지도 나는 그 거지처럼 만족해하고 행복해하는 얼굴을 본 적이 없어요. 그런데 일타 수좌, 가섭존자도 탁발하면서 나와 같은 경험을 했단 말인가요. 일타 수좌는 박식하다니까."

"경전에 나오는 얘기입니다."

"일타 수좌, 어디 한번 들어봅시다."

일타는 그 자리에서 얘기를 했다. 이럴 때 창고 한쪽은 지대방이 되었다. 석주가 아궁이에서 구워온 군고구마로 허기를 달래면서 대중들은 언제나 일타의 구수한 얘기 속으로 빠져들곤 했다.

가섭과 아난은 탁발하러 정사精舍를 나섰다. 그런데 가섭은 가난한 사람들이 모여 사는 변두리로 가려 하였고, 아난은 부자들이 사는 저잣거리로 가려 하였다. 두 사람은 탁발을 가는 길에 잠시 쉬었다. 서로의 마음속에 각각 의문이 하나 있었기 때문이었다. 가섭의 의문은 아난이 왜 '부잣집만 골라 탁발하는가'였고, 아난의 의문은 가섭이 왜 '가난한 집만을 골라 탁발하는가'였다. 마침내 아난이 정색하며 가섭에 물었다.

"가섭존자여, 왜 가난한 집만 골라 탁발하는 것입니까."

"아난존자여, 사람들이 가난한 것은 과거에 남을 위하여 베풀지 않았기 때문입니다. 그래서 나는 그들이 내생에는 행복해지라고 기회를 주는 것입니다."

이번에는 가섭이 아난에게 물었다.

"아난존자여, 왜 부잣집만 찾아가 탁발하는 것이오. 가난한 이를 멀리하고 부자만 가까이한다는 오해를 받을 수 있지 않겠소."

"가섭존자여, 부자들은 가난한 사람들보다 탐욕의 늪에 빠지기가 더 쉽습니다. 그래서 나는 그들이 가진 것을 베푸는 보시의 기쁨을 알도록 부자들만 찾아 탁발하고 있는 것이오."

두 사람은 논쟁을 중지하고 지금까지 해오던 방식대로 탁발한 다음 정사로 돌아갔다. 그런데 두 사람의 얘기를 들은 부처님은 누구의 손도 들어주지 않았다. 다만 차별 없는 마음을 강조할 뿐이었다.

"부처의 마음이란 큰 자비심이니라. 차별을 두지 않는 자비로 모든 중생을 구제하려는 마음이니라."

가섭과 아난은 부처님의 말씀을 듣고 크게 깨달았다. 그래서 다음 날 탁발을 나갈 때는 서로 가던 곳을 바꾸어 갔다.


서암西庵.

1914년 경북 풍기읍 금계동에서 태어난 스님은 아버지 송동식이 독립운동가였으므로 가족이 화전민으로 숨어 살며 거처를 옮겨다녀야 했다. 스님은 그런 역경 속에서도 틈틈이 공부하여 11세에 예천의 사설학원인 대창학원에 입학하여 소사를 하며 어렵게 졸업하였다. 강의록으로 독학하여 다시 중학교 과정을 마치고 1928년 서악사로 출가한 뒤 김룡사로 가 몇 개월 동안 행자 생활을 하고 나서 사미계를 받았다. 그리고 김룡사 강원을 졸업하여 비구계를 받았는데, 탐구심이 많은 스님은 일본으로 건너가 일본 대학 종교학과에 입학하였으나 폐결핵 환자가 되어 3년 만에 중퇴하고 귀국하고 만다. 국내로 돌아와서는 김룡사에서 요양했고 금강산, 묘향산 등으로 행각에 나섰다가 1943년 31세 때에는 문경 대승사로 돌아와 성철, 청담, 우봉, 윤포산 등과 함께 정진하였다. 이때 폐결핵이 완치되었고 1945년 조국이 해방되던 해에 예천에서 포교당을 1년간 운영하며 청년불교 운동을 하였고, 다음 해에는 대분심을 내어 계룡산 갑사 바위굴로 들어가 한 달간 단식정진에 들어갔다.

그때 스님은 처음으로 견성見性을 하였다. 바위굴에서 좌선하던 어느 날이었다. 밤낮으로 화두가 순일하게 들리더니 생사의 경계마저 한갓 그림자처럼 휙 지나가는 것이 눈앞에 보였다. 스님은 참된 선리禪理를 맛보고 대발심하여 즉시 해인사 선방으로 갔다가 1949년에는 지리산 칠불암으로 들어가 금오, 도림 등 일고여덟 명의 수좌와 '공부하다 죽어도 좋다'고 서약하고 목숨을 내어놓는 용맹정진에 들어갔다.

이후 문경 원적사와 봉암사를 오가며 수좌들과 정진하던 중 전쟁이 나 헤어졌다가 전쟁이 끝난 후에는 불교정화운동 5인 대표로 활동하였고, 다시 참선하는 수좌로 돌아와 도봉산 천축사에서 1년간 무문관에 들었다가 김룡사 금선대로 가 정진을 계속했다. 김룡사 금선대는 스님이 홍제사로 오기 전까지의 1인 선방이었던 것이다.

말수가 적은 법전은 대중에게 구수한 얘기를 하기보다는 시를 지어 대중에게 돌렸다. 봄을 시샘하는 꽃샘추위가 찾아와 태백산에 산지사방으로 눈발이 흩날리는 것을 보고 문득 시흥이 일어 지은 시였다.


내가 묵묵하고 말없는 너에게 묻고자 한다
몇 번이나 청산에 꽃이 피었다 졌다 하는 것을 보았느냐
봄이 아니면 꽃이 피지 않는다고 말하지 말라
고개를 한번 돌아보니 천지가 눈꽃으로 희어버렸더라

동안거를 끝낸 홍제사 대중들은 또다시 구름처럼 바람처럼 각자 만행을 떠났다. 법전은 홍제사보다 더 깊은 사자암으로, 석주와 지유는 다른 절로, 일타는 도솔암으로 갔다. 또한 불교정화운동의 5인 대표로 활동한 적이 있는 서암은 동산과 청담 등의 권유로 경북 종무원장을 맡아 홍제사를 떠났다.

도솔암에 오른 일타는 다시 작년의 방식대로 정진했다. 도인으로 소문이 나자 안동뿐만 아니라 부산의 신도들이 도솔암에 올랐다가 가곤 했다. 일타는 오는 사람 막지 않고 가는 사람 잡지 않았다. 스님이나 신도가 밤중에 올라오면 손전등을 켜고 마중을 나가기도 하고, 악몽과 액운에 시달리는 신도가 천도재를 원하면 재를 지내주기도 했다.

일타는 다시 삭발하고 수염을 깎았다. 신도들이 자꾸 도솔암으로 찾아오니 승려로서 위의를 지키지 않을 수 없었다. 한산과 습득처럼 산중에서 홀로 자유인으로 살고 싶었지만 찾아오는 스님과 신도들의 시선도 외면할 수 없어서였다.


도솔암에 오른 지 6년.

일타는 도솔암을 찾는 사람들의 발걸음이 잦아지자, 이제 도솔암을 떠날 때가 됐다고 생각했다. 일타는 동구불출에서 벗어나 걸림 없는 운수승처럼 만행을 하고 싶었다.

일타 스님이 전강 선사 회상에서 선문답을 나누기 전에 7일 기도 했던 화엄사 효대

선지식의 향기

고명인은 오고 감이 자유로운 스님들의 문화를 절을 드나들면서 뒤늦게 이해했다. 스님들은 세속적인 약속의 굴레에서 벗어나 도 닦는 인연 따라 오고 갈 뿐이었다. 고명인은 미국에서 돌아오자마자 혜각을 만나러 해인사로 갔지만 스님은 벌써 포교국장 소임을 그만두고 다른 절로 가고 없었다. 종무소의 한 스님 말에 의하면 야밤에 도망치듯 지리산 화엄사 선방으로 간 모양이었다.

　고명인은 어디로 갈까 망설이다 결국은 지리산 화엄사로 갔다. 자신의 사정으로 급히 미국으로 돌아가는 바람에 혜각과 함께 일타의 수행처를 돌다가 중도에 포기했기 때문이었다. 지금도 혜각은 해마다 일타의 입적 주기 전에 일타가 수행했던 곳을 행각할 터였다.

고명인은 화엄사 일주문 앞에서 중얼거렸다.

'그때 혜각 스님이 그러지 않았던가. 일타 큰스님이 더욱 그리워지는 입적 주기가 가까워질 때마다 큰스님께서 수행하셨던 곳을 순례하는 것도 자신의 수행이라고. 그렇다. 나도 어쩌면 혜각 스님처럼 일타 스님께서 수행했던 곳을 순례하는 동안 내가 누구인지, 인생이 무엇인지를 구름 걷히듯 깨닫게 될지 모른다.'

고명인은 일주문을 지나 출타하는 한 스님에게 다가가 물었다.

"스님, 화엄사에 혜각 스님이 계십니까."

"아, 해인사에서 오신 그 스님 말씀이군요. 지금 종무소에 계실 겁니다. 방금 저와 차를 한 잔 했습니다."

고명인은 서둘러 걸었다. 선방은 면회가 되지 않는 곳이니 지금 만나지 못하면 화엄사에 온 것도 허사가 될지 모를 일이었다. 평일인데도 한 무리의 사람들이 금강문 쪽으로 우르르 내려오고 있었다. 아마도 관광버스를 이용하여 찾은 불교신자들인 듯했다. 고명인은 옆으로 비켜서 그들이 내려가기를 기다렸다. 그러면서 바로 옆에 세워진 시비詩碑에 새겨진 시를 마음의 눈으로 읽었다.


적멸당 앞에는 빼어난 경치가 많고

길상봉 높은 봉우리 티끌도 끊겼네

종일 서성이며 지난 일 생각하니

날 저물고 가을바람 효대에 몰아치네

寂滅堂前多勝景

吉祥峰上絶纖埃

彷徨盡日思前事

薄暮悲風起孝臺


대각국사大覺國師 의천義天의 시였다. 대각국사가 화엄사 경내의 효대孝臺에 들러 느낀 감상을 읊조린 절창이었다. 고명인은 문득 효대란 장소가 궁금해졌다. 효를 바치는 곳이라는 의미의 효대란 단어가 눈길을 끌었던 것이다.

'이상하구나. 문득 어머니가 생각나다니. 아니, 이상할 것이 없지. 어머니가 생전에 들렀던 해인사를 찾아가 일타 큰스님의 상좌인 혜각 스님을 만나 일타 큰스님의 수행처를 순례하고 있는 것이 아닌가.'

고명인은 곧장 종무소로 갔다. 일주문에서 만난 스님의 말대로 혜각은 종무소에서 아직도 차를 마시고 있었다. 혜각은 고명인을 보자마자 반갑게 악수를 청했다.

"고 선생, 오랜만입니다."

"스님께서 화엄사로 가셨다기에 이리 왔습니다."

"미국에서 언제 돌아오신 겁니까."

"스님께서 또 일타 큰스님의 수행처를 순례하시겠구나 싶어 때를 맞추어 귀국했습니다."

"그랬었군요. 하지만 올해는 순례를 내년으로 미뤘습니다."

"무슨 사정이 생겼습니까."

고명인은 실망하여 맥이 풀렸다. 혜각을 만나 올해는 반드시 일타가 견성했다는 태백산 도솔암을 오르려고 했던 것이다. 혜각은 전혀 아무렇지 않게 말했다.

"특별한 이유가 있는 것은 아닙니다. 올해는 화엄사 일주문을 한 발짝도 나가지 않고 선방에서 정진하려고 합니다."

"안거 때가 아닌데도 선방에서 정진하는 분이 계십니까."

"그렇습니다. 화엄사 선방에는 지난 하안거 때부터 지금까지 서너 분이 남아 정진하고 계십니다. 동구불출인 셈이지요."

혜각은 갑자기 지리산을 자랑했다.

"금강산이 법기보살의 주처住處라면 화엄사를 품고 있는 지리산은 문수보살의 주처입니다. 그러니 지리산은 문수대성文殊大聖이 머무는 산으로 무명의 중생을 깨우쳐주는 신령스러운 산인 것입니다."

혜각은 고명인이 낙담한 표정으로 앉아 있자, 화제를 바꾸어 말했다.

"실망하실 것 없습니다. 지금 저의 사형인 혜국 스님께서 화엄사에 와 계십니다. 우리 스님의 상좌들 중에서 참선을 가장 잘하시는 혜국 스님을 만나는 것이 저와 얘기하는 것보다 훨씬 더 도움이 될 것입니다."

고명인은 깜짝 놀랐다. 작년에 충주 석종사로 찾아가 선승 혜국을 만났던 것인데, 그때 받은 인상이 너무나 강렬하여 미국으로 돌아가서도 내내 잊혀지지 않았던 것이다.

"혜국 스님이 여기 계신단 말씀입니까."

"효대에서 기도하고 계실 겁니다."

고명인은 효대란 말에 한 번 더 놀랐다. 좀 전 대각국사의 시비에서 효대란 단어를 보고 돌아가신 어머니가 떠올라 참으로 기이한 인연이다 싶었던 것이다.

"효대는 어디에 있습니까."

"여기서 가깝습니다. 각황전 뒤로 나 있는 계단을 타고 오르면 됩니다."

고명인은 혜국을 빨리 만나보고 싶었지만 혜각을 의식했다. 그러나 혜각이 먼저 자리에서 일어났다.

"포행 시간이 끝났습니다. 다시 저는 선방으로 들어가야 합니다. 고 선생은 오늘 밤 어디에서 묵으시려 합니까."

"아직 정하지 못했습니다."

"화엄사에 머무시겠다면 제가 원주스님에게 부탁해놓겠습니다."

"스님, 괜찮습니다."

"절이 불편하시다면 저 아래 호텔도 있구요."

혜각은 종무소를 나가더니 선방이 있는 쪽으로 뚜벅뚜벅 걸어 갔다. 혜각의 걸음걸이에서 일대사를 해결하겠다는 결의 같은 것 이 느껴졌다. 그러고 보면 선방이란 절에서 가장 고요한 공간이자 가장 치열한 곳이었다. 고명인은 자신을 만날 때마다 호의를 베푼 혜각을 향해서 합장했다.

'스님, 성불하십시오.'

동백나무숲은 효대로 가는 계단을 따라 우거져 있었다. 햇빛 을 받아 번들거리는 잎들이 생기를 내뿜고 있었다. 고명인은 동백 나무 잎들도 꽃 못지않게 아름답다고 느끼면서 단숨에 계단을 올 랐다.

"혜국 스님!"

고명인이 부르자, 혜국이 활짝 미소를 지었다. 작은 키는 여전 히 강개했고, 하얗고 촘촘한 치아는 개결하게 보였다.

"고 선생, 반갑습니다. 어쩐 일로 오셨습니까."

"스님께서 여기 계신다고 하기에 올라왔습니다."

"저는 송광사 가는 길에 우리 스님이 생각나서 들렀습니다."

"스님, 화엄사도 일타 큰스님과 인연이 있는 절입니까."

"그럼요, 우리 스님께서 여기 효대에 머물며 7일 기도를 했지 요. 태백산 도솔암에서 내려오신 뒤의 일입니다."

고명인은 혜각이 왜 화엄사 선방에 들어 정진하는지 이해가 됐다. 일타의 수행 흔적이 남아 있는 도량에서 스승을 추모하면서 정진하고 싶었음이 틀림없었다.

"고 선생, 이거 얼마 만입니까."

"이곳에서 스님을 뵙다니 감개무량합니다."

"저는 우리나라 도량 중에서 이 효대를 참 좋아합니다. 효대, 말 그대로 효성이 어린 곳이지요. 저 네 마리의 사자 가운데 있는 분이 화엄사를 창건한 연기조사의 어머니이십니다. 그리고 저기 무릎을 꿇고서 어머니에게 차를 올리는 분이 연기조사구요. 얼마나 효성스러운 성물聖物입니까. 그래서 이곳을 효대라고 했을 겁니다."

고명인은 어머니를 생각하며 감상에 젖었다. 조금 전에 본 대각국사의 시처럼 가을바람이 불어오고 있었다. 낙엽이 굴러와 효대에 쌓였다. 낙엽은 지나간 세월의 잔해처럼 고명인의 발밑까지 굴러와 한 조각 추억인 듯 뒹굴었다.

"우리 스님이 생각나기도 하고 속가의 모친이 생각나기도 합니다. 이 효대에 서면 모친께 효도를 못해서인지 만감이 교차하지요. 대각국사의 시도 남아 전해지고 있습니다만 대각국사의 심정도 저와 같았을 겁니다."

고명인은 혜국을 따라 탑전으로 들어갔다. 탑전은 암자 규모로 효대 바로 밑에 아담하게 자리 잡고 있었다. 젊은 스님 한 사람이 나와 혜국을 정중하게 맞이했다.

"스님, 찻물을 준비할까요."

"그래 줘요. 아 참 이분은 미국에서 오신 고 선생인데, 방을 하나 마련해드리세요."

"스님은요."

"나는 오늘 송광사로 떠날 생각입니다."

혜국은 송광사로 갈 모양이었다.

"처사님은 어찌하시겠습니까."

젊은 스님이 고명인에게 편의를 제공해주려는 듯 물었다. 고명인은 굳이 화엄사에 머물 이유가 없었으므로 말끝을 흐렸다.

"조금 더 생각해보겠습니다."

"편하실 대로 하십시오."

마루를 오르면서 혜국이 다시 말했다.

"자, 저기를 보세요. 섬진강이지요. 화엄사 경내에서 섬진강을 볼 수 있는 유일한 암자가 이곳이에요."

방으로 들어간 혜국은 다탁 앞에 앉더니 차가 우려지는 동안 일타의 얘기를 꺼냈다. 고명인도 귀를 기울여 들었다. 효대에 올라서부터 줄곧 돌아가신 어머니 생각으로 마음이 허전하고 어두워져 있었던 것이다.

"우리 스님께서 태백산 도솔암에서 나와 바로 큰절로 가시지 않고 문경 사불산 묘적암에 들렀던 모양입니다. 그러다 부산 감로사에서 간청하자 하산하시어 무불無佛 스님과 함께 60권 화엄경을 강설하셨지요. 강설이 끝나자 다시 청정한 산기운을 쐬고 싶으셨던지 하동 쌍계사로 갔지만 당시 그곳은 절 분위기가 아주 뒤숭숭했던 것 같습니다. 4·19학생운동으로 조계종단을 지지하던 이승만 대통령이 하야하자 불교 분쟁이 다시 도진 것이지요. 당시 쌍계사도 마찬가지였지요. 절을 빼앗겼던 태고종 승려들이 무리로 몰려와 시위하는 바람에 머물 형편이 되지 못했던 것 같아요. 그래서 할 수 없이 화엄사로 오신 것이지요."

그때가 1960년 봄이었다. 일타는 누구를 탓할 것도 없이 자신이 먼저 참회를 하고 싶었다. 일타가 기도한 장소는 진달래꽃과 때늦은 동백꽃이 만발한 효대의 사사자삼층석탑 앞이었다. 일타는 7일 기도를 시작하면서 발원했다.

'시비가 회오리바람처럼 일수록 수행자는 본연의 자세로 돌아가야 한다. 시비의 원인을 제공해서는 안 된다. 내가 맑아지면 도량이 맑아져 삼세 제불보살의 가피가 깃들고 신장들의 외호가 들어설 것이다.'

기도는 관광객들이 오가는 낮을 피하여 밤에만 했다. 저녁예불이 끝나면 탑 앞에 나아가 헌다獻茶를 하고 새벽예불 때까지 한숨도 자지 않고 살구나무로 만든 목탁을 두들겼다. 서가모니불을 밤새 외는 기도였다. 일타는 이미 도솔암에서 수마를 조복받은 경지를 이룬 상태였기 때문에 밤을 새우는 데는 아무런 장애가 없었다.

일타의 목탁과 염불 소리는 밤마다 화엄사 경내를 울리고, 효대 맞은편 지장암은 물론 일주문 밖의 절골 마을까지 퍼졌다. 간절히 기도하면 늘 그랬던 것처럼 7일째 되는 날 기도의 기운이 허공으로 뻗치어 드러났다. 불보살의 한 치 어김없는 응답이었다. 7일째 새벽에도 일타가 염불삼매에 빠져 목탁을 두드리고 있는데, 지장암의 대중들이 몰려와 합장했다. 효대에서 산불이 난 것처럼 방광 放光이 일었던 것이다. 화엄사 경내에서는 효대의 방광을 볼 수 없었지만 지장암은 효대 맞은편 산자락에 위치한 까닭으로 새벽예불을 나온 대중들이 생생하게 볼 수 있었다.

"스님, 산불이 난 듯했습니다. 산불이 허공으로 치솟아 천은사 쪽으로 건너가는 것 같았습니다. 스님의 기도 소리를 부처님께서 들으신 것이 틀림없습니다. 스님 거룩하십니다."

날이 밝자 절골 마을 사람들도 효대로 몰려와 말했다.

"새벽에 효대 쪽만 훤했습니다. 붉은 놀 같은 것이 한동안 하늘로 치솟았습니다. 큰스님께서 기도하시어 그런 것입니다. 큰스님, 부디 화엄사를 지켜주십시오. 저희들도 힘을 보태겠습니다. 쌍계사가 싸움터로 바뀐 것은 도인이 안 계시기 때문에 그런 것입니다."

그런데 기도하던 일타 자신은 방광을 보지 못했다. 염불삼매에 빠져 있던 탓도 있었지만 자신은 정작 그런 이적을 바라지 않았기 때문이었다. 다만, 날이 조금 밝아졌을 때 제트기가 지나갈 때 생기는 흰색의 포말자국 같은 것이 탑 위에서 천은사 쪽으로 뻗어가는 느낌을 받았을 뿐이었다.

7일 기도를 마친 일타는 화엄사에 더 머물기로 했다. 화엄사 대중들의 간청을 받아들였다. 화엄사는 쌍계사와 달리 전강田岡이란 도인이 조실스님으로 계시어 불교정화라는 시비에 휘말리지 않고 중심을 잡고 있었다. 전강 조실에 방광의 이적을 보인 일타가 가담하니 진귀한 비단에 아름다운 꽃을 얹은 격이었다.

방광의 이적을 보인 일타는 화엄사 선방에 하안거 방부를 들였다. 화엄사는 쌍계사와 달리 비구 대처 간의 시비가 전혀 없었다. 관광객이 드문드문 들렀지만 수행하기에 아주 조용하고 기운이 좋았다. 더구나 선방으로 운용되는 구층암은 대웅전 바로 뒤 1백여 걸음 떨어진 곳에 있는 암자인데도 경내와 달리 깊은 산중처럼 고요했다.

구층암 천불전이나 요사도 대웅전처럼 4백여 년 된 건물이었다. 구층암 선방은 스님들이 기거하는 단순한 방이 아니라 지리산 산신령이 드나들고 조왕신이 상주하는 신령한 공간이었다.

구층암 선방 너머로는 지리산 계곡물이 소리쳐 흐르고, 천불전 계단 옆에는 모과나무꽃이 만발해 있었다. 아주 오래전부터 지리산에서 자생하는 모과나무였다. 고목이 되면 목재로 사용하는 듯

구층암에는 울퉁불퉁한 모과나무 기둥들이 기와지붕을 떠받들고 있었다.

일타는 모과나무 기둥 사이의 마루에 앉아 가부좌를 틀었다. 구층암에서 서른 걸음 거리에 자리한 암자가 봉천암인데, 화엄사 스님들은 그곳에 전강이 화엄사 선방의 조실로 머물고 있었으므로 조실채라고 불렀다.

해방 이후 전강은 여러 절에서 절 밖의 중생교화에도 힘써왔는데, 특히 6·25전쟁 중에는 광주에서 가게를 차려 제자 송담松潭을 몸소 뒷바라지하기도 했다. 전쟁 후 전강은 대흥사 주지, 담양 보광사 조실, 인천 보각사 조실, 망월사 조실을 역임하고 지금은 화엄사에 내려와 선객들을 접하고 있는 중이었다.

일타는 일찍이 경봉과 막내 외삼촌 진우에게 전강의 얘기를 많이 들었으므로 전강이 전혀 낯설지 않았다. 지중한 인연이 있어 자신이 화엄사로 찾아온 것 같았고, 전강 또한 일타가 방부를 들이려 했을 때 흔쾌하게 받아들였다.

일타가 가부좌를 풀었을 때는 하늘이 갑자기 어두워지고 있었다. 먹구름장이 지리산 허공으로 몰려오고 있었다. 장마철로 접어들면서 지리산 기후는 변화무쌍했다. 이윽고 굵은 빗방울이 구층암 기왓장을 때렸다. 포행하던 수좌들이 하나둘 뛰어들어 선방으로 들어갔다. 일타는 편하게 반가부좌 자세로 마루에 앉아 허공을 응시했다.

그때 포행 나갔다가 조실채로 가려던 전강이 큰 삿갓을 벗으며 토방으로 올라왔다. 일타는 벌떡 일어나 합장했다.

"큰스님, 비가 멎으면 올라가시지요."

"그럴까. 비가 오니 여기서 쉬다가 가야겠구먼."

"출타하신 일은 잘 돼가고 있습니까."

"인천 용화사 선방 일을 두고 하는 말이구먼. 늦어도 내후년에는 용화사에 법보선원이 개설될 것이네."

전강은 마루 끝에 걸터앉아 물었다.

"진우 수좌가 속가 친척이라고 했던가."

"막내 외삼촌입니다."

"전쟁이 나기 이태 전이던가. 진우 수좌가 전주에 법성원을 짓고 나를 불러 법문하러 간 적이 있네. 진우 수좌, 그 사람 열성이 대단하더구먼. 내가 '전주가 다 성불하였다고 하니 그 의지가 어떠한가〔全州成佛意旨如何〕' 하고 물었더니 진우 수좌가 '살아있는 백억의 석가가 취해 봄바람 끝에서 춤을 춥니다〔百億活釋迦醉舞春風瑞〕' 하고 대답하지 않겠나. 이것이 무엇인가. 전주 사람들을 모두 성불시키고 말겠다는 진우 수좌가 믿음직하고 고맙더구먼."

일타는 자신이 가장 따르던 막내 외삼촌 진우를 칭찬하는 전강의 말에 신심이 났다. 소나기는 금세 거세게 내렸다. 낙숫물이 실폭포처럼 떨어져 내렸다. 암자 마당은 낙숫물로 흘러넘쳤다.

전강이 갑자기 일타에게 질문을 던졌다.

"말을 하여도 삼십 방이요 말을 하지 않아도 삼십 방[道得三十棒不得三十棒]이라 하였으니 일타 수좌는 어떻게 하겠는가."

일타는 정신이 번쩍 들었다. 하늘에서는 구름장이 부딪히어 천둥소리가 나고 번갯불이 일었다. 일타는 전강이 무엇을 묻는지 그 대의를 재빨리 간파했다. 전강은 말길이 끊어진 그 자리가 무엇인지 묻고 있었다. 말을 하든 하지 않든 무조건 삼십 방을 맞을 수밖에 없었다.

"알음알이로 따지면 대답을 못할 것도 없습니다[解則不無]. 그러나."

"일러보게."

"실제의 행동으로 말한다면 저는 모릅니다[行則不識]."

전강의 입가에 미소가 어렸다.

"모른다고 하는 그것이 가장 친절한 법이다. 다시 무엇을 들어 말할 수 있겠는가. 훌륭하도다. 본분납자여, 부처님의 혜명을 이을 것이니라[不知最親切 如何話喻齊 善哉本分子 續佛如來命]."

천불전 앞 화초 잎을 두들기며 퍼붓던 비가 멈추었다. 낙숫물도 뚝 그쳤다. 허공을 가득 채웠던 먹구름장도 능선 너머로 뒷걸음질 쳤다. 비 개인 산색이 더욱 푸르러지고 있었다. 마당에는 미처 되돌아가지 못한 개구리들이 풀숲을 향해 뛰었다.

전강은 흡족한 얼굴로 일타에게 말했다.

"이번에는 일타 수좌가 묻게나."

"큰스님도 마찬가지입니다. 말을 하시어도 삼십 방이요 말을 하시지 않아도 삼삽 방입니다."

"어서 일러보게나."

일타는 합장하고 말했다.

"잠이 완전히 푹 들었을 때 일각一覺의 주인공은 어느 곳에서 안심입명합니까〔正睡着時一覺主人公 在甚麼處安心立命〕."

전강이 일타의 물음에 답하지 않고 오히려 물었다.

"잠이 완전히 푹 들었을 때 안심입명은 또 무엇인가〔正睡着時甚麼安心立命〕."

일타는 도솔암에서 자나 깨나 화두가 성성한 오매일여의 경지를 경험하여 보았으므로 자신 있게 말할 수 있었다.

"잠이 완전히 푹 들었을 때라고 하여 어찌 안심입명이 없겠습니까〔正睡着時 何無安心立命〕."

전강은 마루로 올라앉더니 말했다.

"차나 한잔 마시게〔喫茶去〕."

일타는 다기를 가져와 전강 앞에 놓았다. 전강은 즉시 찻물에 찻잎을 넣은 후 빈 찻잔에 따랐다.

"무슨 말이 필요하겠는가. 차 한 잔에 온몸을 적셔보게나. 거기에 안심입명이 있을 것이네."

울퉁불퉁한 모과나무 기둥에는 주련이 하나 걸려 있었다. 전강이 주련을 보더니 무릎을 치며 말했다.

"안심입명이 저 기둥에도 있었구먼그래. 일타 수좌가 소리 내어 한번 읽어보겠는가."

일타가 주련의 한 문장을 읽었다.

정좌처다반향초 묘용시수류화개
靜坐處茶半香初 妙用時水流花開

"일타 수좌가 읽었으니 해석도 마저 해보게나."

일타는 망설이지 않고 주련의 문장을 풀었다.

"조용히 앉아 차를 반 마셨으되 향기는 처음 그대로이고, 묘용의 때 물 흐르고 꽃이 피누나."

"안심입명을 군이 애써 구할 필요가 있겠는가. 자네가 앉은자리에 바로 그것이 있으니 말이네. 하하하."

전강은 차를 좋아하지 않는지 한 잔만 마셨다. 차를 우려 일타에게만 따라줄 뿐이었다. 일타는 차를 마시다 말고 전강에게 또 물었다.

"큰스님께서는 후학들에게 판치생모 화두만 들게 하고 있습니다. 화두를 타파하는 데 판치생모가 지름길입니까."

"공안은 다 같아. 지름길이 따로 없어. 다만 나 같은 성정의 사람이 의심을 짓는 데는 판치생모가 더 도움이 된다고 확신하고 있다네."

1천 7백 가지의 공안 중 하나인 판치생모板齒生毛의 유래는 이러했다.

> 어떤 스님이 조주선사를 찾아가 물었다.
> "어떤 것이 조사가 서쪽에서 온 뜻입니까."
> 이에 조주 선사가 대답했다.
> "판때기 이빨에 털이 났다〔板齒生毛〕."

'판때기 이빨'이란 달마의 앞니를 뜻했다. 동굴에서 9년 면벽을 한 달마의 앞니에 털이 날 수밖에 없었던 도리를 조주는 말했던 것이다.

모과나무 꽃향기가 촉촉한 바람결에 밀려왔다. 쏟아졌던 소나기로 계곡물이 불어 바위를 치며 흐르는 소리가 더 크게 들려왔다. 초여름의 햇볕이 들자 마당은 금세 빨래처럼 고슬고슬하게 말랐다. 전강은 일타에게 해인사의 소식도 전해주었다.

"요즘에는 해인사 퇴설당 선방에 눈 밝은 수좌들이 모여들고 있다는구먼."

"큰스님. 그렇지 않아도 해제하면 해인사로 가려고 합니다."

"지월 스님, 서옹 스님도 퇴설당에 있다고 그래. 모두 바른 수좌들이지."

일타는 문득 장경각에서 7일 기도를 했던 일이 떠올랐다. 문자에 대한 미련을 떨어뜨리지 못했던 일타에게 사교입선의 문으로 들어서게 한 7일 기도였다. 팔만대장경이 보관된 장경각에서 사교입선의 계기를 마련하였으니 참으로 역설적인 일이었다. 비로소 참선 공부만 하는 수좌로서 대발심을 갖게 한 7일 기도였던 것이다.

일타는 전강과 함께 조실채까지 갔다가 돌아왔다. 조실채 사립문을 나서려는데 전강이 소리쳤다.

"참선하려면 화엄사보다는 경허 선사의 선풍이 깃든 해인사 퇴설당이 더 좋아. 내 눈치 보지 말고 언제든지 떠나게."

그러나 일타는 당장 화엄사를 떠날 마음이 없었다. 해인사 선방이든 어느 절의 선방이든 화엄사에서 하안거를 한 철 보내고 나서 움직일 생각이었다.


혜국은 차를 한 잔 더 마신 뒤 잠시 눈을 감았다가 떴다. 그러더니 일타가 화엄사를 떠나 해인사로 간 얘기까지 마저 했다.

"화엄사 하안거를 마친 우리 스님께서는 해인사 퇴설당으로 갔지요. 당시는 퇴설당이 선방이었거든요. 거기서 지월 스님, 서옹 스님을 모시고 2년 정도 정진하셨지요. 그런데 우리 스님을 조계종에서 놔주지 않았어요. 1962년 4월에 정화대책 중앙종회비상

종회의원으로 발탁하여 율장 부분을 담당케 했지요. 그런 뒤 그해 8월에는 정식으로 조계종 초대 중앙종회의원으로 선출됐고, 더불어 교육위원, 감찰위원, 『우리말 팔만대장경』 역경위원까지 피선돼 많은 일을 하시게 됐어요. 실력을 인정받아 그런 소임들을 맡게 된 것이지요. 역경위원으로 법정 스님과 잠시 일을 함께했다고도 그래요."

"송광사 불일암에 계셨다는 법정 스님입니까."

"맞습니다. 당시 법정 스님은 우리 스님과 같이 해인사 관음전에 계셨던 거 같습니다. 우리 스님 말씀으로는 법정 스님 바로 옆방에는 스님들이 번역한 원고가 산더미처럼 쌓여 있었는데, 서울에서 내려온 교수와 학자들이 날마다 모여 번역한 원고를 점검하곤 했던 거 같습니다."

"일타 스님 원고도 거기에 있었겠습니다."

"율장에 대한 원문을 5백 매가량 번역하여 넘겼다고 합니다. 그런데 여러 스님들이 번역한 원고도 양보다는 질이 문제였던 것 같습니다. 하루는 우리 스님께서 저녁공양을 하시고 나서 차를 한 잔 마시러 법정 스님의 방을 갔다고 합니다. 문 앞에 이르니 방 안에 모인 사람들의 소리가 들렸다고 그래요. 번역원고의 수준을 가지고 1급이니 2급이니 5급이니 하고 논하고 있었는데, 우리 스님의 원고를 다른 사람에 비해 어린 나이와 대학을 졸업하지 못한 이력을 따져 그랬는지는 몰라도 최하급으로 치고 있더랍니다."

당시 일타의 나이가 고작 삼십대 중반이었으므로 율사 자운이나 운허 같은 대강백과 차이가 나는 것은 당연했다. 스님과 재가 불자들이 번역한 원고를 놓고 등급을 매기는 것은 원고료를 차등 지급하기 위해서였다. 권상로 박사 같은 대학자의 실력과 전문성을 무시하고 모두 똑같이 지급할 수는 없기 때문이었다.

일타는 은근히 기분이 상했다. 더구나 원고를 쓰는 글쟁이는 일타가 다다르고자 하는 구경究竟도 아니었다. 일타는 자신이 갈 길이 아니다, 라고 판단하여 원고 집필을 미련 없이 단념했다.

"우리 스님께서는 운허 스님께서 부탁한 『오분율』을 몇백 장 번역하다가 그만두고 원고를 운허 스님께 돌려주었다고 해요. 그러자 운허 스님께서 '에이구, 수좌하고는 일 못한다'고 하며 월운 스님에게 맡겨 마쳤다고 합니다. 우리 스님은 홀홀 털고 친한 도반인 도견 스님과 함께 제주도로 가버렸지요. 바다에서 헤엄을 치다가 지쳐서 돌아가실 뻔했던 일도 그때 발생한 일이었다고 합니다."

제주도로 간 때는 1964년 여름이었는데, 일타는 다시 뭍으로 돌아와 동안거를 극락암에서 보냈다. 극락암에는 일타에게 오래전부터 감화를 주었던 경봉 선사가 조실로 있었다. 일타는 선방의 입승을 맡아 경봉의 상좌인 명정을 비롯하여 여러 젊은 수좌들의 선배 입장에서 용맹정진을 하였다.

그리고 나이 어린 비구니스님들이 찾아오면 기력이 떨어진 경봉을 대신해서 법문을 해주었다. 경봉은 선방 입승인 일타에게 오대산 연비나 태백산 도솔암 수행담을 들려주도록 권유하곤 했던 것이다.

경봉의 가풍은 전강과 또 달랐다. 경봉은 승속을 불문하고 극락암을 찾는 이에게 물었다.

"여기 극락에는 길이 없는데 어떻게 왔는가."

'길 없는 길'을 물으니 대부분 사람들은 대답을 못하게 마련이었다. 이런저런 얘기를 하지만 실제로는 어리둥절해하다가 물러나 돌아가곤 했다. 경봉은 돌아가는 사람의 등에다 대고 껄껄 웃으며 소리쳤다.

"대문 밖을 나서면 거기는 돌도 많고 물도 많으니 돌부리에 걸려 넘어지지도 말고 물에 미끄러져 옷도 버리지 말고 잘들 가거라."

딴눈 팔아 화禍를 불러들이지 말고 눈앞을 바로 보고 살라는, 즉 현전일념現前一念하라는 경봉 특유의 경책이었다.

또한 경봉은 수행자들이 시간을 헛되이 보내는 것을 아주 싫어했다. 도인이 한가한 것은 마음이 한가한 것이지 결코 삶이 한가한 것은 아니었다. 누구보다도 순간순간의 삶을 치열하게 사는 사람이 바로 도인이었다.

경봉이 거처하는 토굴을 삼소굴이라 불렀는데, 삼소굴에 들어가면 빈대 똥이 드문드문 밴 벽에 이런 글이 붙어 있었다.

5, 6, 4, 3 등의 산만한 숫자가

어찌 1, 2의 실로 다하기 어려움과 같겠는가

몇 줄기 구름 빛은 산봉우리로 피어오르고

시냇물 소리는 난간에서 들린다

고운 것은 미워하고 싫은 것은 즐거워하도록 노력하련다

큰 활용은 미간조차 꿈쩍 않는 것

야반삼경에 촛불 춤을 볼지어다

(할 말이 있는 이는 10분 내로 하고 나가도록)

五六四三不得類

豈同一二實難窮

幾般雲色出峰頂

一樣溪聲落檻前

愛嗔不愛喜

大用不揚眉

夜半三更見燭舞

(談話人十分以內言之)

경봉의 게송은 오도한 경지를 노래하고 있지만 실제로 경봉이 방 안에 든 사람에게 말하고 싶은 바는 괄호 안의 쌀쌀맞은 문장이었다. 화두를 든 수행자는 한순간도 쓸데없이 낭비하지 말고 촌음을 아끼라는 당부였다.

일타 역시 정진하는 동안 틈틈이 삼소굴에 들러 경봉의 법문을 들을 때마다 10분을 넘긴 일이 없었다. 74세나 된 경봉의 애기를 길게 듣고 싶을 때는 삼소굴로 가지 않고 경봉이 백운암까지 산책하는 시간을 잡았다.

어느새 2월이 되어 동안거를 해제하는 날이었다. 신도가 대중공양을 하여 모처럼 공양간에는 떡과 과일이 넘쳤다. 행자들이 달여 부처님에게 올린 차향도 법당 안을 적셨다.

그런가 하면 선방 옆 산자락에 자생하는 홍매화는 흰 잔설 속에서 더욱더 붉게 만개해 있었다. 경봉은 법당의 법좌에 올라앉아 극락암 대중들을 향해 동안거 해제법문을 하기 전에 창을 하듯 게송을 읊조렸다.

> 수행자는 세 가지가 공하고 하나마저 공하니
> 모든 빛과 소리 본래 가풍이네
> 숱한 어려움 자중해서 견디니 동심으로 돌아가고
> 천 번 변해도 옛 주인공 언제나 여여하네
> 도인의 가슴속 언제나 활기 넘치고
> 붉은 매화 흰 눈 달빛 속에 향기롭네

떡과 과일 준비하고 산 차를 달이는데
동자가 홀연히 옛 종을 울리네

行者三空又一空

都盧聲色本家風

萬難自重孩兒性

千變如常舊主公

大道胸襟生活氣

香梅雪月共華容

齋餐備滿山茶熟

童子忽來打古鐘


일타는 동안거를 난 어느 누구보다도 감개무량했다. 1953년에 통도사로 돌아와 천화율원에서 자운의 권유로 율장 전서를 열람하던 중 극락암으로 올라가 경봉을 만난 지 실로 12년 만이었던 것이다. 경봉의 멋들어진 법문은 언제 들어도 신심이 났다.

해제법문이 끝난 뒤 일타는 따로 경봉에게 불려가 따뜻한 격려를 받았다.

"해인사로 간다고 했던가."

"앞으로는 돌아다니지 않고 해인사 선방에서 10여 년 살겠습니다."

"그래, 생각 잘했네. 이왕 수좌가 되었으니 한바탕 멋들어지게 살아보게나."

"어찌 사는 것이 멋들어진 인생입니까."

"수행자라면 모름지기 참선과 불학, 염불, 기도, 다도 등 불가의 모든 방편이 한데 어우러진 화엄의 바다가 돼야 하네. 그게 연극 같은 인생 멋들어지게 사는 일이 아니겠나."

일타가 삼배를 하고 일어서려 하자, 경봉은 즉석에서 시자에게 먹을 갈게 하더니 일필휘지로 게송 하나를 써주었다.

날마다 도의 빛을 발하여 참됨 또한 넘어섰네
아미타불 동산에서의 봄인들 아랑곳하랴
청정범행은 매죽이나 금옥에나 비교할까
도처에 향기를 떨쳐 세상을 새롭게 하네
日日道光亦超眞
彌陀苑裏不關春
行如梅竹如金玉
到處香聲振世新

일타의 도광道光이 참됨을 넘어서고 청정한 행실이 매화와 대나무 같으니 도처에 향기를 퍼트려 세상을 새롭게 할 것이라는 일타를 격려하는 경봉의 게송이었다.

경봉 회상에서 동안거를 보낸 일타는 다시 걸망을 멨다. 한결

가벼운 발걸음으로 극락암 일주문을 지나 해인사로 향했다.

혜국은 찻자리를 정리했다. 찻잔을 씻어 다탁에 하나하나 정리하더니 다포를 덮었다. 송광사로 가려는 모양이었다. 고명인은 다급하게 물었다.

"스님, 차편은 마련되어 있습니까. 없다면 제가 모시고 가겠습니다."

혜국은 고명인의 제의를 거절했다.

"아닙니다. 여기서 구례역으로 나가 기차를 타고 순천역으로 가면 송광사 가는 시외버스가 있습니다. 고 선생은 화엄사에 볼일이 있어 온 것이 아닙니까."

"화엄사에 머물 이유가 없습니다. 스님, 제가 송광사까지 모시겠습니다."

"고 선생에게 미안해서 그렇습니다. 나 때문에 송광사로 갈 이유가 없지 않습니까. 나야 뭐 지금은 안 계시지만 살아생전에 덕을 베푸신 구산 스님의 부도도 참배하고 또 다른 이유도 있습니다만."

"송광사도 일타 큰스님께서 출가 초기에 수행을 하신 곳으로 알고 있습니다."

그래도 혜국은 고명인의 제의를 완곡하게 뿌리쳤다.

"일타 큰스님을 아시려면 스님께서 수행하신 모든 곳을 굳이 순례할 필요가 없습니다. 왜 그런 수고를 하십니까."

"그렇다면, 스님……."

"바다의 짠맛을 알려고 동해나 남해, 서해의 모든 바다에 손가락을 담글 필요는 없다는 말입니다."

고명인은 혜국이 말하는 바를 이해했다.

"스님, 알려주십시오."

"태백산 도솔암으로 가십시오. 그곳에서 단 며칠만이라도 화두들고 참선을 해보십시오. 그렇게만 한다면 우리 스님의 살림살이를 눈치챌 것입니다. 우리 스님이 어떤 분이었는지 바로 알게 될 것입니다."

"태백산 도솔암이 어디에 있습니까."

혜국은 미소를 짓더니 단정적으로 말했다.

"태백산 도솔암을 빼놓고 우리 스님이 수행했던 곳이라 하여 돌아다니시는 것은 마치 우리 스님의 거죽만 보는 거나 다름없습니다. 우리 스님의 골수를 보시려면 태백산 도솔암으로 가서 참선을 해봐야 한다, 이겁니다."

"스님, 고맙습니다."

"지금 태백산 도솔암으로 가시겠습니까."

"스님을 송광사까지 모셔다 드리고 가겠습니다."

"그렇다면 좋습니다."

혜국은 고명인의 청을 받아들였다. 혜국은 탑전을 나와 다시 효대로 오르더니 탑을 향해 합장을 하고는 내려왔다. 혜국의 등 너머로 펼쳐진 하늘이 쪽빛처럼 푸르렀다. 고명인은 하늘빛이 자신의 가슴까지 적시는 듯하여 잠시 전율했다. 고명인은 자신도 모르게 합장하며 관세음보살을 외었다.

'나무관세음보살.'

효봉 선사와 구산 선사의 선풍이 깃든 송광사

마음이 곧 부처

고명인은 송광사 일주문 밖에 차를 세웠다. 혜국은 자신을 송광사까지 태워다준 고명인에게 미안했던지 소리 없이 웃으며 말했다.

"이왕 왔으니 제가 송광사를 구경시켜드리겠습니다."

"스님, 저는 송광사를 보러 온 것은 아닙니다."

고명인은 송광사보다는 태백산 도솔암으로 가고 싶은 마음뿐이었다. 도솔암으로 가서 단 며칠만이라도 참선을 해본 뒤 미국으로 돌아갈 계획이었다.

"고 선생, 그렇다 하더라도 송광사는 우리나라 삼보사찰 중 하나입니다. 법당에 들러 참배를 하십시오. 향을 사르고 절을 하는 것도 좋은 인연을 맺는 일입니다. 복 짓는 일입니다."

고명인은 혜국의 말을 따르기로 했다. 향을 사르고 절을 하는 것도 좋은 인연을 맺는 일이라는 말에 마음을 바꾸었다. 더구나 돌아가신 어머니를 생각하자, 망설임이 순식간에 사라졌다. 저승을 떠돌고 있을 어머니의 혼과 이승에서보다 더 좋은 인연을 맺고 싶었다.

고명인은 입장권을 사지 않고 혜국을 따라 매표소를 통과했다. 매표소 직원이 혜국을 보더니 합장했다. 한발 앞서 걷던 혜국이 뒤돌아보며 말했다.

"해인사 포교국장 소임을 보았던 혜각 스님에게 들은 얘기입니다만 어머니 보살님 기도를 위해 해인사에 들렀다가 우리 스님이 어떤 분인지 관심을 갖게 됐다면서요."

"사실은 저도 대학생 시절 어머니를 따라 해인사에 갔다가 일타 큰스님을 한번 뵌 적이 있습니다. 이런저런 인연으로 그리된 것 같습니다."

혜국도 자신의 속가 어머니가 생각이 난 듯 걸음을 멈추고 길가의 풀잎 하나를 뜯더니 말했다.

"이 풀의 이름이 무엇인지 아십니까."

"모르겠습니다."

"풀 초草에 까마귀 오烏 자를 쓰는 초오라는 독초입니다. 제가 도솔암 살 때 어느 봄날 아침이었습니다. 나물인 줄 알고 뜯어 먹었지요. 파란 잎을 씹어서 넘기자마자 혀가 따끔따끔하고 톡 쏘더군요. 잠시 후에는 목이 끊어지는 것 같았어요. 곧 숨이 넘어갈 것 같아 '사람 살려, 사람 살려' 하고 소리쳤지요. 그러고는 다리가 뒤로 휘청하면서 앞으로 거꾸러졌어요."

혜국이 기억하는 것은 거기까지였다. 곧 의식을 잃었기 때문이었다. 그런데 기억을 뛰어넘는 또 하나의 세계가 나타났다. 혜국의 의지와 상관없이 또 하나의 시간과 공간이 흐르고 있었다.

"내가 제주도로 어머니를 찾아가고 있었습니다. 수행자가 부처님을 찾는 것이 도리인데 좀 뭐했습니다. 어쨌든건 아주 생생했어요. 어머님을 뵙자마자 '어머님, 저 왔습니다' 하고 인사를 드렸지요."

그런데 살아생전에 보던 어머니와 태도가 달랐다. 혜국을 쳐다보지도 않고 키에 얹힌 쌀을 고르고만 있었다. 아들이 행방불명됐다고 중얼거리더니 절에 불공을 드리러 간다며 불공쌀을 추리기만 했다.

"어머니가 왜 그러셨는지 이상했어요. 별일이 다 있네, 싶었지요."

고명인은 초오 잎을 한 잎 따 코끝에 대면서 말했다.

"스님, 외람되지만 제가 생각하기로는 그것은 이상한 꿈이 아닙니다."

"왜 그렇습니까."

"어머님이 바로 부처님이니까 어머니를 찾으셨던 것은 아주 당연한 일이 아닙니까. 속가의 어머니 역시 아들이 행방불명됐다고 불공쌀을 고르는 일 또한 이치에 맞습니다. 스님이 부처를 이뤘으니 속가의 아들은 행방불명된 거나 마찬가지이지요. 제 말이 틀렸습니까."

혜국은 소리 내어 웃더니 말했다.

"고 선생, 돌아가신 어머니 보살님을 그리워하는 줄은 잘 알고 있지만 그렇다고 저처럼 독초를 씹어 삼키지는 마십시오."


실제로 혜국은 도솔암에서 견성의 경지를 체험하기에 이르렀다. 졸음을 이기려고 철발우를 머리에 이고 가부좌를 틀었다. 졸면 철발우가 머리에서 떨어져 무릎을 찧었다. 철발우에 담긴 물이 엎질러져 옷을 적셨다. 그래도 혜국은 낙담하지 않고 철발우를 머리에 이고 '어째서, 어째서……' 하고 화두를 붙잡고 앉아 버렸다. 그러던 어느 날 오후 8시 반쯤이었다. 그날도 물을 가득 담은 철발우를 머리에 얹고 가부좌를 틀었는데, 시간과 공간이 사라지고 오롯이 화두를 든 마음만 남아 있는 경지를 체험했다. 순식간에 하룻밤이 지나가고 아침 해가 눈부시게 뜨고 있었다. 장엄한 일출의 풍광이었다. 혜국은 환희심이 들어 벌떡 일어나 사자처럼 포효했다. 순간 철발우가 굴러떨어져 쿵 하는 소리가 났다. 철발우가 떨어지는 소리이기도 했지만 화두를 든 자신이 찰나 간에 풍비박산 나는 소리였다.

혜국은 사지死地에서 탈출한 사람처럼 '이제 됐구나!' 하고 도솔암 방문을 박차고 나가 온 산을 헤매고 다녔다. 빈 산중을 낄낄거리며 달리던 혜국은 산토끼와 다람쥐는 물론 살아 있는 유정물有情物을 향해서 "이놈들아, 바로 너희도 부처가 될 수 있다" 하고 소리쳤다.

그길로 혜국은 해인사 백련암으로 갔다. 성철에게 자신이 깨친 경지를 알리기 위해서였다. 1973년의 일이었다. 도솔암으로 들어가 한 번도 머리를 깎아본 적이 없는 봉두난발의 혜국은 성철에게 삼배를 올리고 난 뒤 말했다.

"큰스님, 약속한 일을 마치고 왔습니다."

"뭐라꼬, 니가 깨달았다 이 말이가. 그래, 그렇다면 어흥! 이 소리가 어디에서 나왔노."

"스님, 그 소리 가지고 몇 명이나 속여 먹었습니까. 그 말에 제가 속을 줄 압니까. 속지 않습니다."

성철이 멈칫하더니 다시 물었다.

"유有도 아니고 무無도 아닌 너는 어디서 주워왔노."

"스님, 그런 거로 저를 속이지 말고 스님 살림살이를 내보이십시오."

"이놈 보그래이. 덕산탁발화德山托鉢話를 일러라."

이 말에 혜국은 대답을 못했다. 더 이상 버티지 못하고 멍해졌다. 덕산탁발화를 들이미는데 도망갈 길이 꽉 막혀버렸다. 지식으로는 설명할 수 있는데, 성철이 요구하는 것은 알음알이가 아니었던 것이다.


　덕산탁발화.

　그것이 공안이 된 내력은 이러했다. 하루는 덕산이 공양 시간이 아닌데 발우를 들고 공양간으로 향했다. 공양주 소임을 보던 설봉이 말했다.

　"조실스님, 종도 치지 않고 북도 치지 않았는데 어디로 가십니까."

　덕산은 대답하지 않고 조실채로 갔다. 설봉이 작은 소리로 중얼거렸다.

　"조실스님이 말후구(末後句, 선의 마지막 관문)를 모르시다니. 말후구를 모르면서 어떻게 조실스님이란 말인가."

　설봉의 말을 들은 선방의 암두가 말했다.

　"예로부터 말후구를 모르면 조실 될 자격이 없다."

　설봉과 덕산의 얘기를 전해들은 산중 대중들이 웅성거렸다. 그때 시자가 덕산에게 고자질을 했다. 덕산은 불같이 화를 내며 두 스님을 불러들였다. 곧 설봉과 암두가 조실채로 들어가 절을 하며 말했다.

　"조실스님, 저희들을 불렀습니까."

　"너희들이 나를 인정하지 않는 것이냐."

그러자 암두가 덕산의 귀에 대고 뭐라고 속삭였다. 이에 덕산이 손뼉을 치며 좋아했다.

"맞다, 맞다."

도대체 암두가 덕산에게 무슨 말을 속삭였기에 덕산이 손뼉을 치면서 좋아했을까, 라는 것이 덕산탁발화가 던지는 물음이었다.

어쨌든 혜국은 말문이 막혀 당황했다. 성철은 또다시 다그쳤다.

"덕산 스님이 왜 손뼉을 쳤는지 일러보그래이!"

"스님, 환한데 모르겠습니다."

"짜슥이 양심은 있구마. 환한데 모른다꼬. 환하다는 소리는 빼라! 너 태백산 가지 말고 여기 백련암 영각에 있그래이. 3년은 더 해야 되는기라."

그러나 혜국은 백련암을 떠났다. 다른 선지식을 만나 자신이 깨달은 바를 점검받고 싶었고, 성철의 배려와 상관없이 스승의 눈치를 보는 백련암 수좌들 사정도 고려해서였다. 혜국은 백련암을 내려와 바로 통도사 극락암으로 가 경봉 앞에 꿇어앉았다.

극락암은 바닷물이 빠진 백사장처럼 조용했다. 선방 대중들이 모두 영축산 정상으로 산행 나가고 없었다. 혜국은 시자 송암을 따라 삼소굴로 들어가 82세의 경봉에게 절을 했다. 누워 있던 경봉은 머리를 산적처럼 기른 혜국의 인사를 받고는 말했다.

"혜국이 깨달았다고. 손 내봐라."

잠시 후 경봉이 혜국의 손을 때리며 물었다.

"이 소리가 네 손에서 났는가. 내 손에서 났는가."

"아이고, 스님. 어린애 달래는 소리 마시고 스님 살림살이나 내놓으십시오. 무 자 소식을 일러보십시오."

"무 자 소식 말이냐."

경봉이 벌떡 일어나 혜국의 멱살을 잡고 거칠게 흔들었다.

"여사미거驪事未去에 마사도래馬事到來라. 일러라."

혜국은 또 막혔다. '나귀의 일이 끝나지 않았는데 말의 일이 도래했다'는 공안에 또다시 심장이 멈출 듯했고 숨이 턱에 걸렸다. 이윽고 경봉이 타일렀다.

"혜국 수좌! 내가 오 처사 나가라고 할기다. 극락암에 1천 일만, 3년만 살기구마."

혜국은 다시 극락암을 뛰어나와 송광사로 갔다. 이번에는 조계산의 선지식 구산을 찾아가 절을 했다. 구산은 대뜸 혜국이 자신에게 온 의도를 알고 말했다.

"저 앞산에 바위가 눈이 열렸구나. 눈 열린 소식을 일러라."

"눈 열린 소식을 이르라고 한 사람에게 물으십시오."

다시 구산이 원을 그려놓고 대답하라 했고, 혜국은 즉시 답을 했다. 구산이 또 경봉처럼 '여사미거 마사도래'란 화두를 물어와 혜국이 말했다.

"노장님, 왜 똑같은 말을 묻습니까."

혜국은 구산의 다그침이 시원치 않다고 여긴 나머지 또 물었다.

"노장님, 귀 좀 빌려주십시오. 어떻게 모든 사람이 들으라고 말합니까."

구산이 대답 대신에 혜국에게 자신의 귀를 내밀었다. 그 순간 혜국은 구산의 뺨에 손을 댔고, 구산은 안타까운 듯 혀를 찼다.

"미친놈!"

성철, 경봉, 구산 등 세 사람의 선지식을 만나 자신의 경계를 점검한 혜국은 전국을 만행했다. 누더기를 걸치고 머리를 긴 채 아무 데서나 먹고 자고 했다. 그러다 다시 도솔암으로 들어갔다가 구산의 부름을 받고 송광사 선방으로 갔다. 이후 몇 번을 더 송광사 선방을 들락거리다 나중에는 3년 결사를 마쳤다.

혜국은 구산을 얘기하면서 '참 놀라운 분'이란 말을 반복했다. 경내의 풍경 소리가 들리자 구산이 더욱 간절하게 떠오른 듯 걸음을 멈추고 산길 가의 유무정물에 합장하곤 했다. 그늘진 산길 옆으로는 큰 개울이 얌전하게 흐르고 있었다. 해인사 초입의 홍류동 계곡의 거친 물살과는 대조적이었다. 구산이 제자를 사랑하는 모습처럼 계곡물은 동글동글한 바위를 적시며 흐르고 있었다.

"구산 노장님과의 인연은 지금 생각해봐도 특별합니다. 노장님께서는 입적하실 때까지 사람을 시키거나 편지를 보내 저를 부르시곤 했습니다. 노장님께서 저를 직접 찾아오실 때도 있었고요. 함양 용추사 은신암으로 도망쳐 숨어 있을 때나, 소백산 토굴, 제주도 남국선원의 토굴에 있을 때도 당신이 직접 오시어 송광사 선방에 함께 살기를 원했어요. 3년 결사를 마치고 나서 조계산 상봉 밑 인월정사에서 겨울 한 철을 살 때였지요. 어느 날 치과를 가려고 나서는데 노장님이 어디를 가느냐고 묻길래 '하도 잠이 많아서 속이 상한 김에 나도 모르게 어금니를 물고 울다가 부러졌습니다' 하고 대답했지요. 뒷날 노장님께서 조용히 불러 갔더니 영원히 부러지지 않을 황금 어금니란 뜻의 금아金牙란 법호를 주시더군요."

고명인은 구산과 세속에서는 상상할 수도 없는 신뢰를 주고받으며 살아온 혜국을 부럽게 쳐다보았다. 세속에서는 피는 물보다 진하다고 하지만 선가에서는 법(진리)이 피보다 진하지 않나 싶었다.

"1977년도였을 겁니다. 입적하시기 얼마 전에도 불러서 갔더니 뭘 써놓고 저더러 가져가라고 하셨습니다. 그러면서 당신이 입던 누더기를 저한테 물려주시면서 '이건 네가 입고 살라'고 하셨습니다."

"구산 스님께서 무슨 글을 써주었다는 것입니까."

"우리 선가에서는 밀계密啓라고 합니다. 발설하면 온갖 시비가 생기지요."

혜국은 고명인의 물음에 대답하기 곤란한 듯 화제를 바꾸었다.

"지금도 저는 구산 노장님 제삿날에는 송광사에 오지 않더라도 노장님 계신 곳을 향해서 혼자서 향을 사르고 조촐한 의식을 치릅니다."

고명인은 송광사에 온 혜국을 이해했다. 혜국은 자신을 이끌어
준 여러 선지식들 중에서도 특히 구산을 그리워하고 있었다. 혜
국은 대웅전으로 들어가 삼배를 하고 나오더니 바로 한 요사로
갔다. 3년 결사를 하면서 혜국 자신이 묵은 방인 모양이었다. 혜
국은 마루턱에 걸터앉은 뒤 감개무량한 듯 눈을 감고 중얼거렸다.

뼈를 부수고 몸을 태우는 것이 정법이니
금아선자가 삼계의 사람들을 다 씹어 죽였구나
서쪽에서 온 소식을 나에게 전했으니
푸른 숲 속 새벽 꾀꼬리 소리가 노파의 선일세
碎骨焚身爲正法
金牙嚼殺三界人
西來消息固余囑
綠樹曉鸎老婆禪

순간, 고명인은 바로 이 게송이 구산으로부터 받은 밀계가 아닌
가 싶어 물었다.

"스님, 지금 읊조린 게송을 전법게라고 하는 것입니까."

"쓸데없는 소립니다. 일타 스님이 저의 어머니 같았던 분이라면
구산 스님은 아버지 같은 분이었습니다. 그런 분이 제게 무슨 말

쏨인들 못하셨겠습니까."


흰 구름을 무심히 바라보던 혜국이 '여기를 보십시오' 하고는
마루 판자를 가리켰다. 풀 먹인 잿빛 가사처럼 깔깔한 마루 판자
에는 아무것도 없었다. 오후의 부드러운 햇살 한 자락이 내려앉아
있을 뿐 마루 판자는 얼룩 하나 없이 말끔했다.

"스님, 무엇을 보라는 말입니까."

"전 이 마루 판자를 볼 때마다 소름이 돋곤 합니다."

혜국은 마루 판자를 통해서 무엇이 불현듯 전광석화처럼 떠오
른 듯했다. 그런데 바로 그때, 요사 저쪽에서 육십대 중반으로 보
이는 보살이 젊은 스님의 안내를 받아 걸어오고 있었다. 보살을
본 혜국은 토방으로 내려섰다. 잘 아는 보살이 분명했다.

"시님, 죄송합니더. 고속도로에서 농민들이 길을 막고 데모를
하는 바람에 늦었십니더."

"보살님, 저도 방금 왔습니다. 아 참, 이분은 고 선생인데 우리
스님을 알고 싶어 미국에서 오신 분입니다."

보살이 합장하며 고명인에게 고개를 숙였다.

"우리 큰시님을 알고 싶다고예."

"그렇습니다. 뵙게 되어 반갑습니다."

혜국이 한마디 더 보태어 보살을 소개했다.

"우리 스님을 애기 보살 때부터 오랫동안 시봉한 분이지요. 도

움을 주실 겁니다."

"아이고 시님, 제가 무슨 시봉을 했다고 그러십니꺼."

"우리 스님께서 법문을 가장 활발하게 했던 사십대 초부터 입적하실 때까지 시봉했던 유발상좌가 아닙니까."

"시님, 저만 우리 큰시님을 모신 줄 압니꺼. 전국 방방곡곡의 수많은 불자들이 우리 큰시님을 부처님처럼 따르고 의지하지 않았십니꺼."

보살은 일타의 얘기가 나올 때마다 반사적으로 합장했다. 고명인은 보살을 만난 것이 행운이라고 생각했다. 그런데 보살은 곧 그 자리를 뜨려 했다.

"시님, 대웅전부터 관음전, 국사전까지 참배하고 오겠십니더. 송광사 경내에 계속 계실 거지예."

"저 아래 찻집에서 고 선생과 함께 기다리고 있겠습니다."

"시님, 부산 소림사 법문은 내일 오전입니더. 여기서 부산까지 세 시간이면 충분하니까예, 천천히 참배하고 오겠십니더."

"그러십시오, 보살님. 여기까지 오시지 않아도 되는데 괜히 수고하시는 거 아닙니까."

"아닙니더. 시님도 모시고 송광사 방장 큰시님도 친견하고 얼마나 좋십니꺼."

보살이 법당으로 가고 나자, 혜국이 조금 전에 하려다 만 얘기를 다시 꺼냈다.

"이 마루 역시 구산 노장님의 흔적이 밴 곳입니다."

마루에 내려앉은 햇살은 명주실처럼 부드럽고 빛이 났다. 마루 판자는 거무튀튀한 빛깔이었지만 고색의 창연함이 배어 있었다.

혜국이 구산 회상에서 3년 결사를 할 때였다. 사실은 말만 3년 결사지 혜국 혼자서 마친 결사였다. 처음 시작할 때는 혜암이 입승을 보고 적명, 무여, 정광, 휴암, 일장 등이 3년 동안 장좌불와에다 동구불출하기로 맹세했지만 사정이 생겨 첫 철에 깨졌기 때문이었다. 결국 마지막에는 혜국 혼자 남아 3년 결사를 마친 셈이 됐는데, 그때 구산은 송광사 대중들에게 '혜국이 한쪽 눈이 열렸다'고 공공연하게 자랑하고 다녔다.

혜국의 3년 결사가 끝나갈 무렵이었다. 오랜 장좌불와의 후유증으로 혜국은 눕는 것이 불편했다. 누울 때마다 허리에 통증이 왔다. 구산은 혜국의 허리에 이상이 온 것을 알고 몹시 놀랐다. 시자에게 인삼과 대추를 달인 한약을 받아 마셔왔던 구산은 한밤중마다 그 약사발을 아무도 몰래 혜국의 방문 앞에 놓고는 마루를 톡톡 두드리곤 했다. 구산이 약사발을 들고 오는 시간은 밤 11시 반에서 12시 사이였는데, 여섯 달 내내 하루도 빠짐이 없었다.

"아무도 몰래 왔다가 가시곤 했어요. 그럴 수밖에 없었습니다. 당시 대중 중에는 저를 두고 '저기 애꾸눈이 온다'고 시기하는 수행자가 있었거든요. 애꾸눈이라고 한 것은 구산 노장님이 저를 두고 '한쪽 눈이 열렸다'고 자랑을 하시고 다니니까 그랬던 겁니다."

"구산 큰스님도 일타 큰스님처럼 자비로운 분이시군요."

"가풍이 좀 달라요. 구산 노장님은 늘 미소를 짓고 다니셨지만 선방에서는 몽둥이를 무지막지하게 휘둘렀어요. 한번은 제가 자정 무렵이 돼서 노장님이 오신 줄도 모르고 졸았더니 마당에 한약을 확 쏟아버리고 돌아가셨지요. 구산 노장님은 그렇게 단호한 분이셨습니다."

한 무리의 관광객이 기웃거리며 다가오자, 혜국은 천천히 일어서며 말했다.

"저는 송광사에 오면 법당보다도 먼저 이곳을 찾아 이 마루 판자를 보고서 구산 노장님을 생각합니다. 그때마다 울컥울컥 발심이 솟구치지요."

고명인은 혜국을 따라 일어서 토방을 내려섰다. 혜국은 송광사에서 볼일을 마치려는 듯 잰걸음으로 요사를 나서며 말했다.

"한 시간 후쯤에나 일주문 밖 찻집에서 보지요. 전 노장님 부도를 둘러보고 오겠습니다."

"저도 경내에 좀 있다가 찻집으로 내려가겠습니다."

고명인은 요사를 나와 비슷비슷한 가람들을 먼발치에서 보는 시늉을 하다가 바로 찻집으로 내려갔다. 찻집은 불일서점 바로 밑의 개울가에 있었다. 보를 타고 흘러넘치는 개울물 소리가 돌돌돌 들려오는 곳이었다.

고명인은 혼자서 작설차를 서너 잔 우려 마셨다. 아직 차 맛에 익숙하지는 못했지만 적어도 절에서만큼은 커피보다는 차가 먼저 당겼다. 고명인은 찻집에 비치한 지도를 빌려 태백산 도솔암의 위치를 찾았다.

도솔암의 행정구역은 경북 봉화군 소천면 고선 1리였다. 그렇다고 도솔암이 고선 1리에 있는 것은 아니었다. 등고선 위에 도솔암을 가리키는 듯한 卍자 부호는 고선 1리에서 홍점골 골짜기 끝에 있었다. 고명인은 혜국이 한 말을 떠올리며 중얼거렸다.

'스님은 나에게 도솔암에서 며칠만이라도 화두를 들고 참선하라고 하셨지. 그러면 일타 큰스님의 살림살이를 엿볼 수 있을 거라고 말씀도 하셨고. 화두는 큰스님에게 탄다고 하는데 지금 나에게는 화두가 없지 않은가.'

고명인은 자신이 아는 화두를 귀동냥한 대로 헤아렸다. 일타가 들었던 세존염화, 경봉이 들었던 무 자, 성철이 혜국을 윽박질렀던 덕산탁발화 등등을 떠올렸다. 그러나 무슨 화두를 들어야 할지 막연했고 도무지 이해도 되지 않았다.

그때였다. 보살이 생각보다 빨리 찻집으로 들어왔다. 고명인은 일어나 보살을 맞았다. 고명인은 자리를 창 쪽으로 옮겨 앉았다.

"이거 우리 큰시님께서 법문하신 테이프거든예. 저기 서점에서 샀십니더."

"저에게 주시는 겁니까."

"송광사에 온 기념으로 염주 몇 개 사러 갔다가 눈에 띄어서 샀

십니더. 우리 큰시님을 알고 싶어 미국에서 왔다카니 반갑지 않십
니꺼."

"차에서 들어보겠습니다."

찻집은 한가했다. 방 형태의 맞은편 다실에 여러 보살들이 젊은
스님과 함께 차를 마시고 있을 뿐 대낮의 찻집은 텅 비어 있었다.
고명인은 보살의 손에 감긴 단주알이 참 곱다고 생각했다. 머루알
처럼 작은 것들이 번들번들 반짝이고 있었다.

"제 소개가 늦었군요. 미국에서 조그만 사업을 하고 있는 고명
인이라고 합니다."

"대원성이라 합니더. 고암 종정 큰시님께서 계를 주셨고, 일타
큰시님으로부터 보살계를 받았십니더. 일타 큰시님을 처음 뵌 것
이 아마 1966년도였을 깁니더."

화엄사 전강 회상을 떠난 일타가 통도사 극락암의 경봉 회상에
서 안거하고 난 다음 해인사로 가 머문 때가 1965년도였으니 대원
성 보살의 기억은 정확했다. 일타는 그때부터 1972년까지 해인사
에서 머물렀는데, 안거 때는 선방인 퇴설당에서 보냈고 해제하면
관음전에서 살았던 것이다.

또한 일타로서는 승속을 불문하고 법문을 가장 왕성하게 설했
던 시기이기도 했다. 해제 철이 되면 부산의 감로사나 소림사에서
정기적인 법문을 했고, 송광사와 범어사, 통도사 등에서 보살계
살림 때마다 법문을 도맡았던 것이다.

대원성 보살은 고명인에게 스스럼없이 일타를 만나게 된 인연을 애기했다.

"친정아버지가 부산 대각사 뒤에서 한약방을 하고 계셨습니다. 자연히 시님들이 우리 집을 자주 찾아와 한약을 많이 지어갔지예. 그래서 저는 어린 나이에 자연스럽게 시님들을 많이 뵐 수 있었십니다. 특히 일타 큰시님께서는 철없는 저를 귀여워하셨지예. 당시에는 처녀가 절에 다니는 일이 드물어 절에 가면 듬뿍 사랑을 받았십니다. 저는 부산 감로사로 1백 일 새벽기도를 하러 다니면서 일타 큰시님을 자주 뵀십니다."

감로사는 일타의 외삼촌 스님인 보경이 주지로 있는 절이었다. 그런 속가의 인연으로 일타는 해제 철이 되면 감로사에 자주 갔는데, 이십대 초반의 대원성이 새벽에 108배를 하고 나오면 꼭 차를 우려주곤 했다. 대원성 보살은 그때가 그리운 듯 큰 입을 비쭉이며 말했다.

"일타 큰시님이 계신 방에 들어가면 모르는 시님들이 방에 가득 많았십니다. 아가씨는 나 혼자뿐이라 부끄러워 차를 돌아앉아 홀짝 마시곤 했십니다. 그러면 일타 큰시님께서 '애기 보살은 차를 물 먹듯이 마시는구먼' 하고 나무라셨지예. 어떤 날은 제가 '시님은 차를 병아리 눈물만큼 주시면서 야단은 황소처럼 하시는교' 하고 어리광을 부린 적도 있었십니다."

대원성은 자신을 불문佛門으로 깊숙이 인도해준 일타를 졸졸 따라다녔다. 방생법회를 따라간 적도 있었다. 신도들은 버스에 타고 대원성은 애기 보살이라 하여 스님이 탄 승용차를 탔다. 방생법회장에는 방생할 물고기를 파는 장사치들로 북적거렸다. 대원성이 어느 고기 장수의 물동이를 가리키며 '가장 큰 것으로 주세요' 하자, 일타가 '가만 있어봐라' 하더니 고기 장수 물동이에 든 고기를 모두 사버렸다. 그때 대원성이 '시님, 곧 죽을 것 같은 고기도 있는데 왜 다 사십니꺼' 하고 의아해하자, 일타는 '고기들이 죽고 사는 것은 제명이지만 살려주는 마음에는 차별이 없어야 한다'고 말하며 신도들에게 고기를 물에 놓아주게 했다.

"저는 그때 부끄러워 고개를 들 수 없었십니더. 시님은 요령을 흔들며 염불하신 뒤 방생법회를 마치시고 방생한 고기들 중에서 제일 크고 잘생긴 고기가 다음 생에 제 아들로 태어나라고 기도하셨지예. 그래서인지 수년 후 제가 둘째 아들을 잉태하여서 태몽을 꿨는데 잘생긴 물고기가 물이 흐르는 도랑을 치솟으며 날더라고예."

고명인은 일타의 애기를 들을 때마다 늘 그랬지만 가슴이 훈훈해짐을 느꼈다. 생선을 꿴 새끼줄에서는 비린내가 나고 향을 싼 종이에서는 향냄새가 난다고 했던가. 대원성이 일타의 자비로운 면모를 얘기하는 동안 찻잔의 작설차향이 향기롭게 코끝을 스쳤다.

"한번은 길을 가시다가 흰 종이가 바람에 날리는 것을 보고 끝까지 따라가 주워 걸망에 넣으시길래 그 더러운 걸 뭣 하러 주우시느냐고 핀잔을 드렸더니 '이런 것은 누구든지 먼저 보는 사람이 주워야' 하고 말씀하신 적이 있십니다. 그러시더니 절에 돌아와 그 종이를 무릎에다 대고 연비하여 손가락이 한 개뿐인 손으로 곱게 펴서 다림질을 하시더라고예. 깨끗한 부분의 종이는 가위로 오려 화장실에 두고, 글이 써졌거나 더러운 부분은 아궁이에 놓고 태우시더라고예. 그뿐만 아닙니다. 우편물이 올 때마다 봉투를 조심스럽게 개봉한 다음 봉투를 뒤집어 풀로 붙여 다시 사용하셨십니다."

고명인은 대원성 보살의 얘기를 실감나게 들었다. 대원성 보살이 실제로 겪고 보았던 일이기 때문이었다. 대원성은 친구들을 데리고 해인사를 찾아가기도 했다. 당시 해인사는 지월, 성철, 법정, 보성 등등의 수좌들이 결제 철이 되면 퇴설당에 가부좌를 틀고 앉아 해인사의 선풍을 진작시키고 있을 때였다.

그런데 그때 일타에게 마음의 큰 고비가 하나 닥쳤다. 1971년 해인사 대중들이 일타의 허락도 없이 주지로 선출하였기 때문이었다. 일타는 방장인 성철을 찾아가 고사했다.

"방장스님께서는 늘 우리 대중들에게 말씀하신 게 하나 있습니다."

"그기 뭐꼬."

"공부를 위해 중노릇해야지 사람 노릇을 위해 중노릇하면 안 된다고 말씀하셨습니다. 손가락을 연비한 저 같은 사람이 어찌 주지 소임을 잘할 수 있겠습니까. 방장스님, 저는 달아날 주走 자, 갈 지之 자 주지를 하겠습니다."

"허허허."

일타는 그날 바로 걸망을 메고 해인사를 떠나 잠적해버렸다. 다음 날 성철은 일타의 상좌 혜국을 불러 말했다.

"느그 스님 도망갔다."

"해인사 주지는 어떻게 하고요."

"주지 안 할라꼬 야반도주했다 말이다."

"어찌 해야 합니까."

"주지는 새로 뽑으면 된다. 그러니 니는 느그 스님 갈아입을 옷이나 챙겨다 드려라."

혜국은 여기저기 수소문하여 마침내 도봉산의 한 토굴로 찾아가 일타를 만났다. 그때 일타가 혜국에게 한 말은 이러했다.

"내가 오대산에서 연비할 때의 마음은 '한 세상 안 태어난 셈치고 이 한 목숨 부처님께 바친다'는 거였다. 그런 발심의 힘으로 도솔암에서 잘 살았던 게지. 한데 주지를 하라고 하니 갈등이 오지 않겠나. 그것도 사십대 초반에 큰스님이니 주지니 하고 헛이름이 나기 시작하면 더 이상 공부하기 어려워지지 않겠나. 그래서 야반 도주했던 거다."

일타는 주지를 새로 선출한 다음 다시 해인사로 돌아왔지만 마음은 허전하기만 했다. 어딘가로 떠나서 말뚝신심을 충전하고 싶은 생각뿐이었다. 그러던 1972년 초 어느 날이었다. 일타는 부처님 성지인 인도로 떠날 계획을 세웠다.

'부처님이 태어나신 천축국 인도는 더운 나라다. 가사 한 벌, 발우 하나인 일의일발一衣一鉢에다 아무 데서나 누워 자면 그만일 것이다. 의식주가 해결되니 두타행이 가능할 터이고, 언어도 모르고 아는 사람도 없으니 묵언은 저절로 이루어지리라. 부처님이 맨발로 걸으셨던 깨달음과 열반의 길을 나도 무소의 뿔처럼 걸으리라.'

마침내 일타는 1972년 10월에 소승불교 국가인 태국으로 들어갔다. 그런 다음 미얀마로 향했고, 미얀마에서 네팔로 향했다. 그리고 네팔의 룸비니에서 인도로 들어가 불교 성지를 샅샅이 순례하는 동안 일타는 오대산 적멸보궁에서 연비할 때 '부처님 법을 통하여 신심을 완전히 결정짓겠나이다' 하고 발원했던 그 마음을 다시 냈다.

일타는 부처님의 열반상이 안치된 쿠시나가라 열반당에 들어가서는 통곡하는 티베트 여인들을 보았다. 열반당 입구에는 부처님이 열반하려 하시자 아난존자가 붙들고 울었다는 사라나무 두 그루가 석양빛을 받아 황금빛으로 빛나고 있었다. 그곳에서 3킬로미터쯤 걸어가자 부처님을 화장한 터에 조성한 둥근 사리탑이 나타났다. 사리탑 너머로는 석양빛이 불상의 광배처럼 환했다. 일타는 합장한 채 탑돌이를 하며 시 한 수를 지었다.

사라쌍수 변백變白하고 불변 열반하시었네
제행무상 종소리는 승가탑에 울리도다
범소유상 개시허망 인간천상 깨우치니
무상보리 이루는 법 여기에서 마치셨네
상부불멸 상부법계 청정안락 열반의 길
일진법계 진실도를 인과교철 시현일세

쿠시나가라를 떠난 일타는 불교 성지 순례를 멈추지 않았다. 부처님이 6년 고행을 한 전정각산, 깨달음을 이룬 보드가야의 보리수, 처음으로 설법한 녹야원 등등 인도의 여러 불교 성지를 순례한 일타는 바다를 건너 소승불교 국가인 스리랑카로 갔고, 이후에는 유럽으로 건너가 여러 기독교 국가의 종교 성지를 둘러보고 불법에 대한 신심과 참선만이 대자유를 얻을 수 있는 열쇠라는 확신을 다졌다.

만 2년 동안에 20여 개국을 만행한 일타는 귀국하자마자 해인사에 들렀다가 곧 태백산 도솔암으로 은거했다. 제자 몇 명을 데리고 연비할 때의 간절한 마음으로 입산했다. 인도와 유럽을 여행하는 동안 불법이야말로 수승한 진리임을 뼛속 깊이 확신했던바, 무한한 불성佛性의 힘을 더욱 증장하여 세속으로 돌아가 널리 회향하기 위해서였다.

다시 찾은 도솔암 분위기는 일타가 연비를 하고 나서 처음 들어 갔을 때와는 많이 달랐다. 전국의 불자들 사이에서 이미 일타의 명성이 자자했으므로 일타를 흠모하는 불자들이 수행을 방해할 정도로 도솔암을 찾아 오르곤 했던 것이다. 대원성 보살이 연꽃모임의 회원들을 데리고 간 것도 바로 그 무렵이었다.

"초창기 연꽃모임의 회원들은 28명이었습니더. 시님이 부산에 일이 있어 잠깐 나오셨을 때 우리들도 시간을 맞추어 따라갔지예. 부산에서 미니버스를 대절하여 갔는데, 모두 시주할 물건을 조금씩 들고 갔습니더. 저는 바께츠에 김치를 가득 담아 가지고 갔습니더. 그때 큰시님의 모습이 잊혀지지 않습니더."

버스가 홍제사에 도착했을 때는 이미 날이 캄캄해져 있었다. 산등성이 너머로 별이 또록또록 빛나고 있을 때였다. 일타는 맨 앞에서 손전등을 비추며 일행을 안내하며 걸었다. 계곡의 바위를 타고 올라가는 길이었으므로 일행 중에 미끄러져 넘어지는 사람도 많았다. 대원성도 마찬가지였다. 김치를 가득 담은 양동이의 무게 때문에 남들보다 더욱 쩔쩔맸다. 그러자 일타가 대원성의 양동이를 받아 걸망에 넣고 올랐다. 무겁고 둥그런 양동이가 일타의 등을 괴롭혔지만 일타는 조금도 내색하지 않았다. 밤 1시가 돼서야 도솔암에 도착했는데, 일행은 방이 비좁아 대부분 앉은 채 잠을 잤다.

"큰시님께서 걸망에 김치 바께츠를 넣고 산길을 오른 것을 생각하면 지금도 미안하고 송구할 따름입니더. 대한민국의 어떤 시님이 신도의 김치 바께츠를 걸망에 넣고 산을 오르겠십니꺼."

대원성 보살이 일타의 도솔암 시절을 떠올리며 눈시울을 붉혔다.

"그런데 큰시님께서는 도솔암 시절이 마냥 좋지는 않으셨는지 이런 말씀도 하셨지예. '자리를 못 잡고 남의 절에 만날 사느니 도솔암에서 10년이고 15년이고 만사를 쉬면서 살고 싶은데, 처음 들어왔을 때와는 다르더라. 그때는 상좌도 없고, 신도도 없으니까 하루 종일 수행만 하면 그만이었거든. 한데 사흘이 멀다 하고 스님과 신도들이 찾아오더라고. 그러니까 상좌 이놈들이 찾아오는 신도들을 탓하며 수행이 안 된다고 노장을 쫓아버리고 우리끼리 결사할까, 하고 실제로 대중공사를 벌이더라고. 신도들도 마찬가지야. 눈 쌓인 겨울에 올라와서는 동상 걸렸다고 투덜대면서 스님은 사람 피해 와 있는 것이 아니라 사람 고생시키려고 와 있다고 구시렁구시렁 대더라고.' 그때가 1975년도의 일이었십니더."

그런데 1976년에 일타의 마음을 두고두고 아프게 할 큰 사건이 터졌다. 상좌 두 명이 도솔암 옆에 토굴을 짓고 살다 한 명이 죽은 사건이었다. 칼바람이 부는 한겨울이었다. 상좌들이 큰 화로에 숯

불을 담아놓고 자던 중 일산화탄소에 중독되어 한 명이 죽고 다른 한 명이 실신했다. 실신한 상좌는 일타가 업고 수십 리 밖의 병원으로 달려가 살려냈지만 죽은 상좌는 저승으로 보내야 했다.

일타는 상좌 혜문慧門을 잃고는 하산하고 말았다. 때마침 해인사 지족암이 비어 있었으므로 일타는 그곳을 둥지 삼아 무려 23년 동안 머무르게 되었다.

"지족암에 계시면서 미국과 남미를 순회하셨지예. 56세 땐가는 해인사 주지로 선출됐다가 59세 때 간경화를 핑계로 사임하셨십니더. 정말 핑계일 뿐이셨지예. 간경화 진단을 받으셨지만 큰시님께서는 수행으로 극병克病하셨고, 오히려 61세 때는 중국 불교 성지를 순례하시고 난 뒤 지리산 칠불암 선방으로 가셨으니까예."

대원성 보살이 얘기를 하다 말고 갑자기 입을 다물었다. 혜국이 장삼 자락을 펄럭이며 들어오고 있었다. 고명인이 먼저 일어나 혜국을 맞았다. 혜국은 대원성 보살이 무슨 얘기를 하고 있는지 아는 듯 미소를 지었다.

"보살님, 얘기를 계속하세요. 우리 스님이 칠불암 계실 때 얘기를 하고 계신 것 같은데."

"아이고 시님, 제가 뭘 압니꺼. 제가 겪고 큰시님께 직접 들은 일 말고는 아무것도 모릅니더. 큰시님께서 칠불암에 계실 때 얘기는 혜국 시님께서 잘 아시지 않십니꺼."

대원성 보살은 혜국이 다탁 앞에 반가부좌를 틀고 앉자, 더 이상 얘기를 하지 않겠다는 듯 손목에 찬 염주를 꺼내 '관세음보살 관세음보살' 하고 중얼거렸다. 그러자 혜국은 고명인이 우려낸 차를 마시며 말했다.

"우리 스님이 칠불암에 계실 때 있었던 재미있는 얘기 하나 할까요. 그때 칠불암 선방에서 함께 안거했던 수좌들 사이에서 전해지는 얘깁니다."

일타가 간경화를 앓게 된 까닭은 인도에서 불교 성지를 순례할 때 철저하게 두타행을 한 데 있었다. 강행군을 하면서도 가섭존자의 두타행을 본받아 하루 한 끼만 먹는 오후불식을 지켰던 것이다. 몸을 혹사시킨 결과 75킬로그램이던 몸무게가 55킬로그램으로 줄었고, 만성피로가 엄습했다. 귀국해서도 몸이 쉽게 지치곤 했다. 선방에 가부좌를 틀고 앉아 있기도 힘들 정도였다. 이미 간이 상해 있었던 것이다. 해인사 주지가 되어 종합검진을 받았을 때는 간경화로 악화돼 있었다. 그러나 일타는 수행으로 병을 한동안 극복하고는 중국 불교 성지를 순례했으며, 정기검진 때 받은 두툼한 약봉지를 쓰레기통에 버리고 시자를 데리고 지리산 칠불암 선방인 아자방亞字房으로 들어와버렸다.

일타는 아자방 방문을 활짝 열어놓고 광양 땅 백운산을 바라보며 자신의 심정을 시로 읊조렸다.

약과 병을 함께 다 놓아버리고

아자방 한가운데 앉았으니

멀리 바라보니 흰 구름이 나르고

가까이 들으니 두견새가 우는구나

옛 성인의 자취를 좇아 생각하니

이 아자방에서 큰 기틀을 얻으셨도다

나도 여기에서 묵언정진하며

남은 해를 여여하게 보내리라

藥病俱放下 亞字房中坐

遠看白雲飛 近聞杜鵑啼

追念古聖蹟 於此得大機

我欲默無言 殘年度如如


일타는 시자가 간청하자 양약을 복용하는 대신에 자연요법인 황토치료를 받았다. 황토를 가슴과 배에 두툼하게 덮어 그 기운을 쐬게 하는 것이 황토치료였다. 그런데 매일 황토치료를 돕던 시자가 하루는 장난을 쳤다. 누워 있는 일타의 아랫배에 남근 형상을 만들어 세웠던 것이다. 아자방 선객들이 오다가다 일타 배 위의 남근 형상을 보고 웃었다. 이윽고 일타도 고개를 들어 남근 형상을 보고는 민망해했다. 그러나 일타는 시자에게 '누가 내 배 위에 탑을 만들어놓은 건가' 하고 우스갯말을 던지며 딴청을 피웠다.

혜국의 얘기를 들은 고명인과 대원성 보살이 크게 소리를 내어 웃었다.

"다른 시님 같았으면 시자에게 화를 냈을 깁니더."

"맞습니다. 우리 스님 같은 분이 이 세상에 어디 있겠습니까."

대원성 보살이 웃음을 참지 못하고 계속 웃었다. 황토로 만든 남근 형상을 일타가 탑이라고 우스갯말로 받아넘긴 것이 재미있었던 것이다. 웃다가 마지막에는 눈물을 흘리기까지 했다.

"시님, 왜 갑자기 혜업慧業 시님이 생각나는지 모르겠십니더. 큰 시님께서는 여러 상좌들 중에 혜업 시님도 아끼지 않으셨습니꺼."

대원성 보살이 말하는 혜업은 일타의 상좌로서 일타처럼 간이 좋지 않아 감로사에서 고생했던 스님이었다.

"우리 스님은 선사, 율사, 법사 등 모든 방편에 수승하셨던 분이었지요. 그중에서도 율사의 가풍을 이어갈 스님이 바로 혜업 스님이었지요. 경과 율을 겸비하여 큰 재목이 될 스님이었습니다. 스님은 잘 사는 사형 사제가 있으면 아픈 몸을 이끌고 어디라도 찾아가 법담을 즐겨 나누었던 좋은 분이었습니다."

대원성 보살이 또 눈물을 흘리는 바람에 찻자리가 숙연해졌다. 혜국의 미소도 분위기를 누그러뜨리지 못하고 묘한 긴장감을 불러일으켰다. 고명인은 대원성 보살이 평상심을 되찾을 때까지 기다렸다. 한참만에 대원성 보살이 가까스로 말했다.

"큰시님께서는 당신이 드실 산삼을 혜업 시님이 달여 먹도록 한 일이 있십니더."

　일타가 해인사 지족암에 살 때였다. 인자성 보살이 산삼이 생겼다며 대원성 보살을 찾아왔다. 두 보살은 일타에게 약으로 드리자고 해인사 지족암으로 갔다. 두 보살은 일타에게 산삼을 가져온 얘기를 하고 보자기를 풀었다. 그런데 일타는 '중이 더덕이면 최고지 무슨 산삼을 먹는가' 하고는 거절했다. 일타가 얼굴을 붉히며 '그런 거라면 어서 집으로 가라'고 내치자 대원성 보살은 인자성 보살에게 미안할 뿐이었다. 그래도 대원성 보살이 버티고 앉아 있자, '아, 대원성아! 그 산삼을 우리 혜업이가 먹으면 병이 나으려나. 어서 감로사에 있는 혜업이를 찾아가거라' 하며 달랬다. 할 수 없이 두 보살은 감로사로 가 혜업에게 사실대로 말하고 산삼 보자기를 내밀었다. 혜업은 다짜고짜 고개를 저었다.

　"우리 은사님도 안 드시는 산삼을 어찌 내가 먹는단 말이오. 어서 가져가세요."

　이번에는 대원성 보살도 물러서지 않았다.

　"혜업 시님이 이 산삼으로 나으시면 그것이 스승의 은혜에 보답하는 길이지 시님이 잘못되시기라도 한다면 큰시님께서 얼마나 가슴이 아프겠십니꺼."

　두 보살이 울다시피 애원하자 혜업이 한참만에 입을 열었다.

　"사실은 어젯밤 꿈이 생각나서 하는 말인데, 수염이 하얀 어느 노인이 밤새도록 큰 가마솥에 약을 달여 긴 바가지로 계속 떠주셔서 그 약을 다 받아먹었습니다."

"시님, 그 약이 바로 이 산삼입니더. 어서 산삼을 드시고 회복하셔서 큰시님을 기쁘게 해드리소."

두 보살은 그 자리에서 산삼을 달여 혜업에게 올렸다. 곧 육신이 무너질 것 같았던 혜업은 산삼으로 원기를 회복해 오륙 년을 더 살았다.

"그뿐만 아닙니더. 큰시님께서는 가끔 혜업 시님 약값으로 쓰라고 용돈을 내놓고 가셨십니더."

혜업이 감로사를 떠나 한 신도 집에 머물고 있을 때였다. 신도가 병으로 괴로워하는 혜업을 간병하고자 자기 집으로 데려갔던 것이다. 어느 날 대원성은 일타를 안내하여 그 신도 집으로 갔다. 그때 일타가 봉투를 꺼내 혜업에게 내밀며 말했다.

"생과 사가 다를 바 없는 것, 화두 챙기고 살다 가거라."

"죄송합니다. 그리하겠습니다."

"네가 죽는다는 것을 알지 않느냐. 아픈 몸에 집착하지 말고 새 몸을 받아 살거라."

일타의 법문에 용기를 얻은 혜업은 건강을 되찾아 몇 년을 더 살았다. 속가 동생 지연이 마련해준 작은 절 아란야로 옮겨갔고, 43세가 되어 입적하기 이틀 전에는 대원성 보살의 집으로 와 미음을 공양받기도 했다.

대원성이 또 눈물을 훔치자 혜국은 자리에서 일어서며 말했다.

"살아생전에는 우리 스님이 나약하게 느껴질 만큼 너무 자비로운 것이 불만이었습니다만 지금 생각해보면 우리 제자들이 도저히 닮을 수 없는 부분이 바로 스님의 그런 모습인 것 같습니다."

고명인도 일어나 부산으로 떠나는 혜국과 대원성 보살에게 합장을 했다. 찻집 문을 열고 나오자 개울물 소리가 더 차갑게 들려왔다. 고명인은 꿈을 꾼 듯한 착각에 빠졌다. 혜국과 대원성 보살은 사라진 꿈인 듯 이제 송광사에 없었다. 그들의 잔상이 개울가 오솔길에 드리워진 한 줌의 햇살과 그림자처럼 어른거릴 뿐이었다.

고명인은 찻집으로 다시 들어와 앉았지만 좀 전에 만났던 혜국과 대원성 보살이 마치 전생에 스쳤던 인연처럼 아득하게 느껴졌다. 자신이 꿈을 꾸고 있는 듯한 기분도 들었다. 그들에게 들었던 애기들이 고명인의 머릿속을 헤집고 다니는 것만 같았다. 고명인은 잠시 몽롱했던 기분을 떨쳐버리고 싶어 차를 다시 우려내 마셨다. 너무 우린 탓인지 차 맛과 향은 나지 않았다. 찻집 아가씨가 눈치를 채고 말했다.

"차를 좀 더 드릴까요."

"네."

"송광사에서 묵으실 모양인가 봐요."

"아닙니다. 떠날 겁니다."

"마치 송광사에서 머무실 분 같아요. 혼자 오신 분들은 대개 머물다 가시거든요. 제가 안내해드릴 수도 있어요."

고명인은 아가씨의 호의를 거절했다. 지금 자신은 태백산 도솔암으로 가야만 한다고 생각하고 있기 때문이었다.

"명상음악을 좋아하실 것 같은데 틀어드릴까 봐요."

개량 한복을 입은 친절한 아가씨였다. 아가씨로 인해 갑자기 송광사에 머물고 싶은 마음도 일었다.

"아, 일타 스님 법문 테이프인데 틀어주시겠습니까."

고명인은 대원성 보살에게 선물 받은 테이프를 아가씨에게 내밀었다. 그러자 아가씨는 계산대 옆에 설치한 오디오에 테이프를 끼워 틀었다. 테이프의 녹음 상태가 아주 좋은 것은 아니었지만 법당에서 수행자와 신도들을 상대로 법문하는 일타의 육성을 들을 수 있음은 큰 행운이었다.


"불자들의 세 가지 법공양이란 부처님 말씀대로 수행하는 공양, 보리심을 성취하는 공양, 중생들의 고통을 덜어주는 공양이니라."

이것은 화엄경 보현행원품에 나오는 말씀입니다. 부처님 말씀, 일대시교一代時敎 전체를 경, 율, 론 삼장三藏이라 하지만 이것을 수행면으로는 계, 정, 혜 삼학三學이라 하고 선, 교,

율로 나누어 공부하게 됩니다.

물론 이 세 가지는 필경에는 일체一體가 되지만 첫째, 계율이라 하는 것은 불자 칠중七衆이 각기 받은 바 계법으로 분한分限에 따른 자신의 행지行止를 바르게 다지는 것입니다. 몸으로는 불살도음不殺盜淫 등의 행동 질서와 입으로는 네 가지 망어妄語를 않는 등 언어의 질서와 생각으로는 탐, 진, 치를 멀리하는 등의 정신 질서를 바로잡아 신身, 구口, 의意 삼업을 조섭調攝해야 하는 것입니다.

계율은 마치 3층 누각에 기초가 되는 1층과 같아서 '계로 인하여 선정이 생기고, 정으로 인해서 지혜를 이룬다'고 한 것입니다.

불자가 된 이는 누구나 이러한 계율을 준수하고 이것을 생활화하여 항상 자기 자신을 돌아보고 살피고 조심해서 방일放逸을 멀리해야만 합니다. 만일 계행을 지키지 않고 무시한다면 이 사람은 벌써 불자의 자격을 상실한 것입니다. 계행을 함부로 하는 사람은 인과를 생각지 않기 때문에 스스로 악도惡道를 불러들이고 있는 것입니다. 이른바 '웃으며 업을 지었다가 울면서 그 과보를 받는다'는 것입니다. 불자들의 계법은 중생의 번뇌와 그에 따른 업을 청정하게 하여 해탈의 길을 보호하는 대방편인 것입니다.

번뇌煩惱는 다함이 없기에 한량없는 업業을 만들고, 그 업에 따라 과보果報를 받는 중생이 끝이 없어서 허공세계가 존재하게 마련인 것입니다. 중생들은 인因, 연緣, 업業, 과果의 법칙대로 선인선과善因善果, 악인악과惡因惡果의 자작자수自作自受 업보상속業報相續을 거듭하고 있는 것입니다. 설사 백천 겁의 긴 세월을 지낸 뒤라도 자기가 지은 업은 없어지지 아니해서, 인연이 마주칠 때, 반드시 그 과보를 다시 받게 된다고 한 것입니다. 그러기에 인과를 깊이 믿고 계행을 청정하게 행하는 사람은 불법 중에 깊숙이 들어갈 수 있는 불자인 것입니다. 옛사람의 말씀에 "산하대지와 사생고락死生苦樂이 내 마음의 조작이라. 콩 심어 콩이 나고 팥 뿌려 팥 거두니 인과응보가 몸 가는 데 그림자요, 소리에 울림이라" 하였고. "눈 깜박하는 결에 마음에 이는 생각이 천만 겁에 생사고락의 씨가 된다" 하였으니, 인과는 정말 두려운 것입니다.

고명인이 눈을 감고 일타의 법문을 듣는 사이에 찻집 문이 열리더니 누군가가 "관세음보살 나무아미타불" 하고 외는 소리가 났다. 찻집에 난데없는 일타의 법문이 스피커를 통해 흐르고 있자 탄성을 지르는 것 같기도 했다. 고명인은 눈을 뜨지 않고 일타의 법문을 마저 들었다.

다음에는 신심과 발심, 즉 보리심을 발해야 합니다. 모든 종교가 믿음을 바탕으로 하는 것은 마찬가지지만 불교에서는 신앙심信仰心과 신심信心이라는 말을 차원이 다르게 구분해서 쓰고 있습니다.

신앙심은 부처님께 의지하여 소원을 비는 마음입니다. "대자대비하신 부처님이시여! 굽어 살펴주옵소서"하고 전심전력으로 지성을 다해서 기도하고 염불 주력呪力하는 곳에 불심광명은 높은 산봉우리를 먼저 비추듯 중생심수衆生心水가 맑아질 때 구름이 걷히고 나타나는 달과도 같은 것입니다. 이것을 감응도교感應道交라고 합니다.

그러나 그것은 어린이가 부모의 힘을 의지하는 것이나 다름이 없습니다. 장성한 사람들은 자기의 의지대로 자기 능력을 키워야 하듯이 신심을 성취시켜야만 합니다. 신심이라 하는 것은 장부자유충천기丈夫自有衝天氣라 하듯, 마음이 곧 부처[卽心是佛]임을 깨닫는 것입니다. 오직 기쁨과 즐거움뿐인 대자유 대자재의 안심입명과 무심삼매無心三昧라 할 것입니다.

이러한 신심을 만드는 방법이 바로 참선, 또는 관행觀行인 것입니다. "고요히 앉아 내 마음을 궁구窮究하니, 내게 있는 내 마음이 부처가 아니면 무엇인가." 한 가지 공안公案, 즉 화두話頭를 간택하여 염도념궁무념처念到念窮無念處하는 것입니다. 단단적적單單的的한 일단진심一段眞心이 확철대오廓徹大悟 성불작조成佛作祖하게 되는 것입니다.

이 일단진심은 오로지 간절한 마음 하나로 화두를 생각할 때 가능한 것입니다. 간절한 마음이 골수에 사무치고 전신에 사무쳐 전신골수에 오직 한마음뿐이어서 의단疑團이 독로獨露되어버리려 해도 버릴 수 없이 걸음걸음에 일념이고, 생각생각에 일념뿐인 상태에서 침식을 돈망頓忘하고 무심無心이 저절로 되면 일념이 곧 만년이요, 만년이 곧 일념이며, 염겁念劫이 원융하여 몸도 없고 집도 없고, 하늘도 없고 땅도 없어 다만 한 조각 광명뿐인 것입니다.

이런 사람은 본심신력本心信力이 견고하고 부동심不動心을 허공같이 성취하므로 얼굴에서는 빛이 발하고 몸에서는 향내가 나는 듯하며, 입을 열면 남에게 기쁨을 주고 가는 곳마다 항상 꽃을 피우는 것입니다. 자비심을 품었으므로 미워함이 없고 청정행을 닦았으니 거짓을 모릅니다. 오욕五欲 번뇌를 멸한 사람은 하늘이 공경하고, 송경염불하는 이는 선신이 옹호한다고 합니다. 이렇게 되는 것이 보리심을 성취하는 공양인 것입니다.

끝으로, 우리는 아직 중생이라는 병을 앓고 있습니다. 중생들의 한량없는 고통이 보이고 있습니다. 어서어서 대지혜를 완성하여 중생 제도의 대작불사를 이룩해야 하겠습니다.

중생의 고통을 물질적인 것으로 생각할 수도 있지만 근본적인 것은 '돈'보다 '도道'가 더 중한 것이고, '도'라는 말은 바로 진리라는 뜻이기 때문입니다.

부처님이 '깬 사람'이라면 중생은 '꿈속에 있는 사람들'이라는 뜻이니, 우리의 신심이나 신앙심이 생시에 지극하고 간절했다면 잠자는 꿈속에서도 반드시 일여一如함을 얻어야만 할 것입니다. 꿈과 생시가 둘이 아닐 때 기도에 가피력을 성취해서 중생의 고통을 덜지 못할 것이 없는 것입니다. 화두 일념도 이와 같이 여여如如하다면 누가 생사의 나루를 건너 해탈하지 못하겠습니까.

꿈속에서 얻는 가피력을 몽중가피夢中加被라고 합니다. 불보살의 신통도안神通道眼은 언제, 어디서나 법계에 충만하고 계시니, 기도 중 꿈속에 뚜렷한 서상瑞相을 보는 것은 부처님의 '몽자재 법문夢自在 法門'이라는 것입니다. 서몽瑞夢 같은 것이 없더라도 마음이 즐겁고 흐뭇하고 자신 있는 향상向上을 보이는 것은 명훈가피冥熏加被를 얻음이니, 쉬지 않고 꾸준히 한 우물을 파야만 합니다.

또 기도하고 홀연히 성취된 기적적인 사실이 있기도 합니다. 이것은 마치 오랫동안 필름에 녹화되었던 나쁜 그림이나 소리가 기계의 작동으로 일시에 소실되고 좋은 그림이 새로 재현되어 나오듯이, 다겁생래多怯生來의 업장業障이

녹아짐에 죄멸복생罪滅福生하고 복지심령福至心靈하는 현상이니, 이것을 현현가피現顯加被라고 합니다. 기도하는 목적은 이러한 세 가지 가피력을 얻기 위한 것이라고 할 수 있습니다. 그러나 이것은 어디까지나 요행수를 바라서 되는 것이 아닙니다. 지극한 신앙심의 축적으로 이룩된 지성심의 결정인 것입니다.

찻집에 들른 사람은 스님인 모양이었다. 일타의 법문을 즉시 알아보고 "일타 스님 법문이구먼" 하고 중얼거리더니 찻집 아가씨에게 "우전 한 통만 종무소로 보내주세요" 하고는 나갔다. 찻집 문에 단 풍경 소리가 한동안 댕그랑댔다. 고명인은 여전히 눈을 감은 채 일타의 법문에 귀를 기울였다.

참선하는 화두 공부에는 삼분단三分段으로 증험해볼 수가 있습니다. 큰스님 게송에,

평소에 화두가 간단間斷이 없고
꿈속에도 분명하게 여일하여도
잠이 꼭 들었을 때 막연하다면
진겁의 생사고를 어떻게 해탈하랴
日間活活常作主

夢裏明明恒如一

正睡着兮便漠然

塵劫生死苦奈何

고 하셨습니다. 또 다른 큰스님께서도,

자나 깨나 한결같이 되어 갈 적에
화두를 더욱더 놓치지 말라
이에 기쁘거나 슬픈 마음을 내지 말고
선지식을 찾아서 인가印可를 받을지니라

漸得寤寐一如時

只要話頭心不離

於此莫生喜悲心

須參本色永決疑

라고 하셨습니다.

우리는 온종일 진세塵世에 묻혀 요요擾擾하고 있습니다. 하루해가 넘어가면 또 잠자리에 듭니다. 잠은 죽음의 사촌이라 했으니 낮에는 살고 밤에는 죽는 셈입니다. 그런데 위에서 말한 삼분단, 삼종가피로 가는 과정에 또 한 가지 방편方便이 있습니다. 그것은 날마다 잠들기 직전에 '내가 몇 시에 일어나겠다'고 생각하고 잠들면 꼭 그 시간에 깨어지듯이, 잠자리에 들면서 일심으로 화두나 주력을 응용해 버릇하면 잠재의식 속에 암시되어 이것이 공부에 일조가 될 수도 있습니다.

법문 테이프가 다 돌아간 듯 오디오에서 찍찍거리는 잡음 소리가 났다. 아가씨가 고명인에게 다가오더니 말했다.

"다시 틀어드릴까요."

"아닙니다."

고명인은 눈을 감고 있었지만 마음속에 빛살을 뿌리는 해가 하나 떠 있는 듯했다. 이처럼 마음속이 환하게 밝았던 경험은 처음이었다. 귓속에서는 아직도 "고요히 앉아 내 마음을 궁구하니, 내게 있는 내 마음이 부처가 아니고 무엇인가" 하는 일타의 육성이 맴돌았다.

'내 마음이 부처가 아니고 무엇인가.'

일타의 육성이 귓속에서만 맴도는 것이 아니라 온몸에 사무치고 골수에 파고드는 듯했다. 마치 화두를 들고 참선하는 것 같았다. 삼매란 이런 것일까. 의식하는 것마다 환했으며 걸림이 사라진 듯했다. 법문 속에 나오는 어려운 한문 단어들이 낯익은 듯했고 즉심시불의 주인공이 바로 자신임을 체험했다.

고명인은 찻집을 나와 바로 위에 있는 불일서점으로 갔다. 일타가 지족암 시절에 법문한 내용을 편집하여 발간한 책들을 구입하기 위해서였다. 대부분 육십대 초반부터 입적 때까지 펴낸 책이었는데 10권이 넘었다. 간경화로 몸이 쉬이 지치곤 했음에도 불구하고 그만큼 승속을 가리지 않고 간절한 법문으로 회향했다는 방증이었다. 고명인은 다시 찻집으로 돌아와 아가씨에게 부탁했다.

"송광사에서 하룻밤 묵고 싶습니다."

고명인은 일타에게 '내 마음이 부처가 아니고 무엇인가'라는 화두를 하나 받은 느낌이었다. 즉심시불이라는 화두였다. 고명인이 잠시 기다리며 서 있자, 아가씨가 원주의 허락을 받은 듯 해맑게 웃으며 말했다.

"종무소로 올라오시래요."

그날 밤, 고명인은 머리에 불이 붙은 듯 화급하게 난생처음으로 '어째서, 어째서 즉심시불인가' 하고 화두를 들었다. 태백산 도솔암에 오르기 전이었지만 신심이 솟구쳐 단 한순간도 견딜 수 없었다.

일타 스님이 승속의 제자들을 제도하며 말년을 유유자적했던 해인사 지족암

인연

일타는 입적하기 몇 년 전, 은해사를 청정한 율도량으로 정화하라는 총무원의 요청을 거절하지 못하고 주지 발령을 받고 나서 제자들에게 자주 '세상과의 인연[世緣]'이 다해가고 있음을 담담하게 얘기하곤 했다. 종합검진을 해온 의사가 일타에게 이번 기회에 간질환을 근치根治하자고 설득해도 일타는 자신의 죽음을 이미 예감하고 있었기 때문에 초연할 뿐이었다. 일타의 게송을 듣게 된 의사는 과연 고승이구나 하고 감탄했다.

　　　병이 사람을 능히 죽이는 것도 아니요
　　　약이 능히 사람을 살리는 것도 아니다
　　　病不能殺人

藥不能活人

　일타는 건강을 걱정하며 간병하는 상좌와 신도들에게도 말했다.

　"명命은 태어날 때 자기가 가지고 나오는 법이지. 때문에 명을 두고 죽는 사람은 없는 게야. 평생 골골거려도 아흔 살까지 사는 사람이 있고 아주 건강해도 일찍 죽는 사람이 있어. 내 나이 예순을 넘겼으니 지금 죽어도 요절했다는 소리는 안 들을 것이야. 병든 몸이지만 조심하고 잘 수행하여 칠팔 년을 더 살고 일흔에 죽으면 되는 거지. 꼭 여든이나 아흔까지 살아야 잘 사는 것인가. 나는 지금의 병을 완치할 생각도 없고 걱정하지도 않아. 그냥 사는 대로 살면 되는 거지."

　또한 참선 수행자로서 병환 중에도 결코 화두를 놓은 적이 없었다.

　"일념무생법인(一念無生法忍, 불생불멸의 진여에 안주한 경지)을 얻었다면 생사를 걱정할 것이 무엇이겠는가. 하지만 나는 무생법인을 얻지 못했네. 어려서 동진출가하여 일흔이 다 되도록 중노릇을 하였는데, 왜 나는 석가모니부처님처럼 되지 못했을까. 한창 젊었을 때는 꼭 석가모니부처님처럼 되겠다고 용맹정진하였는데, 그 뒤 시적부적 이렁저렁하다 보니 세월이 이렇게 가버렸어. 이제는 남은 시간이나마 일념무생을 위해 노력하다 돌아가야겠다는 생각뿐이지."

일타는 수행자로서 진솔했다. 태백산 도솔암에서 체험한 오도와 승려가 된 햇수를 이력 삼아 결코 대종사大宗師 행세를 하지 않았다. 도솔암에서 이룬 견성의 경지를 징검다리 삼아 불생불멸의 진여를 향해 나아갈 뿐이었다. 어느 큰절에서 방장으로 추대하겠다고 제의했을 때 거절했던 것도 바로 그러한 이유 때문이었다. 일타는 큰절의 방장보다는 선방 좌복 위에서 화두를 잡은 운수납자로 남고 싶었다.

일타가 신도나 상좌들에게 자신의 '다음 생'을 얘기하기 시작한 것도 바로 이 무렵이었다. 그날도 일타는 자신의 모든 저술을 돕고 자문해 온 유발상좌 혜림慧林에게 말했다.

"다음 생에는 지구상에서 가장 번성한 미국에서 태어나 거룩한 상호를 갖추고 학업을 마치면 한국으로 와서 출가하리라. 그래서 청년의 나이에 부처님과 같은 대도大道를 이루어 일체 중생을 제도하고 이 땅의 한국불교를 세계에 펼칠 것이다."

지족암에서 15년 동안 자신을 시봉해 온 상좌 혜관慧觀에게도 말했다.

"나는 이제부터 미국으로 자주 갈란다. 다음 생에는 미국 사람으로 태어나서 학문을 익히다가 스무 살이 되면 해인사로 올 것이다. 혜관아, 너는 그때까지 지족암에서 정진하다가 큰절에 스무 살짜리 코쟁이가 왔다는 소식이 들리면 얼른 내려와 자세히 보고,

알은체하면 귀를 붙잡고 올라와 머리를 깎아라."

혜관은 석가모니부처님이 도솔천에서 호명보살로 있을 때, 인간세상으로 내려가려고 결심하고 자신이 태어날 나라(카필라성)와 부모(정반왕과 마야부인), 부모의 계급(무사계급) 등을 점지했던『부처님 팔상록八相錄』의 도솔래의상挑率來儀相을 떠올렸다.

"스님께서 입적하신 뒤 20년 만에 돌아오시겠다는 말씀입니까."

"원력을 잘 세우면 원하는 대로 할 수 있지."

"20년 후에는 제가 스님의 머리를 깎아주는 은사가 되는 것입니까."

"그것이 너와 나의 인연이다. 금생에는 네가 나를 시봉했으니 다음 생에서는 내가 너를 시봉해야 공평하지 않겠느냐. 중생은 업 따라 흘러다니지만 우리 수행자는 원력에 따라 태어나는 것이야."

혜관은 황공해 어쩔 줄 몰랐다. 스승이 다음 생에서는 자신을 시봉하겠다고 하니 눈물이 났다. 잠시 후 혜관은 또 다른 의문이 들어 물었다.

"스님께서는 왜 다음 생에서도 수행자가 되시려고 합니까."

"화두를 잡고 깨침이 대자유 대해탈을 얻는 길임을 태백산 도솔암에서 경험했다. 그러니 다음 생에서도 수행자로 태어나 대오大悟를 이룸이 옳지 않겠느냐. 그리하여 석가모니부처님처럼 이 세상의 모든 중생을 제도하는 것이 대장부의 길이 아니겠느냐."

일타의 나이 68세가 되자 또 하나의 이적이 나타났다. 소식을 들은 상좌들 모두가 놀랐다. 신도들은 더욱 소스라쳤다. 사리란 보통 고승의 법구를 다비한 후에 나오는 오색영롱한 구슬을 말하는데, 일타의 경우는 연비한 오른손에서 사리가 나오기 시작했다. 그것도 한 달에 1과顆에서 3과씩 출현했다. 이른바 생사리生舍利였다.

절집뿐만 아니라 저잣거리에서도 화제가 되기에 충분했다. 해방 이후에는 고승의 몸에서 난다는 생사리의 출현이 전무했던 것이다. 실제로 해방 전 용성은 자신의 치아 사이에서 나온 생사리를 문밖으로 던져버렸는데, 한밤중에 방광하여 훗날 제자들이 용성의 부도에 봉안했으며, 고은사 수월은 일자무식이었지만 육신이 청정하여 『법화경』에 손을 대면 경의 뜻이 그대로 마음으로 전해졌다고 하며 그때 스님의 눈에서 반짝거리는 생사리가 나왔다고 전해지고 있었던 것이다.

신도들이 지족암으로 일타를 찾아가 생사리의 이적을 물었다.

"큰스님, 생사리의 출현을 두고 사람들이 긴가민가하고 있습니다. 사실입니까."

"앞으로 내가 죽을 때까지 몇 과가 더 나올지 몰라. 한 달에 한두 과, 많을 때는 세 과가 나오거든."

"큰스님께서 말씀하시니 비로소 의혹이 해소됩니다."

"2백 년 전 우리 해인사에 활해 스님이라는 큰스님이 계셨어.

경상도에 지독한 가뭄이 들어 경상감사가 활해 스님을 찾아와 기우제를 지내달라고 사정하자, 스님이 용왕상龍王像의 머리를 주장자로 툭툭 건드리며 '비를 내리게 해달라'고 말하여 큰비를 내리게 한 일이 있지. 도력이 아주 큰 스님이셨는데 그 스님에게서도 생사리가 나왔다는 구전이 있어."

일타는 생사리의 존재를 대수롭지 않게 여겼다. 신도들은 이적이라 하여 화젯거리로 만들려고 하였으나 일타는 소소한 일로 치부했다. 자신의 생사리를 아무 데나 방치했고, 심지어는 갖고 싶어 하는 신도에게 생사리를 건네주기도 했다. 부산의 어느 여자대학교에서 학생들을 가르치던 유발상좌 혜천에게도 생사리를 주겠다고 하여 지족암을 찾아간 그를 놀라게 했다.

"혜천, 너도 내 생사리가 필요하면 주겠다."


1993년 가을.

해인사 초입의 홍류동 계곡에도 가을이 찾아와 물들고 있었다. 붉고 노란 낙엽들이 홍류동 계곡으로 우수수 떨어져 계곡물마저 단풍이 들어가고 있었다.

일타도 가야산의 나목처럼 생의 군더더기를 정리했다. 수행자로서 거추장스러운 직책과 소임을 미련 없이 벗었다. 은해사 주지 소임을 통일운동하는 상좌 법타에게 넘겼고 자격을 갖춘 예비승려들에게 구족계를 주는 조계종 단일계단 전계대화상의 직위도

사임했다.

그런 다음 자신이 태어날 나라로 점지한 미국으로 떠났다. 상좌 혜관에게 지족암을 맡기고 불편한 몸이었지만 보스턴 시로 찾아갔다. 보스턴 시에 자리 잡은 문수사에서 상좌 도범이 일타를 기다리고 있었다.

일타는 미국인들 얼굴 생김새에 호감을 가지고 있었다. 장신에다가 석가모니부처님처럼 또렷한 이목구비가 마음에 들었다. 수행이 뒷받침만 된다면 존경심이 절로 우러나는 외모가 분명했다.

"스님, 이곳은 불교의 세가 아주 약합니다. 온갖 물자가 풍부하여 살기는 좋을지 모르나 불교신도가 적어 아직 수행하기에는 불편한 곳입니다."

일타의 원력은 확고했다.

"미국에서 태어나더라도 수행은 다시 한국에 와서 하면 되는 것이고, 나는 부처를 이루어 미국으로 돌아가 달마가 중국으로 들어와 불국토를 만들었던 것처럼 미국의 중생들을 제도할 것이다."

일타의 미국행은 단순한 여행이 아니었다. 더구나 미국 동부에 있는 보스턴 시 주변에는 미국의 수재들이 모여 학문을 연마하는 하버드대학교나 예일대학교 같은 소위 일류대학교가 산재해 있어 서부와는 분위기가 사뭇 달랐다. 동부 사람들은 어딘지 모르게 지성적이고 귀족적인 풍모도 띄고 있었다. 선禪 센터도 많아서 젊은 대학생들이 그곳에 모여 명상하며 마음의 평화를 찾고 있었다. 한국불교보다 티베트불교와 대만불교가 한발 먼저 들어와 포교하고 있었지만 일타에게 그런 것은 중요하지 않았다. 시절인연이 되면 한국의 선불교가 그들에게 삶의 대안이 될 수 있음을 확신하고 있었기 때문이었다. 보스턴 시내를 안내하던 문수사 신도가 말했다.

"큰스님께서 미국에서 미국 사람으로 태어나실 거라는 얘기를 들었습니다."

"입적할 때 평소의 원력을 놓치지 않고 깨어 있기만 하면 가능해요. 일념이 만 년이지요. 일념으로 깨어 있기만 하면 원하는 대로 환생할 수 있어요."

문수사 신도가 의아해하자 일타가 말했다.

"향가 「보현십원가」를 지은 균여대사께서도 원력을 세운 대로 다른 나라에서 환생하셨지요."

일타는 문수사 신도에게 『조선불교통사』에 기록된 균여대사의 얘기를 해주었다.


고려 초기의 일로 김해 나루터에 큰 삿갓을 쓴 한 대사가 어디론가 떠나려고 왔다 갔다 서성이고 있었다. 마침 김해 목사가 나루터에 당도하여 범상치 않은 그 대사를 보고 물었다.

"어디 계시는 대사님이오."

대사가 지팡이로 바다 건너 일본 쪽을 가리키며 말했다.

"소승은 과거세의 비바시불 당시에 맺은 인연으로 잠시 고려국에 와 있었소. 이제 인연이 다하여 저 바다로 건너가고자 하오."

"바다 건너라면 왜국으로 가시겠다는 것입니까."

그러나 김해 목사는 더 이상 대사와 얘기를 나눌 수 없었다. 대사가 바다 멀리 홀연히 사라져버렸기 때문이었다.

김해 목사는 바로 관아로 돌아와 자신이 겪은 일을 소상히 적어 장계를 올렸다. 장계의 내용대로 균여대사의 입적과 환생은 사실이었다. 김해 목사가 장계를 올리는 바로 그 시각에 균여대사는 입적하였고, 또한 균여대사의 원력대로 일본에서 태어나 화엄종주華嚴宗主로 환생했기 때문이었다.

그제야 문수사 신도는 일타가 세운 다음 생의 원력을 이해했다. 일타는 문수사에서 신도들을 상대로 법문하는 등 보스턴 시에서 3개월 정도 머문 후에 추운 겨울이 되자 하와이로 갔다. 하와이 대원사에는 평소 일타를 흠모하던 송광사 주지를 지냈던 현호가 먼저 와 있었다.

현호는 일타에게 절을 올리고 나서는 말했다.

"구산 노장님께서 스님을 방장 후임으로 허락하셨는데 왜 스님께서는 거절하셨습니까."

"난 방장을 맡을 만한 어른이 아니지요."

"우리 절집을 보십시오. 모두가 도인 행세를 하고 다닙니다. 방장은 물론이고 절마다 조실이 넘쳐나고 있습니다. 잘못된 거 아닙니까."

"나는 방장실보다 선객들이 화두를 잡고 있는 선방이 좋아요. 다음 생에도 수행자로 환생하려고 원력을 세웠어요."

현호는 예나 지금이나 몹시 아쉬웠다. 구산의 허락을 받아 혜인과 함께 추진하려던 방장 추대가 일타의 거절로 물거품이 되고 만 까닭이었다. 젊은 시절에는 선방으로만 돌던 현호가 판단하기에 일타만큼 기도와 염불, 참선과 다도를 갖춘 화엄의 선객을 본 적이 없었던 것이다.

"현호 수좌, 은사스님이 입적하신 지도 10년이 됐소. 참, 노장님의 열반송이 잊히지 않아요."

일타는 쓸쓸한 표정을 지으며 구산의 열반송을 읊조렸다.


온 산의 단풍이 불꽃보다 고우니
삼라만상이 그 바탕을 온통 드러내는구나
생도 공하고 사도 또한 공하니
부처의 해인삼매 중에 미소 지으며 가노라
萬山霜葉紅於二月花
物物頭頭大機全彰
生也空也兮死也空

能仁海印三昧中微笑而逝


　현호는 차를 우리다가 '참선정진하라'는 구산의 사자후가 불현
듯 떠올라 눈시울을 붉혔다. 구산이 입적하고 난 뒤 선객의 길을
접고, 잠시 곁길로 나갔던 시간이 후회스럽기도 했다.

　"스님, 하와이에 계속 머무십시오. 저는 스님이 조실스님 같아
함께 정진하는 시간이 좋습니다."

　"봄이 되면 지족암으로 돌아가야지요."

　현호가 풋풋한 선객 시절을 그리워하자 일타가 말했다.

　"현호 수좌, 우리 수행자들은 선방 시절의 초심을 잊어선 안 됩
니다. 시린 들판의 바람 앞에 서는 용기가 필요하지요."


　하와이에서 지족암으로 돌아온 일타는 봄을 한가로이 보냈다.
해마다 초파일이 되면 대원성 보살이 이끄는 연꽃모임 회원들에
게 해주던 법문도 쉬었다. 스승의 건강을 걱정하던 상좌 혜관이
대원성 보살에게 공양물과 연등 값만 놓고 가라고 미리 주의를 주
었던 것이다.

　상좌 혜관이 '외부인 출입금지'를 하는 데도 한계가 있었다. 지
족암의 일주문을 굳게 잠가보지만 아무 소용이 없었다. 지족암으
로 들이닥치는 신도들을 일타가 굳이 피하려 하지 않았던 것이다.
일타는 건강이 좋았을 때처럼 누구든지 자애롭게 맞아들였다. 일

주문을 열고 들어온 사람 중에는 신문사 기자도 있었는데, 기자가 인터뷰 끝에 '많은 제자 중에 뛰어난 상좌가 누구냐'고 까다롭게 물어왔을 때도 오히려 일타는 차를 권하며 대답해주었다.

"상좌가 많다 보니 참 여러 가지 사람이 있어요. 선방에서 공부하는 사람, 기도와 수행을 잘하는 사람, 학문하는 사람, 사판 일을 하는 사람 등 아주 복잡합니다. 굳이 몇 명을 거명한다면 혜인, 혜국, 혜규, 돈각, 도융, 돈수, 향적, 선혜, 법타, 돈관, 법일, 현소, 돈명 등이 있어요. 그러나 나는 참선 수행하는 상좌들을 제일로 치고 있습니다."

일타는 사람을 만나고 있거나 만나지 않고 있거나 늘 분주하게 시간을 보냈다. 빨래를 하거나, 지족암 마당을 쓸거나, 신도들의 이름 쓰인 부분에다 새 종이를 가위로 오려 붙이거나, 지나가는 흰 구름이나 새로 핀 꽃을 보고 시를 짓거나, 밤에는 멀리서 온 상좌의 이부자리를 펴는 등 잠시도 쉬지 않고 순간순간을 곡진하게 살았다. 오랜만에 찾아온 상좌들과 나누는 인사는 늘 정해져 있었다.

"스님, 화두 잘 됩니까."

"너도 화두 잘 챙겨야 한다."

일타의 화두는 예나 지금이나 '부처님이 대중에게 꽃을 들어 보인 뜻'을 묻는 세존염화였다.

그해 여름.

그날도 일타는 상좌와 함께 도량 청소를 하고 있었다. 일타는 방으로 들어와 선반 위에 쌓인 먼지를 닦기 시작했다. 선반에는 환속한 상좌에게 선물받은 도자기들이 놓여 있었다. 일타는 연비하여 손가락이 없는 오른손으로 먼지 묻은 도자기를 들었다.

바로 그때였다. 도자기가 뭉툭한 손에서 미끄러지더니 선반에 부딪쳐 깨지면서 예리한 사금파리가 일타의 왼쪽 손목을 쳤다. 순식간에 왼손 정맥 다섯 개가 끊어졌고 붉은 피가 방바닥을 적셨다.

한 시자가 쫓아와 일타의 손을 잡으려 했지만 일타는 흩어진 도자기 조각을 줍고 있었다.

"청소를 마저 해야지."

"스님, 지금 병원으로 가셔야 합니다."

일타는 담담했다.

"내가 깨뜨린 것이냐. 도자기가 깨진 것이냐."

일타는 제 명命을 다한 도자기를 보면서 자신의 입적이 더 가깝게 다가왔음을 떠올렸다. 그러니 서두를 필요가 없었다. 일타는 왼손 손목에 붕대를 감아 피를 멈추게 한 뒤 시자와 함께 방바닥에 흘린 피를 다 닦았다. 뒤늦게 달려온 시자들이 일타에게 간청했다.

"큰스님, 지금 대구 큰 병원으로 가셔야 합니다. 서두르셔야 합니다."

"별것 아니다. 고령에도 병원이 있으니 그곳으로 가자꾸나. 봉합수술만 받으면 될 것이다. 크게 걱정 말아라."

그런데 시골의 작은 병원 의사는 봉합수술을 하면서 의료사고를 내고 말았다. 정맥과 동맥을 잘못 이어 왼손 전체를 못 쓰게 만들어버렸다. 상좌들과 신도들의 걱정은 여느 때와 달랐다. 단순한 상처가 아니라 생명이 위급한 상황이었다.

할 수 없이 일타는 상좌들의 성화와 읍소를 받아들였다. 재수술을 받기 위해 일본 자혜병원으로 갔다. 일타는 자신의 입적을 알고 있었기 때문에 입원 자체를 시큰둥하게 여겼다. 처음부터 봉합수술이 잘못되었으므로 재수술도 불완전했다. 결과는 절망적이었다. 병원을 나서면 곧 절명할 수도 있었다.

일타는 결코 초조해하거나 낙담하지 않았다. 의사들이 몸에 해롭다며 먹지 말라는 꿀도 태연스럽게 먹었다. 자혜병원에 입원하도록 주선한 백홍암 육문六文이 애를 태웠다. 육문은 어린 시절부터 의문이 나면 일타에게 물었고, 일타 역시 육문을 어린 동생처럼 자상하게 대해주곤 했던 것이다. 한 성깔 있는 육문이 참지 못하고 타박했다.

"꿀을 드시지 말라고 했는데 왜 그러십니까."

"육문 스님, 안 먹을게. 요것만 먹고 안 먹을게."

일타는 육문이 병실을 나가고 난 뒤에야 웃음을 터트렸다.

"허허허. 죽을 날은 정해진 거고 먹고 싶은 건 무대에 있을 때

먹어야 하는 거 아닌가."

다시 꿀을 떠먹으려던 일타는 육문이 병실에 들어오자 숟가락을 감추었다.

"아이구, 육문 스님 또 바가지 긁을라. 그만 먹자."

일타는 육문이나 간병하는 육문의 재가신도 반야심 보살이 자리를 비우고 없을 때는 유서를 한 자 한 자 적어 내려갔다.


나는 본래 전생의 업이 무겁고 복이 가벼운 가난한 중이었으며, 금생 이 세상에서도 인연업법因緣業法을 역시 잘 다스리지 못하였다. 다만 일념으로 시방十方을 꿰뚫으려 하였으나 이 관문도 꿰뚫지 못하였으니 늙은 이때 마음먹은 일을 어찌 기대하겠는가. 죽음의 왕이 출동함에 병病의 신하가 항상 따라다님을 어찌할 수 없지만 일심一心의 영대靈臺만은 잊거나 잃지 않고 간직하고 있다.

나는 본시 일필지록一匹之鹿, 천산만수千山萬水에 노닐고 푸른 산 흰 구름에 소요자재하며, 혈암운두穴岩雲頭에서 칩거정좌하고, 아침 경소리, 저녁 쇳소리에 조고각하를 원할 뿐, 명리의 낙위樂爲의 그물에 매이고저 않으며, 모든 반연을, 번잡을 싫어하였나니, 내 오늘 피안의 연緣이 다하여 무위의 고향으로 복귀하고자 하는 바……

평소에 생각해둔 내용이었으므로 일타는 유서를 다듬거나 고치지 않았다. 사후死後의 장례 일도 일타는 마음속으로 명쾌하게 정리해둔 바가 있었다. 산 사람들을 번거롭게 하지 말고 소박하게 화장해달라는 것이 주된 당부였다.

이를테면 화장은 죽은 곳에서 가장 가까운 장소에서 할 것이요, 외국이라도 한국으로 옮기지 말 것이며, 상여도 화려하게 하지 말고 가사만 덮게 했다. 다비한 후에는 사리를 줍지 못하도록 금했고, 쇄골한 뼛가루는 한 줌은 풍선으로 허공에 날리고, 또 한 줌은 땅에, 또 한 줌은 흐르는 물이나 강, 바다에 뿌려달라고 했다. 또 한 문도들에게 49재나 제사를 지내지 말며, 자신의 비석, 부도 등도 조성치 말라고 했다.

일타는 유서의 마지막 문장을 다음과 같이 마무리 지었다.

신심 계행 원력을 생명으로 호지護持하여 각자가 일념무생 법인을 관한다면 더 바람이 없겠노라.

맏상좌 혜인과 혜국이 자혜병원으로 달려왔을 때 일타는 품 속에 간직하고 있던 유서를 건네주었다. 혜인과 혜국이 황당해하며 깜짝 놀랐다.

"스님! 이게 무엇입니까."

"응, 그거 글자 그대로 유서야. 그대로만 해줘."

일타는 천연덕스럽게 말했다. 마치 연극배우가 자신의 배역이 끝났으니 이제 무대에서 내려가야지 하는 그런 말투였다. 엉겁결에 유서를 받아든 혜인과 혜국은 간곡하게 만류했다.

"스님, 이러시면 안 됩니다. 왜 이러십니까."

순간, 혜인과 혜국은 침대에 누워 있는 일타가 불가의 스승이 아니라 속가의 아버지로 보였다. 혜인과 혜국은 비통해하며 굵은 눈물을 주르르 흘렸다. 일타가 두 사람을 나무라듯 말했다.

"너희들이야말로 왜 그러느냐. 잘 생각해봐라. 내가 한평생 시은施恩 짓기를 원치 않았지만 내 마음대로 안 되더란 말이다. 이제 눈감은 다음이라도 내 생각대로 해주는 것이 좋겠어. 내가 이 종단에 무어 그리 큰일을 했다고 눈감고 난 다음 그 많은 신도들에게 시은을 짓겠는가. 공연한 헛이름 때문에 신도들이 줄줄이 몰려올 거 아닌가. 그거 다 부질없는 일이야. 장례식 치른다고 울고불고할 필요가 없어."

일타는 잠시 호흡을 고르며 쉬었다가 다시 유언을 이어갔다. 기력이 떨어진 목소리였지만 신심이 가득한 일타의 당부는 겨드랑이까지 젖게 하는 안개 같았고, 온몸을 적시는 가랑비 같았다.

"내 이제 이삼 일 내로 미국 땅 하와이로 가서 조용히 떠날 생각이네. 하와이에서 눈감고 나거든 그곳에서 화장하여 아무도 모르게 유서에 쓴 대로 산림이든 물이든 한 줌 재를 뿌려 버리도록 하게. 그런 뒤에는 미국 땅에 태어나 명문 학교를 졸업하고 다시 한국 땅에 돌아와서 발심 출가할 것이네. 필경에 확철히 깨달아서 미국은 물론 전 세계에 불국토를 건설하는 데 한몫을 담당하고 싶은 거지. 금생에는 말 있는 말을 가지고 포교를 했지만 다음 생에는 말 없는 말로 불법을 전할 수 있었으면 하는 간절한 바람이네."

혜인과 혜국은 하와이로 가겠다는 일타의 청을 도저히 받아들일 수 없었다.

"스님, 이럴 수는 없습니다. 저희들이야 스님의 크신 원력을 이해한다고 하더라도 1백여 명이 넘는 문도들과 그 많은 신도들이 어찌 이런 사실을 이해할 수 있겠습니까. 스님, 제발 한국으로 가십시다."

일타는 고개를 저었다. 두 상좌의 간청에도 미소를 지으며 거부했다. 그러면서 일찍이 장경각 불당에서 1백만배를 하여 자신은 물론 해인사 대중을 감동시킨 맏상좌 혜인을 가까이 불렀다. 혜인이 다가서자, 일타는 사후 자신의 문도들을 대표할 혜인에게 이미 써두었던 참선을 권하는 권선시勸禪詩 한 수를 건네주었다.


진실한 말로 내 그대들에게 전별을 고하노라
파도가 심하면 달이 나타나기 어렵고
방이 그윽하면 등불이 더욱 빛나도다
그대들에게 마음 닦기를 간절히 권하노니

감로장을 기울어지게 하지 말지니라

實言告餞諸弟子等

波亂月難現 室深燈更光

勸君整心器 勿傾甘露漿


일타는 혜인에게 다시 말했다.

"혜인은 도량이 좋으니 불사 중인 광덕사로 가라."

혜인이 "예" 하고 대답하자, 일타는 혜국에게도 강권하는 말투로 말했다.

"혜국은 지족암으로 가고. 어서 가서 우리가 반야심 같은 보살들에게 시은을 입었으니 이제 혜국이 보살선방을 운영해보는 게 어떻겠나."

혜국은 시원하게 대답하지 못했다. 일타의 마음을 알고는 있으나 제주도 남국선원과 석종사 선방에 혼신의 힘을 다하고 있었기 때문이었다. 그러자 일타가 혜국을 손짓으로 더 가까이 오게 하더니 자신이 걸고 있던 목걸이를 혜국에게 주려 했다.

"자, 이제 이걸 벗어줄 때가 되었다. 혜국 수좌가 받도록 하지. 오늘 이후로 혜국 수좌가 모시는 거다."

혜국은 목걸이를 바로 받지 않았다.

"이것은 사형님이 하셔야 합니다. 사형님 받으십시오."

"혜국 스님에게 주셨으니 스님이 받아 지니세요."

혜인과 혜국이 목걸이를 놓고 서로 양보하자 일타가 말했다.

"이 목걸이를 잘 봐라. 목걸이 끝에 부처님 사리가 모셔져 있다. 내가 부처님을 모시고 다니는 정성으로 소지해왔는데 이제 인연이 다 된 거 같다."

혜인은 끝내 목걸이를 받지 않았다. 법산法山이 미얀마에서 가져온 부처님 사리를 자신도 광덕사에 모시고 있으므로 더 필요치 않다고 생각했던 것이다.

일타는 혜인과 혜국이 자신의 분신인 양 만족스럽게 번갈아 쳐다보더니 다시 얘기했다.

"언어로는 마음을 깨닫게 하는 데 한계가 있을 수밖에 없다. 형상이 없고 말길이 끊어진 무루법無漏法이라야 문아명자면삼도聞我名者免三途하고, 견아형자득해탈見我形者得解脫할 수 있는 거야. 내가 가고자 하는 길 막지 말게. 꼭 나를 위하려거든 하와이까지 데려다주게. 수행이란 이해의 문제가 아니고 깨달음의 문제거든."

혜인은 병실 밖으로 나와 망연히 서 있는 혜국에게 물었다.

"혜국 스님, 어떻게 할까."

풍요로운 일류국가라고 자랑하는 일본이지만 병원 복도에는 환자들이 넘쳐나고 있었다. 그러한 풍경을 보고 있던 혜국은 어느 장소나 무상하기는 마찬가지라는 상념에 잠겼다.

"사형님, 한국이든 하와이이든 다 무상할 뿐입니다. 어쩔 수가 없습니다."

결국 일타는 자신의 원력대로 1999년 11월 22일 하와이 금강굴로 갔다. 도착하자마자 일타의 병세는 급속히 위독해졌고 일주일이 지난 29일(음력 10월 22일)에 혜인, 성진, 혜국, 도범 등의 상좌가 지켜보는 가운데 세상 나이 71세, 스님이 되신 지 58년 만에 조용히 눈을 감았다. 입적 순간 희미하게 미소를 지었는데, 스님이 눈을 감기 하루 전에 써둔 열반송은 이러했다.

하늘에 밝은 해가 진심을 드러내니
만 리에 맑은 바람 오랜 거문고 타는구나
생사열반이 일찍이 꿈이려니
산은 높고 바다 넓어 서로 방해롭지 않구나
一天白日露眞心
萬里淸風彈古琴
生死涅槃曾是夢
山高海闊不相侵

장례식을 치르지 말라는 일타의 유언과 달리 상좌들은 일타의 법구를 국내로 이운하여 은해사 앞뜰에서 영결식을 치렀다. 날은 흐리고 추웠으며 강풍이 불었다. 강풍이 불 때마다 팔공산 자락을 덮은 5백여 장의 만장輓章이 펄럭였다. 조계종 종정 혜암은 오대산 서대에서 함께 정진했던 일타를 떠나보내며 발을 동동 구르는 5만

명의 대중에게 법어를 내렸다.

　　　나고 나도 나지 않음이여, 해와 달을 삼키고
　　　죽어도 죽지 않음이여, 우주를 활보하는도다

　법구를 다비장 연화대로 옮겨 불을 붙이자, 잠시 후 허공의 구름
장 사이에서 한줄기 빛기둥이 무지개처럼 나타났다. 다비장을 가
득 메운 사람들이 일타가 다시 돌아온 듯 박수를 치며 환호했다.
　이윽고 강풍 속에서 타오르던 연화대의 불이 꺼지고 나니 차가
운 재 속에서는 영롱한 사리 542과가 드러났다. 수행자와 신도들
은 많은 사리의 출현에 또 한 번 놀랐고 신심을 크게 냈다.

발문

은사스님께서 다시 오신 듯합니다.


　항상 자비로운 얼굴로 찾아오는 이들을 맞아주시던 은사스님.
　늘 부드러운 말씀으로 수행자의 향기를 풍겨주시던 스님께서
이 세상을 떠나신 지 금년이 10년째입니다. 은사스님의 향기가 그
립고 뵙고 싶은 마음 간절합니다.
　이러한 때에 소설가 정찬주 씨의 노력으로 일타 스님의 일대기
를 출간하게 되었습니다. 다행스런 일이라고 생각됩니다. 물론 말
이나 글이란 한계가 있을 수밖에 없겠지요. 달은 그려 보일 수는
있으나 그 밝음까지 그려 보일 수 없으며, 꽃도 그려 보일 수 있으
나 그 향기까지 그려 보일 수 없다는 말이 사실이지만 스님의 일
대기 『인연』을 읽다 보면 은사스님께서 다시 오신 듯 스님의 자비
로운 모습을 다시 뵈옵는 듯합니다.

'성 안 내는 그 얼굴이 참다운 공양구요 부드러운 말 한마디 미묘한 향이로다. 깨끗해 티가 없는 진실한 그 마음이 언제나 한결같은 부처님 마음일세.'

은사스님께서 즐겨 쓰시던 문수 게송이 낭랑하게 들려오는 것 같습니다.

은사스님께선 한평생 법문을 하셨으면서도 입으로 하는 법문 그거 몇 푼어치 안 된다고 하셨지요. 입 열기 전에 덕화로써 하는 법문이 참 법문이라고 하셨습니다.

문아명자면삼도聞我名者免三途하고 견아형자득해탈見我形者得解脫이라고, 내 이름을 듣는 이는 삼악도를 벗어나고 내 모양을 보는 이는 생사 해탈하여지이다, 라는 발원을 늘 강조하셨습니다.

마치 물 흐르듯이 살다 가신 삶이었음을 새록새록 느끼게 됩니다. 스님의 삶은 소리 없이 흐르는 강물이었습니다. 일타 큰스님의 일대기 『인연』이 그려내는 스님의 물소리를 들으면서 우리 모두 환희심을 내는 계기가 되리라 믿습니다. 아울러 그런 모습을 보시는 큰스님 입가에 미소를 짓게 해드렸으면 좋겠습니다.

일심이 청정하면 일신이 청정하고 일신이 청정하면 다신이 청정하며 나아가 인류의 행복과 세계평화가 이루어진다는 고구정녕한 큰스님의 가르침, 그러기 위해서는 무엇보다 각자 자기의 마음 청정을 위하여 정진해야 한다고 하시면서 당신 자신이 솔선수범 한평생 그 길을 걸어가신 큰스님의 삶.

선방 첫 철 효봉 스님을 모시고 사셨던 일부터 태백산 도솔암 6년 고행 그리고 동산 스님, 금오 스님, 경봉 스님, 성철 스님, 전강 스님 등 샛별 같은 선지식들과의 삶을 비롯해서 스님의 일생이 『인연』에서 참으로 아름답게 되살려지고 있습니다. 이는 오로지 정찬주 거사의 신심과 철저한 작가정신에서 오는 원력인 줄 압니다.

심산궁곡 태백산 도솔암을 직접 참배하고, 그 많은 인연지因緣地를 한 걸음 두 걸음 수행자가 되어 걸었던 작가의 그 걸음에 깊은 감사를 드립니다. 『인연』은 큰스님의 법어집이 아니고 작가의 소설이지만 큰스님의 맑은 향기를 맡게 됩니다.

시은施恩 짓는 일을 부담스럽게 생각하시고 이 세상 떠날 때만이라도 신도들 몰래 조용히 가고 싶다고 만리타국 하와이 금강굴에서 입적하신 은사스님의 향기, 번거롭게 하지 말고 화장하여 산과 바다에 애착 없이 흩어버리라고 하셨던 큰스님 마지막 말씀.

진실한 말로 내 그대들에게 전별을 고하노라
파도가 심하면 달이 나타나기 어렵고
방이 그윽하면 등불이 더욱 빛나도다
그대들에게 마음 닦기를 간절히 권하노니
감로장을 기울어지게 하지 말지니라

큰스님의 유훈에 삼배 올리며 마음의 파도가 잔잔해지고 이 몸이라는 방을 그윽하게 하여 감로장이 맑게 채워지는 '인연'이 되기 바랍니다.

나무마하반야바라밀.


혜국慧國(전국 선원수좌회 전 상임대표) 합장

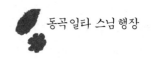
동곡일타 스님 행장

| 1929년(1세) | 9월 3일(음력 8월 1일) 오시午時에, 충청남도 공주군 우성면 동대리 182번지에서 부친 김봉수金鳳秀와 모친 김상남金上男의 4남매 중 삼남三男으로 태어나다. |

1929년(1세)　　　9월 3일(음력 8월 1일) 오시午時에, 충청남도 공주군 우성
　　　　　　　　　면 동대리 182번지에서 부친 김봉수金鳳秀와 모친 김상
　　　　　　　　　남金上男의 4남매 중 삼남三男으로 태어나다.

1933년(5세)　　　탁발하는 스님에게 『천수경』과 『반야심경』을 독경하는
　　　　　　　　　소리를 자주 듣고는 모두 외웠을 뿐 아니라, 지옥 · 천
　　　　　　　　　당 · 극락 등의 이야기와 인과 이야기를 듣고 곧바로 불연
　　　　　　　　　佛緣을 맺다.

1936년(8세)　　　공주 본정공립보통학교에 입학하다.

1942년(14세)　　　친가 · 외가의 식구 41명이 모두 출가함에 따라, 보통학
　　　　　　　　　교를 졸업함과 동시에 양산 통도사에 계신 윤고경尹古鏡
　　　　　　　　　스님을 찾아가 출가하다.

| 1945년(17세) | 현 보광중학교인 사립통도중학교를 졸업하다. |
|---|---|
| 1946년(18세) | 정월에 은사스님께서 입적하자, 순천 송광사 삼일암 선원의 효봉 스님 회상에서 첫 하안거를 하고 속리산 복천암 선원에서 동안거를 하며 참선의 길로 들어서다. 그러나 불교 공부의 기초가 미진함을 느끼다. |
| 1947년(19세) | 통도사 불교전문강원에 입학하여 경학經學 공부에 몰두한바, 이때 스님은 불경에 대한 문리文理를 터득하다. |
| 1949년(21세) | 통도사 불교전문강원 대교과大敎科를 졸업하고 범어사 금강계단에서 동산 스님을 계사로 비구계와 보살계를 수지하다. |
| 1950년(22세) | 다시 운수납자雲水衲子의 길로 들어서서 진양 응석사와 범어사, 성주사 선원 등에서 금오·동산·구산·성철 스님을 모시고 정진하다. |
| 1953년(25세) | 자운율사의 권유로 천화율원天華律院에서 율장전서를 열람하고 계법戒法을 정립하다. |
| 1954년(26세) | 강원도 오대산 서대에서 혜암 스님과 함께 생식과 장좌불와로 하안거를 마친뒤, 적멸보궁에서 하루 3천배씩 7일 기도 끝에 오른손 네 손가락 12마디를 연지연향燃指燃香 발원하다. |

가없는 허공 청정법신에 절하오며

평등한 일심으로 간절히 아룁니다

오직 크나큰 자비를 드리우시어

저의 미혹한 구름을 열어주소서

稽首如空

等一痛切

唯垂加被

開我迷雲


1955년(27세)    경북 봉화군 소천면 태백산 도솔암으로 들어가 동구불출洞口不出, 오후불식午後不食, 장좌불와長坐不臥를 지키며 홀로 6년의 결사結社를 시작하다.

1956년(28세)    음력 3월 22일에 오도송을 남기다.


몰록 하룻밤을 잊고 지냈으니

시간과 공간은 어디에 있는가

문을 여니 꽃이 웃으며 다가오고

광명이 천지에 가득 넘치는구나

頓忘一夜過

時空何所有

開門花笑來

光明滿天地


364 인연 2

| | |
|---|---|
| 1960년(32세) | 태백산 도솔암에서 내려와 걸림 없는 교화의 길을 열어 보이다. 종단의 큰일이 있을 때마다 종회의원·교육의원·법규의원·감찰위원·역경위원 등을 맡아 정법의 기틀을 마련하다. 또한 언설변재言說辯才를 갖추었던 스님은 삼십대의 젊은 나이에 대법사로 추앙받아, 전국의 여러 사찰에서 걸림 없는 법문으로 중생을 교화하다. |
| 1973년(45세) | 인도의 팔대성지 등과 동남아시아 10여 개국의 불교 성지를 순례하면서 불교의 뿌리와 우리 불교의 장단점을 살폈고, 이듬해에는 유럽 10여 개국을 순방하다. 그때 스님은 "겉모양이나 언어·문자를 떠난 마음이야말로 세계 어디에서나 통한다"는 것을 깊이 느끼다. 귀국하자마자 곧바로 태백산 도솔암으로 다시 들어가 안거정진하다. |
| 1976년(48세) | 해인총림의 율주律主로 피임된 스님은 『사미율의』, 『불교와 계율』 등 계율과 관련된 여러 책을 발간하고 후학들을 양성하여, 일제강점기 때부터 무너졌던 이 땅의 계율을 재정립하는 데 많은 힘을 쏟다. |
| 1980년(52세) | 미국 LA의 고려사高麗寺 포교를 시작으로 2년 동안 북미·남미, 중미의 여러 지역을 순회하면서 한국불교를 세계에 널리 알리다. |
| 1990년(62세) | 봄, 지리산 칠불암으로 들어가 용맹정진한바, 다음의 시 |

를 남기다.

약과 병을 함께 다 놓아버리고

아자방 한가운데 앉았으니

멀리 바라보니 흰 구름이 나르고

가까이 들으니 두견새가 우는구나

옛 성인의 자취를 좇아 생각하니

이 아자방에서 큰 기틀을 얻으셨도다

나도 여기에서 묵언정진하며

남은 해를 여여하게 보내리라

藥病俱放下　亞字房中坐

遠看白雲飛　近聞杜鵑啼

追念古聖蹟　於此得大機

我欲默無言　殘年度如如

1992년(64세)　불자들의 올바른 신행 생활을 위해 집필을 시작하다. 일일이 접견할 수 없는 불자들을 교화하기 위해 『기도』, 『생활 속의 기도법』, 『윤회와 인과응보 이야기』, 『시작하는 마음』, 『영원으로 향하는 마음』, 『자기를 돌아보는 마음』, 『불자의 기본예절』, 『범망경보살계』 5책, 법어집 『부드러운 말 한마디 미묘한 향이로다』 등 20여 권의 저서를 남기다.

1993년(65세)    대한불교조계종 전국 구족계 단일계단 전계대화상으로 추대되어 모든 승려들에게 부처님께서 제정하신 계를 수계하는 중임을 맡다.

1994년(66세)    5월 대한불교조계종 원로회의 의원으로 추대되다. 그리고 해인사 지족암에 선방을 만들고 제10교구 본사인 은해사의 조실로서 후학을 지도하다.

1996년(68세)    스님의 몸은 열반을 감지했음인지 생사리生舍利가 나오기 시작하다. 연비를 한 오른손에서 한 달에 한두 과 또는 세 과씩 나와 열반하기 전까지 1백여 과의 사리가 나오다.

1997년(69세)    일본어판으로『불안을 희망으로 바꾸어주는 불교의 기도』라는 책을 일본 법장관法藏館에서 출판하여, 일본의 "좋은 책 10선" 가운데 하나로 꼽히다.

1999년(71세)    11월 22일 미국 하와이로 건너간 스님은 법랍 58년 11월 29일 하와이 와불산 금강굴臥佛山 金剛窟에서 상좌 혜인, 혜국, 성진, 도범 등에게 후사를 부탁하고 임종게臨終偈를 수서手書하다.

하늘에 밝은 해가 진심을 드러내니
만 리에 맑은 바람 오랜 거문고 타는구나

생사열반이 일찍이 꿈이려니

산은 높고 바다 넓어 서로 방해롭지 않구나

一天白日露眞心

萬里淸風彈古琴

生死涅槃曾是夢

山高海闊不相侵